À PROPOS DE L'AUTRICE

Melissa Oliver écrit ses romances historiques depuis le sud-est de Londres où elle vit avec son mari et ses trois filles, qui partagent sa passion pour les châteaux anciens et l'Histoire. En 2020, elle gagne le *Romantic Novelists' Association's Joan Hessayon Award* consacré aux nouveaux auteurs pour ses débuts dans le monde littéraire grâce à son roman *The Rebel Heiress and the Knight* (*L'héritière indomptable*, publié en novembre 2021 en France chez Harlequin). Lorsqu'elle n'écrit pas, elle aime voyager, peindre, se rendre dans les musées et les galeries d'art.

La renaissance d'un chevalier

MELISSA OLIVER

La renaissance d'un chevalier

Traduction française de
HÉLÈNE ARNAUD

Les Historiques

HARLEQUIN

Collection : LES HISTORIQUES

Titre original :
THE RETURN OF HER LOST KNIGHT

HARPERCOLLINS FRANCE
83-85, boulevard Vincent-Auriol, 75646 PARIS CEDEX 13
Service Lectrices — Tél. : 01 45 82 47 47 - www.harlequin.fr
ISBN 978-2-2804-6534-2 — ISSN 1159-5981

Composé et édité par HarperCollins France.
Imprimé en février 2022 par CPI Black Print (Barcelone)
en utilisant 100% d'électricité renouvelable.
Dépôt légal : mars 2022.

FSC www.fsc.org
MIXTE
Papier issu de sources responsables
FSC® C159065

Pour limiter l'empreinte environnementale de ses livres, HarperCollins France s'engage à n'utiliser que du papier fabriqué à partir de bois provenant de forêts gérées durablement et de manière responsable.

Chapitre 1

1221 – Devant le château de Pulverbatch, près de Shrewsbury, Angleterre

Soudain, il la vit. La femme qui lui avait brisé le cœur, toutes ces années plus tôt.

Ralph cilla sous l'acier de son heaume, pour s'assurer que ses yeux ne lui jouaient pas de tours. Il sentit son cœur s'emballer et le sang se retirer de ses joues, mais ce n'était pas parce qu'il éprouvait une quelconque appréhension à la perspective du tournoi qui allait commencer. Non, c'était uniquement dû à la vue de cette femme assise dans les tribunes, ses cheveux d'or couverts par un léger voile de gaze.

Une boule se forma dans sa gorge et faillit l'étouffer.

Lady Gwenllian ferch Hywel de Clwyd.

Il l'aurait reconnue n'importe où. Après tout ce temps, voilà qu'elle réapparaissait ici, à ce tournoi, près de Shrewsbury. Six ans. Il ne l'avait pas revue depuis six longues années, cette femme à qui il avait été fiancé. Cette femme qui avait été sa compagne et auprès de qui il avait pensé passer sa vie.

Hélas ! Ce rêve n'était plus à sa portée.

Il avait tant espéré que les années effaceraient ce si amer souvenir. Pendant un temps, cela avait été le cas. Deux ans plus tôt, après l'attaque dont il avait été victime près du village de Saint-Jean-de-Côle, en Aquitaine, on l'avait laissé pour mort au bord d'une route. Il était resté amnésique quelque temps, puis tout lui était revenu peu à peu. La perte de son père, la perte de son château ainsi que des terres qui constituaient le domaine familial. Et la perte de la femme qu'il avait aimée. Tout cela avait disparu du jour au lendemain, ne laissant que vide et souffrance dans son existence.

— Est-ce que tout va bien ?

Son ami Sir Thomas Lovent, qui avait endossé pour l'occasion le rôle d'écuyer, l'observait par-dessous son capuchon. Avec une inquiétude à peine dissimulée, il lui tendit son écu puis l'épée émoussée que Ralph utilisait toujours lors de ce genre de compétitions où les lames tranchantes étaient proscrites. Tom rabattit encore un peu plus sa capuche pour dissimuler son visage, mais laissa tout de même son ami surprendre un regard qui signifiait clairement qu'il attendait une réponse.

— Oui, tout va bien.

Ralph jeta un coup d'œil vers le terrain d'entraînement. Un groupe de chevaliers, tout comme lui au service de William Geraint, seigneur de Clancey, affrontait d'autres concurrents. Tout le monde achevait ses préparatifs et s'échauffait en attendant la cérémonie qui allait ouvrir le tournoi. Ensuite, pendant une démonstration de force et d'adresse, chaque chevalier ferait de son mieux pour prouver sa valeur.

D'un coup, il eut la sensation que sa tête devenait aussi lourde qu'une enclume. Les muscles de son cou et de sa mâchoire se tendirent douloureusement, tirant sur ses anciennes cicatrices. Il ne put s'empêcher de grimacer. Il portait dans sa chair le souvenir de cette embuscade, deux ans plus tôt, dont il était sorti avec la moitié du visage et le bras droit profondément entaillés.

— Peux-tu détendre les sangles du col de mon haubert, Tom ? demanda-t-il.

Tom s'exécuta et Ralph put respirer un peu plus à son aise.

— Est-ce mieux ?

— Oui.

Non. Cela n'allait pas mieux. Pas maintenant qu'il était si près du château de Kinnerton, l'endroit où il avait grandi. Tellement près de sa maison… Et le fait de revoir soudain Gwenllian après toutes ces années n'arrangeait rien. Après ce qui s'était passé entre eux, la dernière fois qu'ils s'étaient vus – de nuit, devant le château de Kinnerton, le soir de sa fuite –, il avait espéré ne jamais plus poser les yeux sur elle.

— Regarde Fevre abattre ce coup vertical, Ralph. Il se baisse beaucoup avant de frapper. N'oublie pas d'anticiper ses attaques comme Will Geraint nous l'a appris. Ton adversaire a aussi choisi son arme favorite, la masse. Alors il faudra être très prudent face à lui.

— Ce tournoi est censé être une suite de simples démonstrations, Tom. Pas de véritables combats.

— Je sais, mais cela ne veut pas dire que tous les chevaliers présents le voient ainsi. Ces derniers moments d'entraînement te donnent l'occasion de jauger un bon nombre de tes adversaires avant même d'entrer en lice. Tu devrais en profiter.

Ralph observa pendant quelques instants ses futurs adversaires, puis fronça les sourcils sous son heaume.

— Que diable font-ils donc maintenant ? demanda-t-il, surpris.

Tom se fendit d'un sourire malicieux.

— Ah… Ils essaient bien sûr de s'attirer les faveurs d'une belle demoiselle, surtout avec la cour présente dans les tribunes.

Quelques chevaliers, dont certains au service du seigneur Geraint, s'étaient avancés vers les tribunes et saluaient galamment les jeunes femmes présentes. Certaines les remerciaient en leur accordant un morceau d'étoffe ou une longueur de ruban à porter pendant les combats. Tout autour, la foule les acclamait à grand renfort de quolibets grivois.

Sans vraiment savoir ce qu'il faisait, Ralph se dirigea vers les tribunes.

— Où vas-tu ? lança Tom dans son dos. Ne me dis pas que tu as l'intention de suivre leur exemple !

Il entendit le rire de son ami derrière lui mais ne ralentit pas. Il s'avança jusqu'au dais protégeant l'estrade de leur mécène, le jeune roi Henry, qui visitait cette partie de son nouveau royaume.

Les cris de la foule se mêlèrent soudain au grondement du sang à ses oreilles et aux battements affolés de son cœur.

Un ruban...

C'était la première chose qu'il avait vue après être revenu à lui sur cette route déserte d'Aquitaine. Il s'était souvenu que ce ruban avait eu une très grande importance à ses yeux mais sans parvenir à se rappeler la signification exacte de ce morceau de tissu bleu et pourpre.

Puis, au fil des jours, la mémoire lui était revenue. Il s'était souvenu. De tout.

À présent, ce ruban aux teintes fanées qu'il portait toujours noué à son poignet lui brûlait la peau. Il eut envie de s'en débarrasser une bonne fois pour toutes et, avec lui, de se défaire aussi de tous ses souvenirs de Gwenllian. Jetant son épée et son écu au sol, il ôta ses gants de maille et, les doigts tremblants, dénoua le ruban.

Contrairement aux autres chevaliers, il ne retira pas son heaume. Sans doute allait-on le trouver rustre, voire insultant, mais Gwenllian ferch Hywel n'avait pas besoin de savoir qui se cachait sous cette armure. Elle n'avait pas besoin de savoir qu'il n'était pas mort. Après tout, il avait bien failli l'être... Et elle n'avait pas non plus besoin de savoir qu'il avait temporairement endossé l'identité d'un autre chevalier. Qu'il se faisait passer pour son ami Sir Thomas Lovent dans l'espoir de gagner de quoi payer l'exorbitante taxe féodale qui pesait sur le domaine de Kinnerton, le château de sa famille, saisi par la Couronne à la mort de son père. S'il parvenait à obtenir assez d'argent pendant ce tournoi...

Non, elle n'avait pas besoin de savoir tout cela. Après tout, pourquoi se soucierait-elle encore de lui ? Le temps avait passé et, de toute manière, elle avait très clairement exprimé ses sentiments lors de leur dernière rencontre.

Tout ce qui comptait pour lui, désormais, c'était d'obtenir sa vengeance et de voir la justice s'abattre sur les hommes qui l'avaient spolié – en particulier son cousin, Stephen Le Gros. Ensuite, il récupérerait ce qui lui revenait de droit. Cela faisait six ans qu'il n'avait pas revu Gwen. Elle était certainement mariée, maintenant. Et même si elle ne l'était pas, elle ne comptait plus pour lui.

Après avoir pris une profonde inspiration, il s'avança vers l'estrade où elle était installée. Sans un mot, les doigts crispés, il lui tendit le ruban. Elle redressa la tête, et il la vit alors clairement. En un instant, son estomac se noua. Elle n'avait pas changé ; un peu plus âgée, peut-être, mais toujours aussi belle. Ce furent ses yeux bleus qui faillirent arracher une exclamation à Ralph. Son regard était perdu, lointain, étrangement dénué de vie. Comme si elle n'était pas vraiment présente. Comme si elle n'avait pas conscience de ce qui se passait autour d'elle.

Sous le choc, il vit ses joues rosir et ses sourcils se froncer lorsqu'elle reconnut le ruban défraîchi qu'il lui tendait. Elle semblait confuse, un peu intimidée. Quand ses doigts fins effleurèrent les siens pour le prendre, un frisson brûlant remonta le long de son bras.

Même en se tenant au pied de l'estrade, il pouvait distinguer la fine cicatrice au-dessus du sourcil de Gwen, souvenir d'un accident de baignade. Cela lui semblait s'être déroulé dans une autre vie, dans un lieu différent. Il y avait si longtemps… Le bonheur leur paraissait alors encore à portée de main, et chaque instant passé avec elle était plus précieux que le précédent.

La dernière fois qu'il avait vu Gwen, c'était dans les bois qui entouraient Kinnerton, juste après la trahison de son cousin et sa prise du château. Il avait dû fuir très vite pour sauver sa vie, mais Gwen avait refusé de l'accompagner. Elle avait prétendu qu'ils ne pouvaient plus se marier, qu'elle devait se soucier avant tout de son honneur et de son devoir. Qu'elle était destinée au futur seigneur de Kinnerton, ce qu'il n'était plus, et à nul autre.

Mal à l'aise, il frissonna. Il ne pouvait s'attarder là plus longtemps et laisser la vue de Gwen le troubler ainsi. Il fallait à tout prix qu'il fasse bonne impression : ce tournoi pourrait changer sa vie à tout jamais. Maintenant qu'il lui avait rendu le précieux présent qu'elle lui avait autrefois offert, il comptait bien l'oublier définitivement. Plus jamais il ne repenserait à elle ou à leur passé commun ; et il ne voulait rien qui lui rappelle l'existence à laquelle il avait cru être promis et qu'on lui avait si brutalement arrachée.

C'était à lui de songer à son honneur et à son devoir, dorénavant. La leçon avait été cruelle, mais il avait appris où se trouvaient ses véritables priorités. Il la salua sans lui adresser la parole et tourna les talons. Il ne pouvait plus se permettre de rêver à Gwenllian ferch Hywel. Les liens qui les avaient unis étaient rompus depuis longtemps.

Gwen contempla le ruban mauve, au creux de sa main, et poussa un long soupir un peu tremblant. Du bout du doigt, elle effleura le tissu usé. Elle se souvenait encore du soin qu'elle avait mis à teindre son fil. Elle avait fait de son mieux pour reproduire l'éclat du crépuscule, de l'heure à laquelle elle avait l'habitude de rejoindre Ralph de Kinnerton en secret.

Quand donc lui avait-elle offert ce ruban ? Il y avait au minimum six ans, voire sept. Peut-être plus. Cela faisait une éternité…

Oh ! Ralph…

Le soir où il avait dû fuir Kinnerton, elle avait refusé de le suivre, et l'avait poussé à partir seul, le plus vite possible.

Elle l'avait fait pour le protéger – pas pour qu'il périsse ensuite au bord d'une route en Aquitaine, si loin de chez lui.

Si elle avait accepté de partir avec lui, Stephen Le Gros, l'odieux et tyrannique cousin de Ralph, les aurait traqués sans pitié et aurait tué Ralph. Elle n'avait pas voulu courir ce risque. Elle était restée à Kinnerton, puis avait pris la fuite quelques jours plus tard, à un moment où personne ne la surveillait. Dieu merci, elle avait réussi !

Elle gardait en mémoire ce jour fatal, à la cour, quelques années plus tard, quand elle avait appris la mort de Ralph. Elle avait dû faire comme si cela ne la touchait pas, comme s'il n'avait pas eu la moindre importance à ses yeux. Hélas ! Ce deuil lui avait déchiré le cœur et, malgré le temps écoulé, la douleur était toujours aussi vive. Ralph n'avait pas eu le choix : s'il voulait échapper à son cousin, il devait quitter l'Angleterre. Et elle n'avait pas eu d'autre choix non plus que faire de son mieux pour le convaincre de s'en aller le plus vite possible, après l'horreur de la trahison de Stephen.

Elle se souvenait encore de leur enfance, de sa rencontre avec ce garçon sensible et un peu dégingandé qui allait devenir son meilleur ami. Au fil du temps, elle avait appris à ne se fier qu'à lui et avait accepté sa demande en mariage. Elle aurait dû l'épouser.

Dès le premier instant, elle avait su qu'il était affectueux, attentionné. Au grand dam de son père, il était bien plus intéressé par le quotidien des gens simples que par les intrigues de la politique et la gestion complexe du domaine dont il allait hériter en tant que comte des Marches.

C'était cette sensibilité que le perfide Stephen avait exploitée pour parvenir à ses fins. Ses paroles empoisonnées avaient lentement mais sûrement saboté l'autorité de Ralph. Elles avaient creusé un fossé entre son père et lui, allant aussi jusqu'à miner l'estime que la garnison de Kinnerton et les hommes les plus puissants de la région avaient eue pour le jeune homme.

Et pire, Stephen avait passé des années à tenter de la séduire en dépit de sa répugnance évidente, et lui avait répété sans relâche qu'elle lui appartiendrait un jour. Sans doute aurait-elle dû se douter de ce qu'il préparait en secret et prévenir Ralph. Si elle l'avait fait, les choses se seraient sans doute passées d'une manière différente…

Au moins, elle était parvenue à échapper aux griffes de Stephen et à fuir Kinnerton à son tour. De toute évidence, il ne s'était pas attendu à la moindre réaction de sa part, pas plus qu'il n'avait imaginé qu'au milieu du conflit entre les barons et le roi Jean, la Couronne accuserait le père de Ralph de trahison. On avait saisi le château et le domaine, ainsi que la tutelle de Gwen, pour enrichir le trône. Stephen n'avait pas songé que les accusations seraient finalement levées, même après la mort du seigneur de Kinnerton qui avait péri pendant le voyage qu'il avait entrepris pour aller plaider sa cause. Après ce décès inattendu, la Couronne avait placé le domaine sous le coup d'une taxe féodale monstrueuse, une somme colossale que Ralph n'aurait sans doute jamais pu payer, même s'il avait vécu.

De toute manière, tout cela n'avait plus d'importance, depuis que Ralph était mort lui aussi. La seule constante que Gwen connaissait encore dans sa vie était la douleur de la perte.

Et voilà qu'elle était de retour ici. Si près du château qu'elle avait quitté depuis six ans et qui abritait certains de ses pires souvenirs. En temps normal, nul n'aurait autorisé la tenue d'un tel tournoi, mais les puissants comtes de Chester et de Hereford avaient sollicité le jeune Henry, lui rappelant que son oncle Richard, qui avait régné avant Jean, son père, avait toujours considéré les règles régissant l'organisation des tournois comme de simples suggestions.

Certes, ce n'était pas tout à fait vrai, mais Henry, qui avait prévu de visiter la région, avait tout de même fini par accepter. Et elle faisait partie des dames désignées pour l'accompagner dans son voyage.

Ce n'était d'ailleurs pas une coïncidence, si on la traînait ici de nouveau. Sa famille restée au pays de Galles insistait depuis longtemps pour que l'on règle les détails de son statut. Et puisque le poids de la taxe féodale pesait encore sur Kinnerton, Gwen craignait fort de se retrouver face à Stephen Le Gros durant le tournoi. Après tout, une telle compétition offrait au vainqueur une récompense de taille, sans doute suffisante pour que le traître tente de la remporter afin de mettre la main sur le château… *et sur elle.*

Stephen avait rongé son frein pendant toutes ces années, tandis que la Couronne profitait des revenus de Kinnerton et de son autorité sur Gwen sans pour autant revenir sur sa décision. Il devait être plus ambitieux et déterminé que jamais. À cette seule pensée, elle sentit un goût de bile lui envahir la bouche.

Elle n'était pas idiote et savait très bien pourquoi on l'avait ramenée dans cette région. Si elle voulait éviter le piège qu'on lui tendait, elle allait devoir manœuvrer avec habileté. Elle avait déjà mis en action une partie de ses plans méticuleux et économisait depuis des années avec soin la maigre pension qu'on lui accordait, car elle savait que cet argent pourrait lui servir un jour ou l'autre.

Vu les circonstances, il lui fallait se montrer plus prudente et patiente que jamais.

Avant de partir pour le Shropshire, elle s'était arrangée pour qu'on lui réserve une chambre dans un couvent où personne, pas même Stephen Le Gros, ne pourrait la retrouver. Et si la Couronne décidait d'accorder ses terres et sa fortune à cet homme, elle était prête à renoncer à tous ses droits pour éviter de se retrouver liée à tout jamais à un personnage tel que lui.

Elle baissa de nouveau les yeux sur le ruban fané, et son regard s'embua. Pressant le lambeau d'étoffe contre ses lèvres, elle ferma les paupières et se laissa envahir par les douloureux souvenirs de ses adieux à Ralph. Elle ne lui avait même pas expliqué pourquoi elle l'avait repoussé, pourquoi elle avait refusé de partir avec lui, et ne pourrait jamais plus le faire. Elle l'avait perdu pour toujours et il ne lui restait plus rien de lui, mis à part ce ruban.

Elle rouvrit les yeux et fit un effort pour se concentrer sur la parade des chevaliers qui venait de débuter dans la lice.

— Est-ce que tout va bien ? demanda Brida O'Conaill, sa compagne et amie de longue date.

Brida souriait, sereine, à ses côtés. En la voyant ainsi, on aurait presque pu croire qu'il était normal qu'un chevalier vienne offrir une faveur à une demoiselle – et non l'inverse.

— Tu sembles troublée, ajouta-t-elle.

— Non, je vais bien, répondit Gwen. Je viens d'avoir une étrange surprise, c'est tout.

— Je suis heureuse d'apprendre qu'il n'y a pas de problème, mais je te conseille de te reprendre très vite si tu veux éviter d'attirer l'attention. On nous regarde.

Son amie lui tendit un mouchoir de lin, puis lissa consciencieusement sa jupe de lainage gris.

— Tiens, essuie tes larmes avec ceci, Gwen.

— Merci.

— Dis-moi… Qui était cet homme ? reprit Brida dans un murmure en se penchant vers elle.

Gwen balaya la lice du regard et repéra vite l'inconnu. À en croire les armoiries qu'il portait, le chevalier qui venait de lui rendre son cadeau était l'un des hommes de Lord Clancey. Mais qui était-il et que savait-il de la mort de Ralph ? Pourquoi lui avait-il rapporté ce ruban ? Comment savait-il qu'il lui avait autrefois appartenu ?

Elle décida qu'elle irait le trouver dès qu'elle en aurait l'occasion. Il fallait qu'elle sache ce qui était réellement arrivé à Ralph. Avec un peu de chance, cet inconnu lui apprendrait peut-être quelque chose qui pourrait alléger ses remords.

— Je ne sais pas, dit-elle. Mais j'ai bien l'intention de le découvrir.

Chapitre 2

Ralph jeta son épée émoussée au sol, sous la tente à l'aménagement rudimentaire mais confortable qu'il partageait avec son compagnon. Il ne put réprimer un grognement de frustration.

— Ne dis rien.

Le tournoi n'avait été organisé que pour permettre aux jeunes chevaliers de montrer en public l'étendue de leurs talents, mais cette première journée n'aurait pu plus mal commencer pour lui. Le pire, c'était qu'il s'était donné en spectacle devant le roi Henry et toute sa cour. Seigneur !

Et tout cela, parce qu'il avait été troublé en revoyant Gwen…

Tom desserra un peu plus les lanières de l'armure de Ralph pour lui permettre d'ôter son haubert puis l'aida à se débarrasser du gorgerin qui l'étouffait.

— Je n'avais pas l'intention de dire quoi que ce soit, répondit-il.

Ralph retira son heaume, effleura du bout des doigts les cicatrices qui barraient sa joue et tressaillit.

— Je ne pourrais jamais te critiquer quand tu souffres, mon ami, ajouta Tom.

Il lui tendit un linge préalablement trempé dans une vasque d'eau parfumée posée sur leur petit coffre.

Ralph l'appliqua contre sa pommette et tapota avec douceur la chair déformée, rougie, qui s'étendait de son front à la base de son cou, en passant par sa mâchoire. Même après deux ans, ses blessures donnaient encore l'impression qu'un animal sauvage l'avait attaqué à coups de griffes, mais ce n'était que l'œuvre d'un fou armé d'une dague. Il fit bouger les doigts de sa main droite avec une grimace. D'autres cicatrices hideuses étaient visibles le long de son bras et sur sa paume, témoins de sa tentative désespérée pour se défendre face à son agresseur.

Cela avait été une leçon de taille qui lui avait rappelé les périls qui jalonnaient la vie d'un chevalier en exil tel que lui. Cela l'avait aussi incité à tourner le dos à l'homme pitoyable qu'il avait été. C'était indispensable, s'il voulait accomplir sa mission. Au fil des mois, il s'était même entraîné à se battre en gaucher, à manier l'épée avec dextérité pour ne pas être handicapé par sa main droite, rendue plus faible par l'attaque qu'il avait subie.

Dans des moments comme celui-ci, quand la peau de son visage était irritée par la chaleur du heaume et tendue, il avait presque l'impression que ses plaies s'étaient rouvertes.

— Ce n'est rien, dit-il. Le baume de Lady Isabel suffira à apaiser la douleur, comme d'habitude.

Lady Isabel de Clancey, ou Adela Meunier, nom sous lequel il l'avait connue à Saint-Jean-de-Côle, avait accompli des miracles pour lui, deux ans plus tôt. Quand il avait été assailli et laissé pour mort dans un sous-bois, elle avait travaillé sans relâche au côté de la vieille guérisseuse du village pour le soigner, le recoudre et lui redonner goût à la vie. Plus tard, elle était partie en tant que Lady Isabel de Clancey, riche de son héritage, pour rejoindre sa mère en Angleterre.

S'il avait pu retrouver le courage d'avancer et de forger sa propre destinée, c'était grâce à elle. C'était elle aussi qui lui avait permis d'entrer au service de son mari, William Geraint, Lord Clancey.

— Que s'est-il passé, Ralph ? demanda Tom avec douceur.

— Je croyais que nous avions décidé de ne pas parler de cela.

— Peut-être, mais je connais quelqu'un qui voudra sans doute discuter avec toi.

— Je sais.

Will Geraint…

— Je dois aussi te dire que Hugh de Villiers, Lord Tallany, était également dans le public.

Bon sang ! Il avait bien besoin de cela ! Les deux hommes qui l'avaient aidé, instruit et soutenu depuis son arrivée en Angleterre allaient sans doute être très déçus par la performance pitoyable qu'il avait réalisée aujourd'hui. Il baissa la tête et gémit de plus belle.

— Tu sais, il va falloir faire mieux pendant la mêlée, Ralph, reprit Tom en fronçant les sourcils. Sans quoi, ils seront convaincus que tu n'es toujours pas prêt.

— Je serai prêt. Crois-moi.

Heureusement, l'épreuve principale du tournoi, consistant en deux mêlées, n'avait pas encore commencé.

Tom avait raison de s'inquiéter, bien sûr. Mais ce n'était pas par manque d'entraînement qu'il avait échoué aujourd'hui ; c'était parce qu'il n'avait pas pensé se retrouver face à Gwenllian ferch Hywel. Le choc l'avait poussé à se débarrasser de la seule chose qui pouvait encore lui rappeler son ancienne flamme : le ruban qu'elle lui avait donné. Cette relique du passé représentait chacune des épreuves qu'il avait dû traverser. Il avait beau essayer d'oublier, il ne parvenait pas à dépasser la trahison qu'il avait subie six ans plus tôt et le rôle que Gwen avait joué dans cette affaire.

Sans doute avait-il été mal avisé d'agir comme il venait de le faire devant la cour, surtout avant de s'humilier en échouant lamentablement pendant son combat. Quoi qu'il en soit c'était fait, et il ne devait plus y penser. Tout comme il ne devait plus songer à Gwenllian ferch Hywel.

Il alla derrière le petit paravent pour se déshabiller et se laver.

Tom retira sa cape et se passa la main dans les cheveux.

— N'oublie pas que c'est *ma* réputation que tu mets en jeu, ici…

— Je le sais bien !

Ils ne se ressemblaient peut-être pas, mais les deux amis avaient la même taille et la même silhouette. Cela permettait à Ralph de se faire facilement passer pour Tom, une fois son visage caché sous son heaume.

Il ne fallait surtout pas que qui que ce soit découvre qu'il vivait encore. Ses ennemis étaient sans doute là, participant comme lui au tournoi. Le plus dangereux était certainement son cousin Stephen, désireux de convaincre le roi de lui rendre enfin le château et ses terres pour devenir le nouveau Lord Kinnerton.

Or, il n'était pas question pour Ralph de renoncer à ses droits sur son héritage. En tout cas, il ne se rendrait pas sans combattre.

Avec la complicité de Tom et de Will Geraint, il avait décidé de participer aux épreuves en portant les couleurs de son ami dans l'espoir de gagner la récompense promise au champion des mêlées à pied et à cheval qui auraient lieu les jours suivants. Lorsque ce serait fait, et seulement à ce moment-là, il dévoilerait sa véritable identité. Tant qu'il n'aurait pas assez d'argent pour payer la taxe qui pesait sur le château de Kinnerton et réclamer enfin le titre de ses ancêtres, étouffant ainsi les ambitions de son cousin dans l'œuf, mieux valait ne pas éveiller les soupçons. Stephen était un menteur, un comploteur qui ne reculait devant rien pour tromper le monde. Il était capable des pires trahisons et des actes les plus abjects pour parvenir à ses fins. Il fallait à tout prix lui cacher la vérité pour le moment.

Will Geraint, Tom et Ralph avaient pensé que ce plan était le meilleur moyen de lui faire enfin gagner des points sur Stephen et les puissants seigneurs qui le soutenaient. S'il voulait garder l'avantage dans cette confrontation, tout le monde devait le croire mort et enterré.

Son ami le dévisagea gravement pendant qu'il s'essuyait.

— C'est à cause de cette femme, n'est-ce pas ? finit-il par demander.

Ralph redressa vivement la tête.

— Quoi ?

— C'est à cause d'elle que tu ne t'es pas battu aussi bien que d'habitude. La femme à qui tu as donné quelque chose, tout à l'heure.

Il croisa les bras et haussa un sourcil inquisiteur. Ralph aurait tout donné pour le faire taire, mais son compagnon poursuivit :

— Elle doit être très importante à tes yeux pour que tu risques ainsi tout ce pour quoi tu as tant trimé depuis deux ans…

Ignorant cette remarque, Ralph s'approcha du coffre et se servit une bière qu'il but d'une traite avant de reposer brutalement sa chope.

— Oh non ! fit soudain Tom.

Il écarquilla les yeux, puis secoua la tête.

— Non, non, non ! Je ne peux pas croire que… C'est *elle*, n'est-ce pas ? Lady Gwenllian ferch Hywel. Seigneur, Ralph ! Pourquoi n'as-tu rien dit ?

— N'en parlons plus, Tom. J'ai eu un moment de trouble, rien de plus.

— Non. C'est beaucoup plus que cela, et tu le sais !

— Je ne veux pas y penser.

— Et si elle découvrait la vérité ? lança son ami en écartant les bras d'un air paniqué. Si elle se rendait compte que tu es toujours en vie et que… Tu entends cela ?

Ils se figèrent, surpris par des éclats de voix féminines, à l'extérieur. Ralph fut parcouru par un frisson désagréable. Il devinait déjà à qui appartenait l'une de ces voix.

Les demoiselles s'étaient arrêtées devant leur tente.

— Excusez-moi de vous déranger, messieurs, dit l'une d'elles à travers la toile. On nous a dit que nous pourrions trouver Sir Thomas Lovent par ici. Si c'est bien le cas, ma Lady Gwenllian ferch Hywel de Clwyd aimerait vous parler, Sir Thomas. Nous accorderiez-vous un entretien ?

Tom secouait déjà la tête et essayait de faire comprendre à Ralph avec force grimaces qu'il ne voulait pas être impliqué dans cette affaire quand son ami le poussa dehors.

Heureusement, il se reprit à temps.

— Ah, Lady Gwenllian. Quel plaisir de vous rencontrer ! dit-il dès qu'il fut sorti.

Ralph resta dissimulé dans la tente et fit de son mieux pour calmer sa respiration paniquée. Trop de choses étaient en jeu pour qu'il perde son sang-froid. D'un autre côté, savoir que Gwen était juste là, à quelques pas de lui…

— Je ne suis pas Lady Gwenllian, Sir Thomas. Voici ma maîtresse, répondit la femme.

— Bien sûr, quel sot je fais ! Néanmoins, quand un homme se trouve en présence de deux demoiselles aussi charmantes que vous, on peut s'attendre à ce qu'il se trompe.

Ralph soupira. Tom était irrécupérable ! Un silence bien trop long suivit. De toute évidence, les deux femmes étaient aussi choquées que lui par cette remarque maladroite.

Finalement, quelqu'un s'éclaircit la voix avec délicatesse.

— Je suis heureuse de vous rencontrer, Sir Thomas. Quand vous m'avez rendu cet objet, j'ai su que je devais à tout prix vous parler.

Oh ! Seigneur… Ralph n'avait pas entendu la douce voix mélodieuse de Gwen depuis si longtemps que son cœur s'emballa.

— Ai-je raison de supposer que vous avez connu Sir Ralph de Kinnerton ?

— Oui, Milady.

— Et il… il vous a confié ce ruban ?

Ralph avait du mal à suivre la conversation tant le sang bourdonnait à ses oreilles.

— Oui, je... Oui, en effet, répondit Tom d'une voix un peu hésitante.

— Je vois...

La voix de Gwen n'était plus qu'un murmure.

— Que désirez-vous savoir, Lady Gwenllian ?

— Tout.

— Tout ?

— Oui. J'aimerais que vous me disiez tout ce dont vous vous souvenez au sujet de... des circonstances dans lesquelles il... De la manière dont Ralph est...

Tom parut revenir de sa surprise et s'adoucit un peu.

— Tout ce que je peux vous dire, c'est que mon ami est... *était* aussi noble et honorable que dans vos souvenirs, Milady.

Gwen hésita un court instant.

— C'est bien le problème, Sir Thomas. Nous ne nous sommes pas quittés en bons termes.

— J'avoue que cela me surprend, car il m'a toujours parlé de vous avec affection. Avec beaucoup d'affection, même.

Ralph serra les dents. Quand ceci serait terminé, il étranglerait Tom !

— Je suis soulagée d'apprendre cela, voyez-vous, car nos adieux furent entachés par des choses qui n'auraient jamais dû être dites.

La voix de Gwen parut se briser. Regrettait-elle la manière dont ils s'étaient quittés ? Ralph ne pouvait en être certain, mais il était évident qu'elle était hantée par une sorte de mélancolie qu'il ne comprenait pas vraiment. Dans le chaos qui avait suivi la mort de son père et la lutte acharnée pour Kinnerton, les choses lui avaient paru très claires. Se pouvait-il qu'il se soit trompé ? Non, c'était impossible. Gwen avait *insisté* pour rester en arrière alors qu'il était contraint de quitter la demeure de sa famille...

— Milady, je vous en conjure, ne vous tourmentez pas.

— Ce n'est pas cela..., répondit-elle. J'ai seulement besoin de savoir s'il... si Ralph... s'il vous a demandé de me rendre ce ruban avant de... de...

— Oui, Lady Gwenllian. Il me l'a demandé.

— Mais pourquoi, Sir Thomas ?

C'était une question logique, et Ralph préféra ne pas trop songer à la réponse. Aujourd'hui encore, il se souvenait de l'étincelle qui brillait dans les yeux de sa bien-aimée pendant qu'elle lui expliquait comment elle avait créé ce simple et précieux cadeau. Elle avait teint le fil elle-même et l'avait tissé avec soin avant d'y broder leurs initiales entremêlées. Peut-être était-ce cela – le fait de savoir qu'il avait été fabriqué par amour, un amour qui avait disparu, qui n'avait probablement même jamais été aussi fort qu'il le croyait – qui l'amena soudain à comprendre la triste vérité. Il avait rendu le ruban parce qu'il n'en voulait plus.

La revoir après tout ce temps lui avait rappelé qu'il ne pouvait plus se permettre de conserver ce souvenir d'elle. Il ne pouvait plus espérer se raccrocher à ses sentiments... ou à l'amour qu'elle avait autrefois éprouvé pour lui. D'ailleurs, l'avait-elle réellement aimé ? Leur amitié n'était-elle pas née d'un profond sens du devoir ? Si, sans aucun doute. Et il aurait été stupide de croire qu'il ait pu y avoir autre chose entre eux.

De toute manière, trop de temps avait passé. Tout cela n'avait plus la moindre importance. Néanmoins, cela expliquait peut-être pourquoi il avait agi avec tant d'imprudence, aujourd'hui.

— Sir Thomas, je vous en supplie, dites-moi tout !

La voix de Gwen était si triste, si misérable qu'il fut soudain tenté de sortir de la tente pour la réconforter, comme autrefois. Mais c'était une très mauvaise idée et il lutta de toutes ses forces pour ne pas bouger. Gwen ne représentait plus rien pour lui.

Il s'était déjà mis en danger en lui rendant son ruban, et

cela ne lui avait rien apporté de bon. La preuve : elle était là et posait des questions gênantes au sujet d'un passé qui aurait dû rester enfoui.

— Quel message Ralph a-t-il voulu me transmettre ? ajouta-t-elle. Était-il abattu, ou bien triste ? Avait-il accepté ce qui s'est passé entre nous ? Ou était-il encore… en colère ?

Oui. Ralph était encore en colère. Il aurait été prêt à subir mille morts plutôt qu'accepter le drame qui les avait séparés. Son cœur le faisait toujours autant souffrir, lui rappelant à chaque instant ce jour où tous les habitants de Kinnerton avaient comploté pour le trahir. Tous. Y compris la femme qui parlait à présent à Tom. Sa trahison était sans doute la pire de toutes.

— Milady, ce campement est réservé aux soldats, aux chevaliers et à leurs écuyers, reprit son ami. C'est un lieu de repos pour les concurrents du tournoi et certainement pas un endroit pour une dame. Nous ne pouvons pas avoir ce genre de conversation ici.

— Il a pourtant dû vous dire quelque chose !

— Ralph m'a dit beaucoup de choses.

— Ne me ménagez pas. Quoi qu'il ait pu vous confier, j'ai l'habitude des révélations cruelles.

— Dans ce cas, laissez-moi vous dire que je ne souhaite pas faire preuve de ce genre de cruauté et, heureusement, je n'ai pas à le faire. Mais croyez-moi, nous ne devrions pas parler de tout cela ici. Vous feriez mieux de retourner dans les tribunes.

— C'est ce que je ne cesse de lui répéter, intervint l'autre femme.

— Et c'est un bon conseil, demoiselle. Je vous promets de venir vous trouver plus tard pour satisfaire votre curiosité, Lady Gwenllian.

Il y eut un court silence avant que Gwen réponde :

— Très bien. Dans ce cas, j'espère vous voir dans la grande salle pour le souper, après vêpres.

— Je ne peux rien vous promettre, Milady, mais je ferai tout mon possible pour vous y rejoindre.

— Je n'en espérais pas davantage, Sir.

Ralph n'entendit pas la réponse de Tom, mais il perçut clairement la dernière remarque de Gwen :

— Avant de partir, j'aimerais savoir comment vous m'avez reconnue.

— Milady ?

— Comment avez-vous su qui j'étais, Sir Thomas ?

— Eh bien, je… C'était grâce aux descriptions de Ralph. D'ailleurs, je suis heureux de voir que je ne me suis pas trompé, Lady Gwenllian. Je… Euh… je savais que c'était vous.

— Je vois. À ce soir, Sir Thomas.

Ralph relâcha d'un coup la respiration qu'il retenait depuis un moment puis se drapa d'une cape dont il rabattit le capuchon sur sa tête. Il attendit longtemps pour être certain que les deux femmes étaient parties avant de se risquer hors de la tente.

— Merci, mon ami, dit-il. J'ai une dette envers toi.

Tom secoua la tête en regardant les deux femmes s'éloigner dans la foule.

— Oui, mais ne t'en fais pas pour cela : je saurai te le rappeler en temps voulu.

— Je n'en doute pas.

Ils restèrent campés côte à côte en silence. Finalement, Tom indiqua d'un signe de tête les silhouettes à présent à peine visibles au loin.

— Tu as commis une erreur avec elle, Ralph.

— Il semblerait, oui.

— Une erreur qui pourrait bien avoir de lourdes conséquences. Que feras-tu, si elle comprend que tu es toujours en vie ?

— Je sais… J'aurais dû réfléchir avant de faire quoi que ce soit.

— Évidemment ! Elle est peut-être mariée. Son époux pourrait avoir vent de ce que tu as fait.

Ralph ne savait toujours pas ce qui l'avait poussé à approcher Gwen. Son destin dépendait de ce tournoi. Il ne pouvait se permettre de perdre son temps avec Gwenllian ferch Hywel de Clwyd. N'avait-il pas depuis longtemps appris à vivre avec le gouffre qui s'était creusé en lui quand elle avait refusé de s'enfuir avec lui ? Raviver ces anciennes blessures n'apporterait rien de bon.

Il soupira et secoua la tête à son tour.

— Viens. Will Geraint approche, et je suis certain qu'il tiendra à me réprimander pour toutes mes autres erreurs.

Il frotta nerveusement la peau déformée de sa mâchoire dans l'espoir d'apaiser sa tension.

La situation empirait d'heure en heure.

Plus tard, alors que la journée touchait à sa fin, Ralph s'attarda sur le terrain pour s'entraîner encore. Il avait besoin de maîtriser toutes les techniques qu'il avait été incapable de mettre en œuvre pendant les combats d'ouverture, devant le jeune roi et les comtes des Marches. Il levait son épée, attaquant dans toutes les directions, enchaînant les feintes sous des angles différents, contournant avec souplesse son adversaire imaginaire. Encore et encore.

Il avait travaillé tellement dur, ces dernières années. Il ne pouvait pas risquer d'échouer maintenant, juste parce qu'il avait posé les yeux sur une femme qui avait autrefois occupé une si grande place dans sa vie.

Il n'avait pas seulement déçu les hommes qui l'avaient aidé, qui avaient cru en sa mission, mais aussi éveillé la curiosité de Gwen en lui rendant son présent. Tom avait raison : elle était sans doute mariée, après tout ce temps, et ne valait pas la peine qu'il songe à elle.

D'ailleurs, pourquoi avait-il tant tenu à lui rendre ce fichu ruban ? Surtout maintenant ! Il ne comprenait pas son propre geste. Cela avait été une irrésistible impulsion.

L'apparition de Gwen avait réveillé tous ses souvenirs – la perte d'un père qui l'avait toujours critiqué, la trahison de son cousin si obséquieux, la rapidité avec laquelle celui-ci s'était retourné contre lui sans prévenir… Et enfin Gwen elle-même, qui avait préféré le quitter dès l'instant où il avait tout perdu.

Elle avait toujours été si raisonnable, si prudente. Si rationnelle. Même ce soir-là, quand ils s'étaient dit adieu dans les bois. Elle lui avait parlé de son devoir – elle devait être la prochaine Lady Kinnerton, quitte à épouser n'importe qui pour cela. Elle l'avait poussé à fuir et à sauver sa peau. Lâchement, il avait fini par obtempérer et était parti sans elle, blessé de découvrir qu'elle préférait s'accrocher à un titre plutôt qu'à lui. Elle avait renoncé à leur amour. Cela avait été le coup fatal, la dernière dague plantée dans son dos au milieu de la folie qui avait suivi la mort de son père. Après cela, il n'y avait plus eu dans son cœur qu'un vide obscur et profond.

Mais c'était terminé. Il n'était plus le même homme, et il refusait de perdre de vue ce qui comptait vraiment, désormais. Il fallait qu'il cesse de ressasser le passé et qu'il se concentre uniquement sur son avenir. Un avenir qui ne pourrait être sien qu'à force de détermination, de volonté et de courage.

Tom le rejoignit sur le terrain déserté.

— Viens, dit-il. Allons au château manger quelque chose : nous en avons tous les deux besoin. Je suis sûr qu'on aura prévu un véritable festin en l'honneur du roi.

Ralph secoua obstinément la tête.

— Non. Je ne pense pas que ce soit une bonne idée de nous montrer là-bas.

— Tu as donc réfléchi à l'incident de ce matin et à Lady Gwenllian ?

— Oui. Je dois agir avec prudence.

— Si seulement tu avais pu comprendre cela plus tôt, mon ami…

— Je le sais bien, soupira Ralph, exaspéré. Mais je ne peux pas revenir en arrière. Tout ce qu'il me reste à faire, c'est garder mes distances et l'éviter à tout prix.

— Est-ce pour cela que tu veux nous faire renoncer au banquet de ce soir ?

Ralph acquiesça et rengaina son épée avant de se tourner de nouveau vers son compagnon.

— Je t'en demande beaucoup trop, Tom.

— C'est vrai, répondit son ami avec un sourire ironique. Mais je survivrai, même sans le bon vin, les mets délicieux et l'agréable compagnie qui doivent nous attendre là-bas. Qui a besoin de ce genre de choses, après tout ?

— Oui, qui ?

Ralph sourit à son tour.

— Merci encore, Tom. Tu es un bon ami.

Un gloussement amusé lui répondit.

— Je sais.

Le lendemain, en dépit des efforts des deux hommes pour ne pas attirer l'attention, Lady Gwenllian se remit à la recherche de Sir Thomas. Ils étaient sur l'un des terrains sur lesquels les chevaliers s'entraînaient avec les différentes armes qu'ils utiliseraient pendant les mêlées. Les espaces réservés aux nombreux seigneurs et à leur suite étaient séparés par des rangées de tentes, mais cela restait un bon endroit pour observer ses adversaires et tenter de repérer leurs faiblesses.

En revanche, ce n'était pas un lieu de promenade pour une belle femme comme Gwenllian, uniquement accompagnée par une jeune suivante. Ralph vit toutes les têtes se tourner sur leur passage.

Il rabattit bien vite sa cape pour dissimuler son visage et garda la tête basse tandis qu'elles s'approchaient d'eux.

— Ne te retourne pas, dit-il à Tom. Lady Gwenllian est ici et elle vient vers nous.

Tom grommela et jeta un discret coup d'œil par-dessus son épaule.

— Mon Dieu ! Cette femme a-t-elle perdu la tête ?

Ralph ne put s'empêcher de la regarder de nouveau. Elle avait accéléré le pas, se tenant très droite. Le voile blanc cassé qui couvrait ses cheveux flottait avec légèreté dans son sillage.

— Gwenllian est au contraire bien plus raisonnable que toi, mon ami.

— À la voir agir, on ne dirait pas, pourtant. Que vient-elle encore faire ici ?

Ralph recula de quelques pas et sentit son cœur s'emballer quand les deux jeunes femmes arrivèrent près de Tom. Il fit tout son possible pour contempler ses bottes, sans relever la tête.

— Bonjour, Milady, lança Tom.

— Sir Thomas.

— Que me vaut le plaisir de votre compagnie ?

— Une fois de plus, je viens vous trouver dans un lieu que vous jugerez sans doute inapproprié pour moi, dit-elle d'un ton pincé.

— En effet, Lady Gwenllian.

— Hélas ! Vous ne m'avez pas laissé le choix, puisque vous n'avez pas assisté au banquet d'hier.

— Ah… Toutes mes excuses, Milady. J'avais beaucoup à faire, après mon échec dans la lice. Je ne peux d'ailleurs pas vous parler maintenant. Je dois me rendre auprès de Lord Clancey.

Sur ce, il s'éloigna rapidement, suivi de près par Ralph.

— Attendez ! cria Gwen, visiblement agacée. Veuillez écouter ce que j'ai à vous dire ! Je comprends bien l'importance de ce genre de tournoi, Sir Thomas, surtout pour un jeune chevalier en quête de fortune. Mais n'oubliez pas que *vous* m'avez approchée, hier. Allez-vous prétendre le contraire ?

— Non, Milady. Je l'admets.

— Et je tiens à comprendre pourquoi.

— Je ne peux malheureusement pas vous expliquer les raisons de…

— S'il vous plaît, Sir Thomas. Je ne veux pas vous déranger pendant votre entraînement. Si seulement vous acceptiez de me promettre de m'accorder un peu de votre temps dans la grande salle, ce soir… Je vous donne ma parole que notre conversation sera brève et que je ne vous importunerai plus ensuite.

Tom ne répondit pas immédiatement. Finalement, Ralph l'entendit pousser un soupir résigné.

— Très bien, Milady. Je vous verrai ce soir.

Les deux femmes s'éloignèrent alors et Ralph put redresser la tête. Il repoussa son capuchon et, la mine soucieuse, se massa la mâchoire.

— Les dés sont jetés. Il semble que nous ne puissions plus éviter Gwenllian ferch Hywel.

Gwen examina attentivement la grande salle bondée du château de Pulverbatch, un lieu qu'elle avait fréquenté, à l'époque où elle vivait encore à Kinnerton. Seulement, si ses souvenirs étaient exacts, l'endroit était alors plus calme, pour ainsi dire inhabité la plupart du temps.

Cependant, pour les besoins du tournoi, les comtes de Chester et de Hereford avaient décidé d'y organiser les festivités, pour la première fois sans doute.

Un logis de fortune avait été aménagé avec de nombreuses chambres pour le roi et sa suite. Les femmes étaient logées dans le donjon, protégées jour et nuit par un garde posté au bas de l'escalier de pierre en colimaçon. Aucun chevalier trop entreprenant n'y était admis.

Gwen scruta chaque recoin de la salle bruyante, remplie de convives heureux de goûter aux plats et à l'excellent vin fournis par leurs hôtes. À l'extrémité de la pièce, le jeune roi, l'air las, était installé sur une estrade, flanqué par ses gardes et les deux comtes. Les femmes étaient attablées un peu en retrait, ce qui conférait au banquet un semblant de formalité, tandis que les seigneurs et leurs chevaliers occupaient les autres tables en petits groupes.

— Thomas Lovent a promis de venir, murmura-t-elle.

Portant sa coupe à ses lèvres, elle but une gorgée de bière légère, sans cesser son examen de la foule.

— Sois patiente, lui conseilla Brida, occupée à garnir son assiette de mouton baignant dans la sauce. Il viendra, puisqu'il l'a dit.

Être patiente ?

Gwen l'était, par la force des choses. Dans sa situation, ce n'était pas un choix mais une nécessité. Mais ce soir, malgré tous ses efforts, elle peinait à rester calme. Elle *devait* découvrir ce qui était réellement arrivé à Ralph, même si la vérité risquait d'être dure à entendre. Elle avait besoin de savoir si elle aurait pu lui épargner le sort cruel qu'il avait connu en France. Était-elle responsable de sa mort ? Sans doute, puisqu'elle avait insisté pour qu'il quitte l'Angleterre seul… D'un coup, elle perdit tout appétit et repoussa son assiette d'étain à laquelle elle avait à peine touché.

Il fallait que l'ami de Ralph lui raconte tout, ce qu'il paraissait étrangement peu disposé à faire. Pourquoi ? Était-il arrivé quelque chose d'horrible à Ralph ? Une chose trop difficile à dire ?

Sa réticence paraissait cependant étrange, alors qu'il lui avait rendu le ruban de Ralph en public au début du tournoi. Pourquoi s'exposer ainsi, s'il refusait ensuite de répondre à la moindre question concernant le décès de son ami ? Si elle n'était pas allée le trouver aujourd'hui, il aurait sans doute continué à l'éviter. Oui, le comportement de Sir Thomas

Lovent était curieux. Lors de leurs brèves entrevues, il avait eu le regard fuyant, comme s'il lui cachait quelque chose d'important.

Brida avala sa bouchée et brandit sa cuillère en direction de la porte.

— Là ! Qu'est-ce que je disais ? Il est là… Il arrive un peu en retard, certes, mais au moins, il a tenu parole.

Gwen leva les yeux et regarda entrer le grand chevalier musclé aux cheveux d'or et aux yeux verts amicaux. Sir Thomas l'aperçut et lui adressa un petit signe de tête avant d'aller s'asseoir à la table de son seigneur. Il était accompagné par un autre homme, tout aussi grand et fort, mais le visage caché par un capuchon et la tête baissée. C'était l'homme qui se trouvait avec lui sur le terrain d'entraînement, elle en était sûre. Étonnée, elle ne put s'empêcher de les observer plus en détail.

L'homme encapuchonné l'intriguait. Il semblait presque décalé, dans cette salle, et cela la troublait. Pour commencer, il paraissait bien trop âgé pour n'être encore qu'un écuyer. De plus, sa silhouette lui était étrangement familière. L'aurait-elle déjà rencontré quelque part ? Non, c'était impossible…

Elle se leva et se tourna vers Brida.

— Allons le voir. J'ai hâte d'en finir avec tous ces mystères.

— Non, attends. Laisse-lui au moins le temps de se désaltérer avant d'aller le bombarder de questions.

Au même moment, Gwen vit entrer un autre homme. Celui-là, elle ne le connaissait que trop bien ! Incapable de faire le moindre geste, elle eut l'impression que tout son corps se pétrifiait.

Oh non ! Seigneur, non…

Stephen Le Gros alla s'asseoir à l'autre bout de la salle, sous une arche où étaient déjà rassemblés des chevaliers de Kinnerton. Et, comme toujours, il lui adressa un regard qui la fit frémir d'horreur. Chaque fois qu'elle le croisait, elle avait l'impression qu'il la déshabillait des yeux. Elle se sentait fragile, exposée.

Bien sûr, elle savait qu'il était plus que probable de le trouver là, mais elle n'avait pas cru qu'il ferait son apparition si tôt. Il avait tout du prédateur… et elle était sa proie. Comme elle le haïssait ! Elle le haïssait pour avoir bouleversé sa vie entière, six ans plus tôt. Elle fit cependant de son mieux pour rester de marbre et soutint son regard tandis qu'il souriait en levant sa coupe dans sa direction. C'était un sourire froid, calculateur.

Elle aurait voulu se détourner, fuir à toutes jambes, mais non. Pas question de donner à cet homme la satisfaction de voir à quel point ses viles tentatives d'intimidation l'atteignaient.

Se reprenant, elle se dirigea vers la table où était assis Sir Thomas Lovent. C'était sans doute une action imprudente et un peu folle, mais elle était à bout de patience. Elle voulait aussi se soustraire le plus vite possible aux regards insistants de Stephen.

Elle fit de son mieux pour ne plus penser à lui et se concentrer sur ce qu'elle espérait obtenir de son échange avec Thomas Lovent. Elle avait besoin de paix. Non. Pour être plus précise, elle avait besoin d'être déchargée de la culpabilité qui pesait sur elle depuis qu'elle avait appris la mort de Ralph de Kinnerton. C'était peut-être quelque chose d'irrationnel, mais elle ne parvenait pas à s'en défaire et n'avait plus connu un seul instant de sérénité en deux ans.

— Bonsoir, Sir Thomas, lança-t-elle en arrivant à sa hauteur.

Il se leva, contempla un instant la main qu'elle lui tendait, puis s'inclina galamment pour l'effleurer du bout des lèvres.

— Milady, murmura-t-il sans pour autant soutenir son regard. Venez. Nous pourrons discuter tranquillement dans ce coin, là-bas.

Gwen remarqua avec surprise que le coin en question était déjà occupé par la silhouette sombre de l'écuyer – ou du serviteur – de Sir Thomas. Il se tenait très droit, raide, la tête toujours couverte par son capuchon, près d'une petite table inoccupée. Ce n'était pas vraiment l'idée qu'elle se faisait d'un « endroit tranquille ».

Étonnant.

— J'espérais pouvoir avoir une conversation privée avec vous, protesta-t-elle en indiquant l'homme d'un mouvement du menton.

— Je vous comprends, Milady. Mais ne vous souciez pas de lui. Mon compagnon est hélas muet et un peu simple ; il m'est cependant infiniment loyal et j'ai souvent eu recours à sa force pour m'aider dans des moments difficiles.

— Je vois… Tant que vous m'assurez de sa discrétion…

Bien qu'un peu troublée, elle obtempéra. D'un geste, elle fit signe à Brida de rester en retrait, le temps qu'elle pose au chevalier toutes les questions qui la hantaient.

— Eh bien, Lady Gwenllian, commença Sir Thomas quand ils se furent écartés des tables, dites-moi ce que vous voulez savoir.

— Comme je vous l'ai déjà indiqué, Sir Thomas, je veux tout savoir. Tout ce qui pourrait me permettre de comprendre ce qu'a été la vie de Ralph après son départ de Kinnerton et la… perte de son père.

— Puis-je d'abord vous offrir une chope de bière ?

Sans attendre sa réponse, il en remplit deux et lui en tendit une. Ils s'assirent face à face.

— Merci. À présent, je vous prierai de me parler de Ralph, insista Gwen de peur qu'il essaie encore de gagner du temps.

— Très bien, fit-il, l'air résigné. J'ai rencontré Ralph de Kinnerton il y a quelques années, à Poitiers. Nous avons tous les deux servi l'intendant de Lord Aligner. Notre âge et nos caractères similaires nous ont permis de devenir amis très vite.

— Je vois.

En réalité, elle ne « voyait » pas. Thomas Lovent était

peut-être un homme courtois et galant, mais il était de toute évidence un puissant guerrier, ce que son doux Ralph n'avait jamais été.

— Ralph était inquiet et, au fil du temps, il a commencé à être préoccupé par des menaces qui semblaient dirigées contre lui et non contre notre garnison. Il n'avait toutefois aucune preuve tangible qu'on lui veuille personnellement du mal. Il sentait le danger rôder autour de lui mais n'a jamais pu découvrir d'où il venait.

Sir Thomas soupira et but une gorgée de bière.

— Puis, un jour, il est parti en patrouille avec quelques-uns de nos hommes…

— Et il n'est jamais revenu, acheva Gwen, la gorge nouée.

— C'est cela, confirma le chevalier avec un triste hochement de tête.

— Je suppose que vous n'étiez pas avec lui.

Il grimaça.

— Non. Malheureusement, je n'étais pas présent.

Ils restèrent silencieux quelques instants. Enfin, le chevalier releva la tête et, pour la première fois, la regarda en face.

— Quant au ruban, Ralph l'avait bien sûr laissé avec ses affaires. Quand je vous ai vue, l'autre matin, j'ai pensé que cet objet vous revenait. Je ne souhaitais pas vous causer la moindre peine, croyez-moi. Si j'avais su que cela vous troublerait autant, je me serais abstenu.

Ce récit paraissait bien trop lisse, comme s'il avait été longuement répété – pensée absurde, sans doute. Tout cela n'avait aucun sens… Elle jeta un coup d'œil à l'écuyer de Sir Thomas, qui se tenait tout près, dans l'ombre du mur. Un peu gênée par sa présence, elle déglutit péniblement. C'était dérangeant d'avoir ce genre de conversation devant un tel témoin. Sa présence auprès d'eux était-elle réellement nécessaire ? On aurait presque pu croire qu'il y avait autre chose, quelque chose qu'on ne lui disait pas…

Elle fit l'effort de se concentrer de nouveau sur son interlocuteur.

— Ralph vous a-t-il parlé de moi ? demanda-t-elle.

— Oui, Lady Gwenllian.

— Dans ce cas, vous savez ce qui s'est passé entre nous.

— En effet.

Il s'éclaircit la voix et reprit :

— Mais ce que je ne sais pas, et ce que Ralph n'a jamais vraiment compris, c'est pourquoi vous avez refusé de quitter Kinnerton avec lui. Il a parlé de devoir à accomplir, d'une obligation à laquelle vous étiez tenue. C'est bien cela ?

Avait-il parlé plus fort ? Ou se faisait-elle des idées ? Et comment pouvait-elle expliquer à cet homme les raisons qui avaient motivé son geste ?

— C'est... compliqué.

— Je n'en doute pas, Lady Gwenllian, mais j'aimerais tout de même comprendre. Pour le bien de mon ami... Pour honorer sa mémoire, je me dois de vous poser la question.

— Vous venez d'y répondre vous-même, dit-elle lentement. Si j'ai refusé de fuir avec lui, c'était pour son bien.

Manifestement surpris, Sir Thomas fronça les sourcils.

— Je ne suis pas sûr de vous suivre. N'étiez-vous pas en danger, vous aussi, quand le château de Kinnerton a été saisi et quand le père de Ralph a été accusé de trahison ?

— Je vois que vous savez tout.

Il hocha la tête.

— Oui, mais je n'ai entendu que la version de Ralph.

L'écuyer, qui changea tout à coup nerveusement de position, attira de nouveau l'attention de Gwen.

— Votre serviteur va-t-il bien ? Peut-être devrait-il s'asseoir quelque part.

— Non, ne vous en faites pas pour lui, Milady. Il est très bien où il est.

— J'imagine que vous savez mieux que moi ce dont il a besoin.

De plus en plus perturbée par cette présence muette, elle dut faire un effort pour se concentrer de nouveau sur le chevalier qui lui faisait face.

— Pour en revenir à votre question, la réponse est non, dit-elle. Le danger qui pesait sur moi, comme vous le dites si bien, était très différent de celui qui menaçait Ralph. Aussi étrange que cela puisse paraître, c'est justement cette menace qui m'a protégée.

— Je ne comprends pas.

Personne ne devait découvrir cette partie de l'histoire, et elle n'avait aucune intention de se confier à cet homme. Seule Brida savait exactement ce qu'elle avait fait pour sauver Ralph et lui permettre de fuir. D'ailleurs, le risque qu'elle avait pris en avait valu la peine, puisqu'elle était également parvenue à quitter Kinnerton peu de temps après.

— C'est sans importance, Sir Thomas. De toute manière, je suis rapidement devenue pupille du roi. Le danger dont vous parliez n'a donc pas été aussi grand pour moi que pour Ralph.

Elle soupira.

— La vérité, c'est que, si j'étais partie avec Ralph, la situation serait vite devenue plus périlleuse encore… pour lui.

Sir Thomas haussa un sourcil.

— Vous avez fait cela pour le protéger ?

De toute évidence, il ne pensait pas qu'une femme puisse chercher à protéger un homme.

— Oui. Pour le bien que cela m'a fait…, répondit-elle amèrement.

Il la regarda pendant un long moment, puis détourna les yeux.

— Je suis désolé pour vous, Lady Gwenllian.

Soudain, la sensation d'une présence dans son dos la fit se retourner. Elle découvrit Stephen Le Gros campé derrière elle. Il n'aurait pu l'approcher à un pire moment.

Elle frémit, indignée. Comment osait-il venir les interrompre aussi impoliment ? Hélas, elle ne pouvait se permettre de faire une scène. Pas ici, en présence du roi et de la cour.

— Et pour quoi *exactement* êtes-vous désolé, Sir ? demanda Stephen avec autorité.

Gwen sentit son estomac se nouer. Sir Thomas se leva. Pourvu que Stephen n'ait pas surpris le reste de leur conversation ! pria-t-elle.

En un instant, l'air s'était chargé de tension. Cela provenait de Sir Thomas, mais aussi – étonnamment – de l'homme silencieux qui l'accompagnait. Sans pouvoir l'expliquer, Gwen eut soudain peur qu'une bagarre éclate entre les trois hommes. Bien qu'elle soit soulagée de voir que Sir Thomas et son serviteur paraissaient prêts à se dresser face à Stephen pour elle, elle ne pouvait les laisser faire.

Elle se leva donc à son tour.

— Je vous remercie de m'avoir accordé cet entretien, Sir.

— C'était un plaisir, Milady, répondit Sir Thomas. Souhaitez-vous que je vous raccompagne auprès de votre époux ?

Elle esquissa un faible sourire.

— Je vous remercie, mais ce n'est pas nécessaire… Et je ne suis pas mariée.

Stephen s'avança alors et lui saisit le coude de sa main moite.

— Venez, ma chère.

Elle se dégagea aussi discrètement que possible et s'écarta de l'odieux personnage avant de saluer les autres sans un regard pour lui.

— Bonne soirée, Sir Thomas.

Ralph dut faire appel à toute sa volonté pour ne pas suivre Gwen et s'assurer que son répugnant cousin retournait s'asseoir très loin d'elle, sans l'importuner davantage. Il ne pouvait prendre le risque de s'exposer, pas maintenant. Mais le simple fait de voir Stephen Le Gros toucher Gwen avec tant de familiarité l'avait fait bouillir de rage, au point de le pousser à bondir. Pendant un instant, il avait failli perdre tout contrôle.

Failli…

Cet homme lui avait volé tout ce qu'il possédait. Malheureusement, il ne pouvait pas prouver qu'il était à l'origine du complot qui lui avait coûté ses terres et qui avait mené à la mort de son père. Il ne doutait cependant pas un instant que Stephen était responsable de tout cela, qu'il s'était allié en secret avec leurs ennemis. Les mains de son cousin étaient tachées du sang de son oncle et c'était sans doute aussi lui qui avait commandité la tentative d'assassinat dont il avait été victime en Aquitaine. Il aurait tellement aimé pouvoir en finir une bonne fois pour toutes ! Ici et maintenant.

Dès qu'il avait vu approcher Stephen, sa main s'était refermée instinctivement sur la dague qu'il cachait sous sa cape, au point que ses doigts, crispés, s'étaient mis à lui faire mal tandis qu'il luttait pour résister à l'envie de plonger sa lame dans le cœur de son cousin. Un meurtre n'aurait certainement pas servi sa cause. Il allait devoir trouver un moyen de garder son calme et faire preuve de patience – une qualité qu'il n'avait pas eue, dans sa jeunesse. Laisser sa colère éclater en présence du roi, de la cour et des comtes des Marches ne lui apporterait rien.

Pourtant, tout avait changé quand son cousin s'était installé à Kinnerton, des années plus tôt. Dès le premier jour, Stephen avait manœuvré afin de s'attirer l'estime de son oncle et s'était arrangé pour donner au monde une image de chevalier parfait. Il avait été un exemple brillant de « l'héritier idéal », comme disait le père de Ralph. Et il n'avait pas hésité à tourner cela à son avantage. Il n'avait jamais manqué une occasion de provoquer et de brutaliser Ralph.

Stephen avait été tout ce qu'il n'était pas. À l'époque, même son talent pour le combat avait été remis en question ;

et c'était logique, puisque son cousin était alors plus âgé et donc naturellement plus grand et plus fort que lui. Cependant, d'après ce qu'il venait de voir, cette différence de taille et de puissance entre eux avait disparu.

Malgré tout cela, Ralph devait à tout prix réprimer et contrôler ses émotions. Son animosité envers Stephen ne devait pas compromettre son unique chance de récupérer son héritage.

Sa volonté avait été sévèrement mise à l'épreuve, ce soir, quand il avait constaté à quel point son cousin semblait s'intéresser à Gwen – et à quel point elle semblait haïr sa présence – mais il avait une mission à accomplir. Cela seul comptait.

Gwen…

Il avait encore du mal à assimiler tout ce qu'elle avait dit à Tom. Il ne comprenait toujours pas pourquoi elle avait refusé de l'accompagner dans sa fuite, six ans plus tôt, mais toutes ses certitudes à son sujet étaient ébranlées et il ne savait que penser.

Apparemment, sa bien-aimée ne l'avait pas abandonné par simple sens du devoir, parce qu'elle ne l'aimait plus ou parce qu'elle tenait à se lier au prochain seigneur de Kinnerton, quel qu'il soit. En réalité, elle l'avait fait pour le protéger – elle l'avait admis très clairement.

Le protéger ?

Comment ? Il fit un effort pour se rappeler ses paroles exactes.

« Si j'étais partie avec Ralph, la situation serait vite devenue plus périlleuse encore… pour lui. »

Avait-elle réellement pensé qu'il avait besoin de protection ? Cette idée était à la fois surprenante et profondément troublante. Il préférait ne pas y songer trop longtemps. Gwen l'avait-elle cru trop faible pour se défendre ou pour veiller sur elle ? Était-ce vraiment ainsi qu'elle le voyait ?

Une autre de ses confidences l'avait surpris. Le temps avait passé, et elle n'était toujours pas mariée.

Pourquoi ?

Une fois de plus, il se demanda à quoi avait ressemblé sa vie, depuis leurs adieux déchirants dans les bois de Kinnerton. Que lui était-il arrivé, durant ces six ans ? Avait-on veillé sur elle ? L'avait-on protégée d'hommes comme Stephen Le Gros, qui semblait toujours décidé à la séduire ? Bon sang !

S'il voulait découvrir la vérité, une seule solution s'offrait à lui. En dépit des puissantes raisons qui auraient dû le convaincre de garder ses distances et de bannir Gwen de ses pensées, il comprit soudain ce qu'il lui restait à faire. Il devait la revoir.

Chapitre 3

Ralph n'avait absolument pas prévu d'approcher Gwenllian ferch Hywel. De plus, Will Geraint et Hugh de Villiers avaient insisté pour qu'il ne dévoile à personne sa véritable identité, de peur qu'il se retrouve exposé et à la merci de ses ennemis. C'était trop tôt pour cela.

Il savait aussi qu'il ne pouvait se permettre de décevoir ces deux hommes qui avaient le pouvoir de le priver de son unique chance de réussite en retirant son nom d'emprunt de la liste des concurrents du tournoi. Ils avaient d'ailleurs raison de l'inciter à la prudence, mais…

Mais il savait aussi qu'il fallait qu'il revoie Gwen pour satisfaire sa curiosité à son sujet. Cette nécessité était d'autant plus pressante qu'il avait pu voir la tristesse dans ses yeux pendant qu'elle parlait à Tom. Elle avait porté son deuil.

Elle le portait encore.

Cela l'avait surpris. Il ne pouvait continuer à la laisser croire à sa mort ; sa conscience le lui interdisait. Il devait lui dire qu'il était toujours en vie, ne serait-ce que pour lui apporter un peu de paix et de soulagement.

Plus important encore, il était grand temps qu'ils cessent d'attirer l'attention sur eux. Le fait que Gwen soit allée trouver Tom à deux reprises dans la même journée, en public, avait de toute évidence éveillé la curiosité de Stephen Le Gros et rendait leur situation plus périlleuse. Surtout en ce moment.

Oui, il lui dirait la vérité pour lui apporter enfin les

réponses qu'elle cherchait. Il ne lui resterait alors plus qu'à espérer qu'elle accepte de garder son secret. Mais comment faire sans éveiller les soupçons ?

Durant toute la journée du lendemain, il réfléchit à cette nouvelle difficulté qui se présentait à lui et à un moyen d'agir en toute discrétion. Hélas, il ne trouva rien. Gwen n'était pas revenue les voir. Elle n'avait pas non plus participé au banquet du soir, dans la grande salle, et personne ne semblait savoir où elle se trouvait.

Il n'avait donc plus le choix. Il devait prendre une décision plus drastique. Il en était arrivé au point d'ignorer tous ses doutes et ses scrupules pour se lancer dans une stratégie risquée.

Au milieu de la nuit, Tom et lui s'étaient donc faufilés dans le fort. Ils s'arrêtèrent sous une petite fenêtre en arche qui, s'ils ne s'étaient pas trompés, devait être celle de la chambre de Gwen.

Le ciel leur vienne en aide !

— Qu'as-tu l'intention de faire, si tu la vois ? murmura Tom, drapé dans une cape sombre.

Cette partie de la cour du vieux château était déserte, et ils étaient accroupis derrière les buissons qui bordaient le jardin aromatique baigné de lune. Le parfum entêtant des plantes s'élevait dans l'air.

Ralph se frotta le menton, passant les doigts sur ses cicatrices, comme toujours lorsqu'il réfléchissait.

— Je ne sais pas vraiment, mais cela me viendra le moment venu.

— Espérons donc que nous arriverons à nos fins rapidement. Nous ne pouvons pas nous montrer imprudents et réveiller un autre groupe de demoiselles, comme tout à l'heure.

— À qui la faute ? siffla Ralph. Je connais ce château, pas toi !

— Dans ce cas, vas-y. À moins que tu préfères grimper à cet arbre, devant la fenêtre, et donner à cette pauvre femme la frayeur de sa vie.

— Non, nous devons nous en tenir au plan. C'est plus simple.

Malheureusement, rien n'était simple, dans cette affaire.

La destinée les avait peut-être réunis, mais comment Ralph pourrait-il faire comprendre à Gwen qu'il était vivant sans l'alarmer et… oui… l'effrayer ?

Il quitta silencieusement l'abri des buissons. Une fois à découvert, il lança la pierre qu'il avait ramassée contre le volet de bois de la fenêtre puis retourna prestement dans sa cachette. Un chien aboya au loin, mais la cour resta plongée dans le silence lourd de la nuit. On aurait presque pu croire que le monde entier retenait son souffle en attendant la suite des événements.

Ralph prit une profonde inspiration. Il avait un peu peur d'avouer son secret à Gwen et redoutait plus encore sa réaction. Il n'était plus l'homme qu'elle avait connu. Physiquement, il était devenu plus grand, plus musclé grâce à son entraînement. Et des cicatrices couturaient son corps, déformaient l'un des côtés de son visage. Allait-il la dégoûter ? Et pourquoi se souciait-il tant de ce qu'elle pourrait penser de lui ? Agacé, il grimaça. S'il faisait tout cela, c'était pour la soulager. Il lui dévoilerait la vérité et s'assurerait, une fois qu'elle saurait tout, qu'elle ne l'approche plus. En dépit de l'amour qu'ils avaient autrefois partagé, ils n'étaient plus que des étrangers l'un pour l'autre. Tout cela appartenait au passé. Il n'avait plus rien du garçon qui avait grandi à ses côtés. Le garçon dont elle s'était détournée.

— Je ne crois pas qu'on ait réveillé qui que ce soit, murmura Tom en fronçant les sourcils. Veux-tu que j'essaie ?

— Non. J'y retourne.

De nouveau, il sortit discrètement de sa cachette, ramassa une poignée de gravillons qu'il jeta les uns après les autres contre le volet, sans manquer une seule fois sa cible. Puis, de nouveau, il regagna sa cachette et s'accroupit auprès de son ami. Une fois de plus, il ne se passa rien. Apparemment, personne n'était assez curieux pour chercher la cause d'un tel bruit en pleine nuit.

— Laisse-moi faire, insista Tom.

Il se redressa de toute sa taille et s'apprêtait à lancer la pierre qu'il tenait quand le volet s'ouvrit brusquement.

La suivante de Gwen se pencha par la fenêtre et sonda l'obscurité avant de repérer Tom qui s'était figé, le bras toujours levé.

— Que signifie tout ceci, Sir Thomas ? demanda-t-elle sèchement. Ma maîtresse ne souhaite pas être dérangée à pareille heure !

— Mille pardons, demoiselle Brida, mais nous avons besoin de… Je veux dire que *je* suis venu pour… pour…

— Oui ? Pour faire quoi, Sir ?

Tom recula jusqu'au buisson.

— Que dois-je dire à cette harpie ? chuchota-t-il.

— Demande des nouvelles de Gwen, puisque nous… *tu* ne l'as pas vue, aujourd'hui, répondit Ralph dans un souffle.

— Je suis venu m'enquérir de la santé de Lady Gwenllian, reprit Tom à haute voix. Je pense avoir manqué son apparition au château, ce soir.

Puis, se penchant légèrement vers Ralph, toujours accroupi au milieu des buissons, il murmura :

— Je croyais que nous faisions tout cela pour que tu te montres enfin à elle.

— Oui, mais elle n'est pas venue à la fenêtre.

Tom afficha son plus beau sourire et leva de nouveau les yeux vers la fenêtre.

— Pouvez-vous demander à votre maîtresse de venir me parler un instant ?

— Hélas, Sir, elle est… Euh… Je crains qu'elle soit indisposée. Néanmoins, elle vous remercie pour votre bonté.

Un grondement de tonnerre roula au loin. Ralph se redressa un peu et écarta une branche pour mieux voir.

— Qu'y a-t-il ? Gwen ne va pas bien ? souffla-t-il à son ami.

Sans se détourner de la fenêtre, Tom agita une main dans son dos pour l'inciter à rester caché.

— J'espère qu'elle n'est pas malade, dit-il à la place de Ralph.

— Non, Sir, pas du tout, répondit froidement la suivante. Mais elle ne souhaite pas… euh… voir qui que ce soit à cette heure.

— Pourrait-elle accepter de m'accorder un entretien plus tard ? Demain, par exemple, après le dîner ?

— Que fais-tu ? souffla Ralph, abasourdi.

— J'organise un rendez-vous pour que tu lui parles.

— Bon sang, Tom ! reprit Ralph, tellement tendu en avant que les épines du buisson lui griffaient la peau. Ce n'est pas le moment de plaisanter !

— Je ne plaisante pas. Seulement, je crains que cette gardienne zélée ne nous laisse pas d'autre choix, cette nuit.

— Je devrais peut-être me montrer.

— Non, tu devrais me laisser m'occuper de cela. Si je te laissais faire, tu la ferais mourir de peur en réapparaissant sans prévenir.

Gwen faisait les cent pas dans sa petite chambre. Elle s'immobilisa soudain.

— Que veut-il donc, Brida ?

La pièce n'était éclairée que par quelques braises qui rougeoyaient encore dans l'âtre et la lueur bleutée de la lune, que des nuages sombres commençaient à masquer.

— Sir Thomas Lovent demande à te parler de nouveau, répondit son amie en lui adressant un petit coup d'œil perplexe. Mais je ne vois vraiment pas ce qu'il pourrait avoir à te dire.

Gwen non plus… Certes, elle ne comprenait pas encore

tout ce qui était arrivé à Ralph de Kinnerton ni les raisons obscures qui avaient poussé son compagnon à lui rendre le ruban. Elle avait même la désagréable impression que les choses n'étaient pas ce qu'elles semblaient être.

— Peux-tu lui demander ce qu'il me veut ?

— Bien sûr. Mais, si je peux me permettre un conseil, tu devrais te méfier de cet homme.

Gwen laissa courir pensivement ses doigts sur le coffre placé au pied du lit.

— Oh ! Et pourquoi ?

Brida poussa un soupir agacé.

— Depuis que tu l'as rencontré, il n'a fait que remuer le passé et réveiller des souvenirs douloureux pour toi. Il te fait du mal !

— Je pense au contraire que cela peut être une bonne chose de remuer le passé… Cela peut permettre de tourner la page sur un événement pénible et d'être enfin libre d'aller de l'avant.

— Dans quelle intention ? Pour accomplir quoi ? répliqua Brida d'un ton cassant.

— Grâce à lui, j'espère être enfin capable d'accepter ce qui est arrivé à Ralph, répondit Gwen en s'asseyant sur le bord du lit. Si une telle chose est possible, alors je suis prête à souffrir un peu pour y parvenir. Ne comprends-tu donc pas ?

La voix étouffée de Sir Thomas leur parvint depuis la cour.

— Demoiselle ? Lady Gwenllian accepte-t-elle de me rencontrer demain ? Je ne veux pas vous presser, mais il se met à pleuvoir et l'orage ne va pas tarder à éclater…

— Ma maîtresse voudrait savoir pourquoi vous tenez tant à la revoir, Sir, répondit Brida avant de baisser la voix à tel point que seule Gwen put l'entendre : Elle veut aussi que le ciel se fende et qu'un déluge vienne vous tremper jusqu'aux os.

Gwen ne put réprimer un petit rire amusé.

— Sir Thomas te dérange-t-il à ce point ?

— Il sourit trop.

Brida la dévisagea avec l'air exaspéré de quelqu'un obligé d'énoncer une évidence.

— Ma mère m'a toujours dit de me méfier des hommes qui faisaient cela.

Cette fois, Gwen éclata franchement de rire. Depuis combien d'années n'avait-elle pas ri de si bon cœur ? Cela ne dura qu'un instant, mais lui fit du bien. Elle venait de passer une journée particulièrement difficile, morose – c'était d'ailleurs la raison pour laquelle elle avait tenu à rester seule. Et pourquoi elle avait tant pleuré, aussi.

En effet, comme l'avait dit Brida, revoir l'ami de Ralph avait une fois de plus réveillé ses souvenirs et cela avait été trop difficile à supporter. Elle souffrait depuis qu'elle avait remis les pieds dans cette région autrefois familière, et plus encore depuis que Sir Thomas lui avait parlé, avec ses regards amicaux et ses sourires tranquilles. Cette façade bon enfant cachait des choses qu'il ne lui avait pas encore dites. Elle en aurait mis sa main au feu.

D'un autre côté, pouvoir discuter de Ralph avec quelqu'un qui l'avait également connu offrait une sorte de soulagement. Peut-être que les explications de Sir Thomas concernant la vie que Ralph avait menée après son départ de Kinnerton, vie assombrie par le danger et l'incertitude, auraient le pouvoir de lui apporter un peu de réconfort. Elle était déjà heureuse de savoir qu'il n'avait pas été seul dans son exil et qu'il avait eu des amis fidèles – comme l'homme qui attendait à présent sa réponse sous la pluie…

Elle prit une profonde inspiration.

— Très bien. J'accepte de le voir.

Si Sir Thomas avait davantage à lui apprendre que ce qu'il lui avait déjà confié, elle était prête à l'entendre. Une dernière fois.

Le lendemain soir, après le banquet, Gwen quitta discrètement la grande salle. Après avoir rabattu la capuche de sa longue cape grise sur son visage, elle sortit dans la cour où l'attendait déjà Brida. Quelques gardes surpris levèrent les yeux sur leur passage mais, heureusement, ils se contentèrent de les examiner de la tête aux pieds sans leur adresser la parole.

— Je crois que je vais mourir de honte, Gwen, lui souffla son amie. Ils pensent que nous sommes des filles légères.

— Ne te soucie pas d'eux et suis-moi. Je ne voudrais pas leur laisser le temps de nous aborder et de nous empêcher de quitter le château.

Serrées l'une contre l'autre, elles passèrent la poterne et s'engagèrent sur le sentier qui longeait les remparts jusqu'à l'orée du petit bois voisin. Là, comme convenu, Sir Thomas les attendait patiemment sous un arbre. Elles pressèrent le pas pour le rejoindre.

— Bonsoir, Milady, dit-il en saluant Gwen avant de se tourner vers sa compagne. Demoiselle Brida.

Celle-ci répondit par un petit signe de tête crispé et Gwen sentit soudain un frisson courir dans son dos. Elles étaient seules ici, au milieu de la nuit, en compagnie d'un homme. Était-il réellement aussi digne de confiance qu'elle voulait le croire ?

— Bonsoir, Sir Thomas, répondit-elle en étouffant son inquiétude de son mieux. J'espère que nous ne vous avons pas trop fait attendre.

— Pas du tout, Lady Gwenllian.

— Eh bien… Nous voici…

Un peu tendue, elle déglutit avant de poursuivre.

— Que vouliez-vous me dire ?

— Avant tout… j'ai un aveu à vous faire à ce propos. Je crains de vous avoir attirée ici sous un prétexte.

Son cœur manqua un battement et elle échangea un regard affolé avec Brida. S'était-elle trompée au sujet de ce chevalier ? À vrai dire, elle ne savait rien de lui, à part qu'il avait été l'ami de Ralph…

— Veuillez vous expliquer, Sir. Et sachez que nous sommes venues armées.

L'air très solennel, il leva les mains dans un geste d'apaisement. Ce fut un soulagement pour Gwen qui s'était attendue à des moqueries.

— Non, Milady, vous vous méprenez. Je veux seulement dire que ce n'est pas *moi* qui souhaite vous parler, mais une autre personne.

— Je ne comprends pas…, répondit-elle, de plus en plus troublée. Vous vous exprimez par énigmes, Sir.

D'un mouvement de la tête, il indiqua le sentier qui s'enfonçait dans les bois.

— L'homme qui veut discuter avec vous est là-bas, sous les arbres. Il vous attend. Si vous empruntez ce sentier et le suivez pendant quelques minutes, vous arriverez à…

— À un grand chêne, acheva-t-elle pour lui, lentement. Tous les chemins mènent à cet arbre. J'avais l'habitude de m'y rendre très souvent, autrefois, avec… avec…

Se redressant d'un coup, elle sonda le regard de Sir Thomas en quête d'une réponse. Lui faisait-il une mauvaise plaisanterie ?

— Que signifient tous ces mystères ? Essayez-vous de vous jouer de moi ?

Elle aurait pu le gifler.

— Oh non, Milady ! Non, pas du tout !

Il poussa un profond soupir.

— Je peux vous assurer que ce n'est ni une énigme, ni une tromperie, ni même un miracle.

Se sentant soudain lasse, elle se massa le front en soupirant.

— Qu'essayez-vous de me dire, Sir Thomas ? Parlez, à la fin !

— Je vous en prie, Milady, ayez confiance. Vous comprendrez tout si vous suivez ce sentier jusqu'au chêne… seule.

Gwen sentit que Brida s'apprêtait à protester, mais cette étrange situation avait quelque chose de presque… excitant. En tout cas, tout cela l'intriguait et elle était prête à faire fi de la prudence. Sa curiosité la poussait à obéir, comme si elle était attirée dans ce sous-bois par un fil invisible.

— Très bien. J'irai, dit-elle.

Brida voulut lui emboîter le pas, mais elle la repoussa avec douceur.

— J'irai seule.

— Mais, Gwenllian…

— Je te remercie de t'inquiéter pour moi, Brida, mais je ne risque rien ici. J'en suis convaincue. Après tout, je connais très bien cet endroit.

Elle prit une profonde inspiration, puis s'avança vers les premiers arbres sans savoir ce qui l'attendait.

Tout en cheminant, elle jetait régulièrement des coups d'œil en arrière. S'il le fallait, elle pourrait toujours courir pour rejoindre son amie.

L'air était chargé d'humidité, la terre s'enfonçait un peu sous ses pas, et les buissons denses se refermaient de part et d'autre du sentier, ne laissant qu'un étroit passage entre les immenses arbres sombres.

La forêt lui parut étrangement silencieuse. À part le léger craquement des feuilles mortes, le seul son qu'elle entendait était le sifflement de sa respiration oppressée.

Seule la lueur blafarde de la lune illuminait sa route, projetant au sol les ombres mouvantes. Elle ne devait plus être très loin du vieux chêne.

Leur arbre…

Si elle laissait courir les doigts sur son écorce rude, y retrouverait-elle leurs noms gravés ? Le sien, lié à celui de Ralph dans une autre vie.

Jamais encore elle n'avait agi d'une manière aussi impulsive – en tout cas, jamais sans une bonne raison. Or, quelque chose la troublait depuis qu'on lui avait rendu le ruban de Ralph. L'histoire de Sir Thomas ne collait pas.

Quoi qu'il se passe ici ce soir, elle espérait bien obtenir des réponses à ses questions. Mais qui pouvait l'attendre dans ce bois ? Elle n'en avait pas la moindre idée. Elle ne connaissait personne qui soit capable de lui apprendre ce qu'elle voulait tant savoir. L'inconnu qui lui avait donné cet étrange rendez-vous était-il un autre ami de Ralph ? Quelqu'un en mesure de lui fournir assez de clés pour clore enfin ce douloureux chapitre de sa vie ?

Pourquoi la douleur de la perte de Ralph refusait-elle à ce point de s'atténuer avec le temps ? Elle avait pourtant déjà été confrontée au deuil. Sa mère avait disparu pendant son enfance, puis sa douce petite sœur qui n'avait vécu que quatre courtes années. Son grand frère était mort à son tour quelque temps plus tard, suivi par son cher père.

Toute sa famille proche était partie.

Avant qu'elle ait pu comprendre ce qui lui arrivait, elle avait été envoyée vivre à Kinnerton, en Angleterre – un pays étranger où l'on espérait la marier un jour. Elle était alors encore très jeune, mais cela n'avait pas eu d'importance. Son père, gravement malade, avait eu le temps de négocier son avenir avec Lord Kinnerton, ambitieux comte des Marches. Elle n'avait été qu'un pion destiné à sceller une importante alliance stratégique.

Seulement, à son arrivée, une chose totalement inattendue s'était passée. Une chose qui lui avait permis de surmonter le vide atroce laissé par la mort de son père…

Elle avait trouvé un ami en la personne du jeune Ralph de Kinnerton.

Un ami qui avait très vite été plus important pour elle que tous ceux qu'elle avait connus jusque-là. Un jeune garçon timide, un peu réservé, moqué sans pitié parce qu'il n'était pas assez bon, assez grand, assez viril ou assez fort. Pourtant, il avait été parfait. En tout cas pour *elle*.

Hélas, une fois de plus, la destinée lui avait joué un tour cruel qui avait failli lui être fatal. Elle lui avait arraché Ralph. Il était mort, lui aussi.

Il semblait que le véritable bonheur restait toujours hors de sa portée ; comme si elle n'était pas destinée à y goûter vraiment. De toute façon, elle ne le cherchait même plus, ne l'espérait plus. La seule chose qu'elle souhaitait encore, c'était trouver un peu de paix dans sa solitude.

Elle releva la tête et son cœur se mit à battre plus fort.

L'arbre était là, devant elle, immense et magnifique. Elle cligna une ou deux fois des paupières pour habituer ses yeux à la quasi-obscurité et scruta les lieux dans l'espoir d'apercevoir l'homme qui était censé l'attendre. Il n'y avait personne.

Alors elle attendit… Attendit. Et attendit encore.

Puis, tout à coup, un frisson courut sur sa nuque, et elle eut la sensation de n'être plus seule. Nerveusement, elle avala sa salive.

— Qui va là ?

N'obtenant aucune réponse, elle se mordilla la lèvre et fit de son mieux pour garder son calme.

— Montrez-vous ! Je sais que vous êtes là !

De nouveau, seul le silence lui répondit. Elle sentait pourtant une présence, comme si quelqu'un se glissait dans son dos.

Après un moment qui lui parut interminable, une voix s'éleva près d'elle :

— C'est moi, Gwen.

Chapitre 4

Gwen eut l'impression que l'on venait de la vider de son sang. Le monde se mit à tourner autour d'elle et elle dut s'adosser à l'arbre, presser ses paumes contre l'écorce, pour ne pas s'effondrer. Elle avait du mal à respirer et ne parvenait plus à former la moindre pensée cohérente. Elle avait mal entendu. Forcément.

Elle pinça légèrement sa cuisse pour s'assurer qu'elle ne rêvait pas, qu'elle n'était pas victime d'une sorte d'illusion. Après tout, elle était là, sous cet arbre imposant, entourée par les échos de son passé. Elle avait très bien pu imaginer cette voix, simplement parce qu'une part d'elle avait envie de l'entendre.

— Gwen ?

Apparemment, ce n'était pas le cas. Les intonations de l'inconnu, portées par la douce brise, ressemblaient d'une certaine façon à celles de Ralph. Mais la voix était plus grave, plus rocailleuse. C'était de toute évidence celle d'un homme.

Tout cela paraissait si réel…

Oh ! Seigneur ! Elle avait l'impression que ses jambes allaient se dérober sous elle.

L'étranger se remit alors à parler, troublant le silence du bois.

— Je ne voulais pas te causer de peine. Je sais que le choc doit être violent, mais… mais il fallait absolument que je te parle.

Gwen scrutait l'obscurité alentour dans l'espoir de localiser l'homme, de comprendre ce qui était en train de se passer.

— Est-ce vraiment toi ? chuchota-t-elle.

— Oui. C'est moi.

— Je… Je n'arrive pas à le croire. C'est impossible.

— C'est pourtant la vérité.

Il paraissait si formel, si distant. Pourtant, elle aurait juré qu'il se tenait à quelques pas d'elle, à peine.

— Où… Où es-tu ? balbutia-t-elle tout en se tournant à droite et à gauche.

— Ce n'est pas important. Tout ce que tu dois savoir, tout ce qui compte, c'est que tu n'as plus besoin de t'inquiéter pour moi. Plus maintenant. Je vais bien. Je suis vivant et, Dieu merci, en un seul morceau.

C'était tout ce qu'elle devait savoir ?

L'homme qui s'adressait à elle avait peut-être la voix de Ralph, mais ses paroles ne ressemblaient pas à celles que le Ralph qu'elle avait connu aurait prononcées.

— Où es-tu ? répéta-t-elle.

Il ignora sa question et poursuivit. Il paraissait pressé de lui transmettre son message et d'en finir.

— La vérité, c'est qu'après t'avoir revue l'autre jour, je me suis senti obligé de te rendre le ruban que tu m'avais donné. Puis j'ai aussi compris que tu avais le droit de connaître la vérité à mon sujet.

— *Toi !* s'exclama-t-elle, stupéfaite. C'est toi qui m'as rendu ce ruban ?

— Oui.

Elle fronça les sourcils, de plus en plus perdue.

— Mais je croyais… Je croyais que c'était Sir Thomas Lovent.

— C'est ce que tu étais censée penser, Gwen.

Oh non ! Elle rêvait forcément. Cela ne pouvait pas être vrai.

Elle s'écarta du tronc et fit quelques pas devant elle avant de changer de direction. Il fallait qu'elle trouve d'où venait la voix. Elle avait besoin de le voir.

— Pourquoi t'es-tu fait passer pour un autre chevalier ?

— Il vaut mieux que tu ignores mes raisons, murmura-t-il.

— Pourquoi n'as-tu pas annoncé à tout le monde que tu es toujours en vie ?

— Tu n'as pas besoin de savoir cela non plus.

— Je vois que tu tiens à me cacher beaucoup de choses, répliqua-t-elle, agacée.

— Oui, Gwen. C'est mieux ainsi, tu peux me croire sur parole.

Stupéfaite, elle fronça les sourcils. *Le croire ?*

La tentation lui vint de rire, de crier ou de pleurer – pas nécessairement dans cet ordre. Cet homme prétendait être Ralph de Kinnerton, présumé mort depuis deux ans. Il prétendait se protéger de ses ennemis en se faisant passer pour un autre, alors qu'il participait à un tournoi auquel son traître de cousin assistait.

Son cœur battait la chamade.

Pouvait-elle réellement croire que ce qu'il disait était vrai ? Que Ralph de Kinnerton était bien vivant, en pleine santé qui plus est ? Brusquement, à la bouffée de joie inattendue qui montait en elle, se mêla un flot de tristesse et de douleur. Elle fut submergée par tous les souvenirs qu'ils avaient en commun, notamment les horreurs qu'ils s'étaient jetées au visage dans la forêt de Kinnerton le soir de leur séparation. Et par la culpabilité écrasante qu'elle avait ressentie ensuite, quand elle avait appris sa mort. Or, il n'avait pas succombé…

Elle contourna lentement l'arbre, fouillant l'obscurité des yeux, avec l'espoir de l'apercevoir et d'avoir enfin une preuve tangible de sa présence. De s'assurer qu'il n'était pas qu'une voix dans sa tête. Mais, chaque fois qu'elle pensait s'approcher de lui, elle ne rencontrait que de l'ombre.

— Pourquoi refuses-tu de te montrer ? demanda-t-elle.

— Cela vaut mieux.

— Vraiment ?

Elle s'immobilisa et essuya d'un revers de main son front couvert de sueur. Elle n'avait pas envie de jouer au chat et à la souris avec lui.

— Je ne vois pas pourquoi, reprit-elle. Si tu es vraiment celui que tu prétends être, montre-toi.

— N'as-tu pas confiance en moi ?

— Comment le pourrais-je, puisque je ne te vois pas ?

— Il serait plus simple que nous gardions nos distances.

— Dans ce cas, pourquoi devrais-je croire le moindre mot de ce que tu dis ?

Il n'y eut pas de réponse. Un long silence se fit. Dans la lueur bleutée de la lune, Gwen frissonna. Puis, alors qu'elle commençait à croire qu'il était parti, il parla de nouveau.

— Très bien. Si tu y tiens…

Un petit cri étouffé lui échappa et elle recula d'un pas lorsqu'une silhouette masculine sortit enfin de l'ombre.

Elle observa la puissance de ses cuisses, la largeur de ses épaules. Une courte cape sombre était nouée à son cou et un profond capuchon dissimulait son visage. Il portait deux épées sanglées dans le dos.

— Eh bien ? Es-tu satisfaite ?

Bouche bée, elle se frotta les yeux. Elle n'arrivait pas à croire que cet homme était bien Ralph de Kinnerton. Il était immense – dans tous les sens du terme. Il avait l'allure d'un puissant guerrier et ne ressemblait plus en rien au garçon frêle d'autrefois. Un peu inquiète à la pensée d'être seule ici avec cet… étranger, elle recula davantage.

— C'est *moi*, Gwen.

Il soupira mais ne tenta pas de s'approcher d'elle ou de lui montrer son visage pour qu'elle le reconnaisse enfin.

Immobile dans la faible lueur de la lune, il ne laissait voir que sa silhouette. Ils se tenaient face à face, mais un gouffre semblait les séparer, les empêcher de se rejoindre.

— Comment puis-je en être certaine ? Tu ne ressembles pas au Ralph de Kinnerton de mes souvenirs.

Elle s'attendit à ce qu'il avance, à ce qu'il repousse enfin son capuchon pour la convaincre que cette voix et cet homme – *Ralph* – étaient bien une seule et même personne.

Hélas, il ne bougea pas et soupira de nouveau avec exaspération avant de murmurer :

— Que veux-tu que je te dise, Gwen ? Dois-je te raconter ton arrivée à Kinnerton ou te rappeler comment tu as eu cette petite cicatrice au-dessus du sourcil gauche ? Dois-je énumérer toutes nos escapades jusqu'au château de Pulverbatch, jusqu'à cette forêt et… cet arbre ?

— Mon Dieu… C'est bien toi, souffla-t-elle en plaquant une main contre sa bouche.

— Oui.

Il relâcha brusquement son souffle, comme s'il était soulagé qu'elle le reconnaisse enfin.

— Après t'avoir revue, j'ai pensé que tu avais le droit de savoir la vérité en ce qui me concerne.

Gwen éprouva un vertige. Se retrouver ici, avec ce Ralph devenu adulte, lui semblait irréel. Elle dut résister à l'envie soudaine de l'enlacer.

— Je n'arrive pas à croire que tu sois encore vivant, murmura-t-elle.

Il secoua la tête.

— Il s'en est fallu de peu. J'ai failli mourir. Pendant un bon moment, personne n'a su si je pourrais me remettre de mes blessures.

— Que t'est-il arrivé ?

— Tu n'as pas besoin de te soucier de cela, Gwen.

Elle cilla, troublée par son surprenant détachement, sa froideur. Il n'entrait manifestement pas dans ses intentions de lui donner d'autres explications. S'était-elle réellement attendue à plus ? Par… courtoisie ? En mémoire de tout ce qu'ils avaient partagé, de leur amitié et de leur amour ? De toute évidence, le temps avait détruit tout lien entre eux. Et s'il s'avérait que le temps n'y était pour rien, *elle* serait la seule à blâmer. Elle avait piétiné leur précieuse intimité, six ans plus tôt.

Elle secoua la tête, comme si cela allait lui permettre de remettre de l'ordre dans ses idées.

— Je vois. Eh bien, je suis heureuse que tu aies jugé bon de me dire la vérité.

— Je le devais, répondit-il, très raide et solidement campé sur ses jambes musclées. Surtout après que tu es allée trouver Thomas pour lui poser des questions.

Ah… C'était donc pour cela qu'il se montrait à elle. Son insistance à interroger Sir Thomas après l'épisode du ruban avait mis en péril le plan, quel qu'il soit, qu'ils avaient manifestement échafaudé. Elle attirait trop l'attention sur eux.

Une nouvelle idée la traversa.

— Tu es son écuyer, n'est-ce pas ? L'homme qui était avec lui dans la grande salle, l'autre soir ?

— En effet.

Elle se sentit brusquement ridicule de s'être tant inquiétée pour lui. Elle avait pleuré cet homme, qui n'était visiblement plus qu'un étranger pour elle. Même maintenant, elle le reconnaissait à peine !

— J'aurais dû me douter qu'il y avait une raison pour que tu te décides à me dire tout cela aujourd'hui.

— Je suis désolé que l'annonce de ma mort t'ait fait tant de mal, mais sois sûre d'une chose : dès l'instant où je t'ai revue, j'ai su que je devais te soulager de ce poids.

— Pas immédiatement, il semblerait.

Elle serra les dents. Depuis le début du tournoi, il l'avait croisée à plusieurs reprises mais n'avait pas semblé pressé de se faire connaître. Elle ne pouvait s'empêcher d'être un peu blessée par son hésitation, par le fait qu'il ait attendu cette nuit pour l'attirer ici, au milieu de leurs souvenirs. Dire qu'elle avait versé tant de larmes en apprenant sa disparition ! Elle avait porté son deuil pendant tout ce temps – deux ans – alors qu'il était vivant et avait décidé de la laisser dans l'ignorance.

— Tu étais là, m'écoutant confier mes peines et mes regrets à Sir Thomas, et tu n'as rien dit…

En deux ans, il aurait pu lui épargner toutes ces peurs, ces regrets, cette tristesse à l'idée qu'il avait péri loin d'elle, dans un autre pays, mais il avait choisi de se taire. Une simple lettre aurait pourtant suffi ! Avait-elle donc si peu d'importance à ses yeux pour qu'il tienne si peu à soulager son tourment ? Leur amitié, leur complicité, leur amour avaient-ils seulement compté pour lui ? Il semblait bien que non.

— Je suis désolé. J'ai été bouleversé en te retrouvant, moi aussi. J'aurais sans doute dû te parler plus tôt mais, à la vérité, je connais fort peu de personnes dignes de confiance et j'ai depuis longtemps appris à me méfier.

Gwen ne pouvait s'empêcher de penser que la manière dont ils s'étaient séparés et l'indifférence qu'elle avait affichée alors à son égard avaient motivé son silence. Elle avait dû se faire violence pour lui mentir ainsi cette nuit-là, mais c'était tout ce qu'elle avait trouvé pour le convaincre de partir sans elle. Jamais, jusqu'à cet instant, elle n'avait vraiment pris conscience de la profondeur de la blessure qu'elle leur avait infligée à tous deux en agissant ainsi.

— Tu te méfiais même de moi ?

— Oui, même de toi.

— Dans ce cas, je suis honorée que tu aies enfin décidé de te confier, répliqua-t-elle sèchement en redressant la tête. Même si tu n'as de toute évidence pas assez confiance pour me dire ce que tu fais ici.

— En effet.

— Je vois.

Un frisson glacé la parcourut.

— Je ne crois pas me tromper en pensant que tu comptes sur la récompense du tournoi pour retrouver tes droits sur Kinnerton.

— Peux-tu m'en vouloir d'essayer ?

— Bien sûr que non. Mais pourquoi le faire ainsi, en te cachant et en laissant le monde entier croire que tu es mort ? Pourquoi te faire passer pour un autre ?

— Ne te soucie pas de cela.

— Très bien. J'imagine que tu es convaincu de faire ton devoir.

Il lâcha un rire froid, creux.

— Oh oui ! Et tu n'es pas étrangère à la notion de devoir, n'est-ce pas, Gwen ?

— Que suis-je censée comprendre ? s'exclama-t-elle, l'estomac soudain noué.

— Rien. Juste que la décision que tu as prise, la dernière fois que nous nous sommes vus, m'a ouvert les yeux sur *mes* propres devoirs et les choses que je dois faire passer en priorité.

— Crois-tu donc que j'ai fait ce choix de gaieté de cœur ? Que c'était facile pour moi ?

— Tu ne m'as pas compris, Gwenllian, répondit-il durement. De toute manière, je ne prétends pas savoir pourquoi tu as choisi de me quitter.

Gwen eut l'impression qu'il venait de lui asséner un coup en plein ventre. Alors qu'ils s'étaient bien connus autrefois, qu'ils s'étaient fait confiance, la manière dont elle s'était conduite lors de leur séparation avait poussé Ralph à remettre en doute tout ce qu'ils avaient vécu ensemble.

— Quoi qu'il en soit, sache que c'était une décision extrêmement difficile à prendre, reprit-elle.

— Je le crois et j'espère que cette conversation t'aura au moins soulagée du poids de cette « difficulté ».

Elle sourit vaguement, sans conviction.

— Et c'est tout ?

— Nous faisons tous les deux ce que nous croyons être juste. Rien de plus.

— Vraiment ? C'est ce que tu crois ?

Elle poussa un profond soupir. Voulait-elle réellement savoir ce qu'il ressentait ?

— Penses-tu que j'ai fait ce qui était juste en restant en Angleterre ?

— Ce n'est pas à moi de répondre à cette question, Gwen. Pas maintenant. Pas après tout ce temps. De toute manière, la leçon m'a été profitable… C'était un rappel nécessaire qui m'a permis de comprendre ce que je devais changer pour devenir enfin l'homme que mon père voulait que je sois.

Le cœur lourd, elle ferma les yeux. Elle se sentait perdue, attristée par cet aveu de Ralph. Ces changements, qu'il avait cru nécessaires, avaient-ils eu raison du garçon d'autrefois ? Cette facette de sa personnalité qu'elle avait tant aimée avait-elle complètement disparu ?

— Dis-moi encore une chose. Pourquoi m'avoir rendu ce ruban ?

Il recula un peu plus dans l'ombre des arbres avant de répondre.

— Je ne méritais plus ce cadeau avec tout ce qu'il a pu représenter. Je voulais que tu le reprennes.

— Je vois…

Non, elle ne voyait pas !

Ce geste entrait en conflit avec l'indifférence qu'il prétendait ressentir pour elle et la mission qu'il semblait s'être fixée. C'était la seule chose qui paraissait ne pas appartenir au tableau qu'il essayait de peindre pour elle. Hélas, cela n'avait sans doute plus la moindre importance, maintenant.

— Dans ce cas, je crois que nous n'avons rien d'autre à nous dire.

— Non, murmura Ralph.

Cet unique mot résonna un moment entre eux. Puis, d'un air hésitant, il reprit :

— Puis-je… Puis-je te demander une faveur ? J'aimerais que tu gardes pour toi tout ce que tu as appris ce soir.

— Bien sûr. Ton secret ne m'échappera pas.

Ravalant la boule qui s'était formée dans sa gorge, elle recula également.

— Merci, dit-il encore.

Elle se massa les tempes du bout des doigts. D'un seul coup, elle avait hâte de s'en aller, de quitter cette forêt. Hâte de s'éloigner de ces mystères, ces aveux. De son espoir envolé. Et de ce garçon qui était devenu un homme, un étranger. Quelqu'un qu'elle ne connaissait pas.

Elle redressa la tête, le temps d'examiner une dernière fois sa silhouette enveloppée d'ombre.

— Tu as changé, Ralph.

— C'est vrai, admit-il avec une pointe d'amertume. Plus que tu le crois.

Oh oui, leurs anciennes blessures étaient beaucoup plus profondes que tout ce qu'elle avait pu imaginer.

Chapitre 5

Ignorant la morsure du métal sur son cou, là où son casque pesait sur sa nuque, Ralph baissa la tête. Malgré les différentes épaisseurs de vêtements rembourrés qu'il portait, la douleur était vive. Il allait devoir rendre visite au forgeron qui avait installé son atelier temporaire dans la cour extérieure du château pour lui demander d'arranger les choses, mais pas avant d'avoir terminé son entraînement.

Il se pencha sur l'encolure de Fortis, son cheval, et caressa sa crinière satinée.

— Nous pouvons y arriver…

Ses jambes et ses talons enserrèrent plus fermement les flancs de son fidèle destrier noir. Il donna un petit coup sur les rênes, et l'animal s'élança.

Ralph maintint sa position en selle jusqu'à arriver à quelques pas de la cible faite de cercles de métal suspendus à un haut poteau de bois. D'un geste calculé, il abaissa sa lance, ajusta son angle de visée, puis coinça son arme sous son bras et plissa les paupières.

Plus près. Plus près. Encore plus près…

La cible était juste devant lui, ses anneaux se balançant doucement dans la brise. Il redressa imperceptiblement la pointe de sa lance et son bras se détendit d'un coup. Il atteignit l'anneau du centre et l'envoya glisser le long du poteau.

Quelqu'un applaudit, depuis le bord du terrain. C'était Tom, sans aucun doute. Ralph tourna néanmoins la tête et vit également Will Geraint qui observait la scène, les bras croisés.

Quand il s'approcha et arrêta son cheval à leur hauteur, son mentor se dérida.

— C'était excellent, Ralph, dit-il. Bien mieux que ton entraînement d'hier.

— Merci, Milord. J'ai appliqué vos conseils et attendu que la cible apparaisse précisément dans mon champ de vision avant d'ajuster mon coup. Je pense que cela a fait toute la différence.

Will haussa les épaules.

— Ce conseil vient de Hugh, pas de moi. Mais il est bon, je dois le reconnaître.

Ralph confia sa lance à Tom.

— En effet.

— Je te recommande cependant d'attendre quelques instants de plus, la prochaine fois, pour être bien en face de ta cible.

— Je le ferai.

Will se massa le menton d'un air songeur, puis ajouta :

— Et redresse aussi un peu plus ta lance, dans l'alignement de ton oreille. Cela te permettra de frapper rapidement à droite comme à gauche.

Ralph acquiesça.

— Autre chose ?

— Non. Continue simplement à t'entraîner. Je suis heureux de voir que tu progresses enfin.

Son mentor lui adressa un petit sourire complice.

— Avant d'oublier… J'ai aussi un message d'Isabel. Elle aimerait avoir le plaisir de votre compagnie à tous deux, ce soir. J'espère donc vous voir au banquet.

— Bien, Milord.

Alors que Ralph était toujours perché sur son destrier que Tom tenait par la bride, ils regardèrent ensemble leur seigneur s'éloigner.

Enfin, quand ils furent seuls, Tom se tourna vers son ami.

— Cela s'est plutôt bien passé.

— J'ai encore besoin de faire quelques essais. Veux-tu raccrocher la cible au poteau pour moi ?

— Volontiers. Que dirais-tu de tenter un anneau plus petit, cette fois ? Il serait intéressant de voir si tu parviens à relever le défi.

— Si tu veux.

Tom lui jeta un coup d'œil et rabattit son capuchon sur son visage tandis que Ralph s'apprêtait à faire tourner Fortis.

— Ne regarde pas tout de suite derrière toi, murmura son compagnon. Lady Gwenllian semble t'avoir remarqué de loin.

Ralph immobilisa Fortis et porta son regard dans la direction indiquée par Tom. Son cœur se mit à battre plus vite. En effet, Gwen et sa suivante s'étaient arrêtées près des barrières qui délimitaient le terrain d'entraînement et les observaient.

Le regard de Ralph et celui de Gwen semblèrent se rencontrer et se river l'un à l'autre, même à cette distance. Pourtant, le heaume qu'il portait, la coiffe rembourrée et les étroites fentes pour les yeux ne facilitaient pas les choses, mais cela ne changea rien.

Dès qu'il l'avait vue, il s'était tendu.

Il aurait dû se sentir plus léger, la conscience en paix, depuis qu'il avait révélé à Gwen, quelques jours plus tôt, qu'il était en vie et de retour en Angleterre.

Il était censé être soulagé et libre de reprendre le cours de sa vie. De ne plus penser à elle pour mieux se concentrer sur ce qui comptait réellement à ses yeux, maintenant : gagner le tournoi pour avoir enfin la possibilité de récupérer Kinnerton.

Pour y parvenir, il devait s'entraîner dur pour affronter – et vaincre – les meilleurs chevaliers du pays. C'était le seul moyen pour lui de prouver qu'il était capable de devenir comte des Marches. Une destinée pour laquelle tout le monde, y compris son père, l'avait cru trop faible.

Durant toute sa jeunesse, il avait enduré les critiques de son père. Quand son cousin était venu vivre avec eux, les choses avaient empiré. L'arrivée de Stephen à Kinnerton avait tout changé. Dès le premier jour, il avait haï Ralph et s'était fait un plaisir d'exposer ses failles en public, tout cela pour obtenir les faveurs de son oncle et être choisi comme héritier à sa place. Ralph avait été conscient de ces manipulations, et voir l'influence de Stephen grandir auprès de son père avait été une torture. Le pire était que presque tout le monde semblait partager leur opinion.

Au bout d'un moment, Gwen avait probablement dû douter elle aussi de ses capacités. C'était pour cela qu'elle avait refusé de fuir Kinnerton avec lui. S'il était parfaitement honnête, il ne pouvait blâmer personne. À l'époque, il n'avait en effet aucune des qualités requises pour s'attirer le respect. Il était faible physiquement, et n'avait aucune prestance, aucune autorité naturelle.

À présent, c'était différent. Il pouvait enfin montrer au roi de quoi il était capable… Du moins, l'espérait-il. Aurait-il la force de mettre tout ce qu'il avait appris en pratique dans la lice ?

Songeant à la belle femme qui hantait ses rêves depuis son arrivée ici, il relâcha doucement son souffle.

Ses retrouvailles avec Gwen n'avaient rien facilité et ne lui avaient pas apporté la sérénité qu'il espérait en tirer et dont il avait tant besoin. Leur conversation dans le bois avait été plus pénible qu'il l'aurait cru. Dans l'espoir qu'elle cesse de s'intéresser à lui, il avait pensé lui dire simplement qu'il était sain et sauf. Il avait accepté de satisfaire sa curiosité en croyant que cela suffirait à l'éloigner une bonne fois pour toutes.

Quant à sa curiosité à lui au sujet de la vie qu'elle avait menée et de ce qu'elle avait pu faire pendant ses six années d'exil, leur échange ne lui avait rien appris. Il avait tant de questions à lui poser ! Il voulait tout savoir d'elle.

De plus, son aveu dans la forêt ne s'était pas passé aussi bien qu'il l'avait espéré. Dans sa hâte et sa volonté de ne lui dire que ce qu'elle avait besoin de savoir, il avait esquivé ses questions les plus importantes et, sans le vouloir, l'avait offensée.

Bon sang !

Cela n'avait pas été son intention, mais c'était fait et il ne pouvait revenir sur ses paroles. Mieux valait qu'elle le croie indifférent. Une foule de sentiments avait refait surface en lui dès l'instant où il avait posé les yeux sur elle, et il devait les enfouir de nouveau. Il ne pouvait se permettre de raviver leur ancienne flamme, même s'il désirait toujours autant Gwen après tout ce temps. Et après tout le mal qu'elle lui avait fait avant de le quitter.

Tant qu'ils se tiendraient à l'écart l'un de l'autre, sans doute parviendrait-il à atteindre une certaine paix et à ne pas laisser ses sentiments pour elle interférer dans sa mission. Ensuite, quand il aurait réussi, les choses rentreraient dans l'ordre. Il couperait les derniers fils qui le rattachaient à son passé et embrasserait enfin sa destinée. Il ferait tout ce dont Gwen ne l'avait de toute évidence pas cru capable.

Les yeux toujours rivés sur elle, il inclina brièvement la tête. Elle lui rendit son salut avant de tourner les talons et de s'éloigner, son voile flottant dans la brise.

Non, il ne devait en aucun cas se laisser entraîner dans une relation avec Gwenllian ferch Hywel – pas même une simple amitié.

— Allons, dit-il à son cheval. Finissons-en.

La journée s'écoula sans autre interruption, mais Ralph restait distrait. Le soir venu, sachant qu'il se trouvait sous le même toit que Gwen, il eut encore plus de mal à se concentrer. Il n'avait pas eu envie de participer au banquet et aurait préféré se tenir à distance du fort pour éviter de la croiser. C'était le seul moyen pour lui de cesser de penser à elle…

Mais pour rien au monde il n'aurait voulu décevoir Isabel de Clancey, qui venait d'arriver avec son bébé pour voir son époux. Isabel était comme une sœur pour Ralph. Son affection spontanée et son intérêt pour lui, pour son bien-être, étaient à la fois fascinants et touchants. Sans l'aide et le soutien infaillible de cette femme, il ne serait pas là aujourd'hui. Il ne serait même plus de ce monde.

— J'espère que tout se passe comme nous l'avons prévu, Ralph, dit-elle sans le regarder, profitant qu'il se soit penché vers elle pour lui servir de la bière.

C'était son rôle, en tant qu'écuyer, et il devait tout faire pour rester le plus discret possible.

— Pas vraiment, répondit-il. Avez-vous parlé à Lord Clancey, Isabel ?

— Oui, mais j'aimerais entendre votre version de l'histoire.

Sa voix restait douce et se noyait aisément dans le brouhaha de la grande salle.

— Il n'y a rien à dire, sinon que j'ai laissé ma nervosité me perturber lors des premiers combats. Heureusement, je me sens plus serein, à présent.

— Comment vont vos cicatrices ?

— Bien.

— Et votre main ? Avez-vous besoin de baume pour apaiser la douleur ?

— Non, Isabel, c'est inutile. De toute manière, il m'en reste bien assez. Merci.

— Tant mieux. Comment se passe votre entraînement ?

Il reposa la cruche de bière et se campa derrière elle, assez près de son oreille pour se faire entendre.

— Aussi bien que j'aurais pu l'espérer, chuchota-t-il.

— Je suis ravie de l'apprendre.

Isabel but une gorgée avant de reprendre :

— Personne n'a encore deviné qui vous êtes ou pour quelles raisons vous participez à ce tournoi ?

— Non.

Elle se pencha un peu sur le côté, comme si elle s'adressait à son époux.

— Dans ce cas, pourquoi cette belle demoiselle aux cheveux blonds, assise là-bas, regarde-t-elle si souvent dans notre direction ? On dirait que c'est… *vous* qui l'intriguez.

— Je ne saurais le dire, répondit-il avant de reculer d'un pas pour se couler dans l'ombre du mur.

— Oh ! Ralph…

La voix d'Isabel exprimait de l'étonnement.

— … Vous ne m'avez même pas demandé de quelle demoiselle je parlais.

Il avait voulu cacher la présence de Gwenllian à son amie, pour donner l'impression que cette partie de sa vie passée n'avait plus d'importance à ses yeux. Cependant, il savait mieux que personne à quel point Isabel était intelligente et observatrice… Il savait aussi qu'elle insisterait pour en savoir plus et que, s'il refusait de se confier à elle, elle n'hésiterait pas à interroger Gwen.

— Vous ne m'avez pas tout dit, visiblement, reprit-elle par-dessus son épaule. Par exemple, pourquoi cette femme porte-t-elle *votre* ruban mauve noué à son poignet ?

Bon Dieu !

Il aurait dû jeter ce satané ruban dans un fossé ou le brûler plutôt que le rendre à Gwen ! Son geste stupide ne lui attirait que des ennuis depuis le début du tournoi.

— Alors ? Allez-vous me dire ce qui se passe ?

Il ferma les yeux, tandis que l'ampleur de son erreur lui apparaissait pour la première fois.

— Ralph ?

— Plus tard, murmura-t-il dans un souffle. Pas ici, Isabel.

— Très bien.

Cette fois, elle se tourna vraiment vers lui et il s'inclina avec respect.

— Soyez prudent, Ralph. Vous ne pouvez pas vous permettre de mettre en danger tout ce pour quoi vous avez tant travaillé ces dernières années.

Non, il ne le pouvait pas.

Gwen mordit dans le morceau de pain qu'elle venait de tremper dans la sauce de son ragoût avant de se détourner. Elle devait rester prudente et éviter autant que possible d'observer la table de Lord Clancey. Plus important encore, il ne fallait pas qu'on la surprenne en train de s'intéresser à l'écuyer trop grand, trop musclé et bien trop vieux pour son rôle qui se tenait derrière ses maîtres…

Elle aurait dû se douter qu'il y avait quelque chose d'anormal chez le serviteur de Sir Thomas Lovent. Au fond d'elle, elle avait eu des soupçons.

Elle planta son couteau dans une pièce de viande posée sur le plateau qu'elle partageait avec Brida.

— Est-ce que tu vas bien, Gwen ? demanda celle-ci, un sourcil levé.

— Bien sûr. Pourquoi cette question ?

— Parce que tu n'as presque pas dit un mot, depuis ton escapade dans le bois.

— C'était juste le choc qui a suivi… Toute cette histoire. Rien de plus.

En fait, cette affirmation était très éloignée de la réalité. Jamais elle n'aurait pu soupçonner la véritable identité de cet écuyer si surprenant. Elle n'aurait jamais imaginé non plus que son ami d'enfance pourrait avoir tant changé, que sa stature si imposante lui serait étrangère à ce point. Étonnamment, ces transformations avaient à présent le don de rendre son souffle plus rapide chaque fois qu'elle le voyait. Dès qu'elle reconnaissait son armure – celle de Sir

Thomas, en l'occurrence – ou le voyait apparaître dans sa tenue d'écuyer, elle sentait son estomac se nouer. Pourtant, elle ne l'avait pas vraiment *vu*, étant donné qu'il sortait toujours tête couverte pour ne pas être reconnu. Et jamais elle n'aurait cru à une histoire aussi extraordinaire s'il ne la lui avait contée en personne. Mais, étant donné qu'il lui avait tout dit…

Oui, il avait sans équivoque tenu à lui faire savoir qu'il était vivant et qu'il se portait bien, mais rien de plus. Il n'avait même pas jugé utile de lui montrer son visage. De jour comme de nuit, il semblait déterminé à se tenir dans l'ombre.

— En es-tu sûre ? demanda encore Brida, l'air soucieux. Tu n'es plus toi-même, ces jours-ci.

— Je suis un peu fatiguée, c'est tout.

Elle tenta de sourire mais sentit ses traits se crisper.

— Tu sais que tu peux toujours te confier à moi, Gwenllian. Je suis là pour toi.

— Je le sais et je t'en remercie, mon amie. Mais après tout ce qui s'est passé ici, je pense que nous ferions mieux de mettre nos projets à exécution, murmura-t-elle derrière sa main levée. Il faut que nous obtenions les bêtes dont nous aurons besoin pour notre voyage.

Gwen n'avait pas prévu de partir pour le couvent avant plusieurs jours – en tout cas pas avant que le tournoi batte son plein. Mais depuis qu'elle avait découvert que Ralph était encore en vie et qu'il faisait partie des concurrents, elle n'avait pas connu un instant de paix. Elle était envahie par des sentiments troubles et contradictoires pour cet homme, un homme qui de toute évidence ne voulait plus d'elle dans sa vie.

Elle ne lui en tenait bien sûr pas rigueur, et il serait même mieux pour eux deux qu'elle parte dès que possible et ne cherche plus à le voir.

Brida lui adressa un sourire rassurant.

— Je vais m'en occuper. J'irai parler au valet et au garçon d'écurie qui ont accepté de nous aider.

— Bien, fit Gwen avec un profond soupir.

Enfin, elle commençait à se sentir un peu soulagée.

— Et l'*écuyer* de Sir Thomas ? reprit Brida. Penses-tu lui parler de nouveau ?

— Non. Nous n'avons plus rien à nous dire.

Depuis leur entrevue, Ralph n'avait pas cherché à la contacter ni à lui adresser la parole. Dans la forêt, il lui avait bien fait comprendre qu'il ne lui devait plus rien, maintenant qu'il s'était fait connaître d'elle. Et elle ne lui devait rien non plus... Pas même le ruban tissé avec amour qu'elle lui avait autrefois offert.

« Tu n'as plus besoin de t'inquiéter pour moi. »

Elle devait bien admettre que cette phrase lui avait fait beaucoup de mal. Il ne lui avait même pas posé la moindre question à *son* sujet... Il n'avait pas tenté de savoir ce qu'avait été sa vie depuis leur séparation. À croire qu'il ne se souciait absolument plus d'elle. Pourquoi l'aurait-il fait, d'ailleurs ? Trop de temps avait passé, et il avait désormais des préoccupations bien plus importantes. Gagner ce tournoi, par exemple. Voilà tout ce qui comptait pour lui, dorénavant : récupérer Kinnerton, ses terres et son titre.

Eh bien, elle allait respecter sa volonté et ne pas essayer de le revoir en privé. Elle baissa les yeux sur son poignet autour duquel elle avait bêtement noué le ruban aux teintes fanées qu'il lui avait rendu et soupira. Il allait falloir qu'elle s'en débarrasse.

Si Ralph n'en voulait plus parce qu'il lui rappelait un passé qu'il tenait à oublier, alors elle n'avait pas besoin de le garder non plus. Elle allait faire ce qu'il aurait dû faire lui-même. Ce soir, elle jetterait ce ruban au feu. Puis elle oublierait Ralph, comme il le lui avait demandé.

Après tout, elle aussi avait des choses importantes à faire, en particulier si elle devait quitter ce château plus tôt que prévu en profitant de l'agitation du tournoi pour disparaître en toute discrétion. Lorsque son absence finirait par être remarquée, elle aurait mis assez de distance entre Stephen Le Gros et elle pour ne plus avoir à le craindre. Alors, elle pourrait enfin espérer vivre en paix et s'épanouir, loin de sa rapacité et de son ambition. Une ambition qu'il ne cachait même pas. Convaincu qu'elle lui appartenait de droit, il voulait la contraindre à l'épouser. Perdue dans ses pensées, elle effleura machinalement du bout des doigts la cicatrice, à la base de son cou.

Oui, elle garderait le secret de Ralph, comme elle le lui avait promis. Elle souhaitait même qu'il parvienne à obtenir tout ce qu'il désirait, ce pour quoi il avait lutté durant des années, mais plus rien ne les lierait l'un à l'autre. Pas même un ruban mauve brodé à leurs initiales.

Le cœur lourd et l'estomac noué, elle se leva.

— Je crois que je vais me retirer dans nos appartements, glissa-t-elle à l'oreille de Brida.

Celle-ci voulut se lever pour la suivre, mais elle la retint avec douceur.

— Non, non. Reste et profite du repas.

— Laisse-moi au moins t'accompagn…

— J'insiste, coupa Gwen. Ne t'en fais pas pour moi. Je ne cours aucun danger. J'ai simplement besoin de rester seule un moment.

Après avoir quitté la grande salle, elle demeura quelques instants dans la cour pour profiter de la fraîcheur avant de se diriger vers l'étroit escalier en colimaçon qui menait à sa chambre. Perdue dans ses pensées, elle remarqua vaguement que le garde posté nuit et jour au bas des marches n'était pas là, mais n'y songea pas davantage. Ce ne fut que lorsqu'elle saisit la torche glissée dans un support métallique fixé au mur qu'un soupçon l'assaillit. Un frisson désagréable courut le long de sa colonne vertébrale quand la flamme vacilla dans l'obscurité. Elle avait soudain l'impression de ne pas être seule. Quelque chose, ou quelqu'un, l'observait. Elle se retourna vivement et agita la torche devant elle dans l'espoir vain de faire reculer la pénombre.

— Qui va là ? demanda-t-elle d'une voix aussi ferme qu'elle le put.

Elle ne voyait personne… Sans doute le vent avait-il agité la flamme de sa torche, car la cour et l'escalier semblaient déserts. Elle essuya la sueur qui perlait à son front d'un revers de main et, presque soulagée, gravit les premières marches.

Très vite, elle découvrit qu'elle ne s'était pas trompée. À peine allait-elle atteindre le premier palier qu'elle entendit un bruit derrière elle. Il y avait bien quelqu'un d'autre ici… Et il était trop tard pour fuir ! Elle fit volte-face à l'instant même où Stephen Le Gros fondait sur elle. Il la saisit sans ménagement et la plaqua contre le mur. Elle lâcha la torche, qui roula dans l'escalier, et sentit une grande main se refermer comme un étau sur ses poignets, les maintenant au-dessus de sa tête sans effort.

— Quelle chance de vous rencontrer dans ce recoin désert du château, Lady Gwenllian ! murmura-t-il, bien trop près de son visage.

— Comment osez-vous parler de chance, alors que vous m'avez suivie jusqu'ici ?

Elle était parvenue sans savoir comment à s'exprimer d'une voix ferme, déterminée, mais son cœur battait follement dans sa poitrine.

— Lâchez-moi immédiatement, Stephen !

Il se tenait une marche en dessous d'elle, mais la dépassait toujours d'une bonne tête.

— Pas encore, répondit-il en l'observant avec attention.

Il saisit une mèche de cheveux qui dépassait de son voile et l'entortilla autour de son doigt.

— Voyez à quelles extrémités je dois recourir, juste pour obtenir un instant d'intimité avec vous, Gwen…

Il pressa son bassin contre le sien et elle sentit une nausée lui contracter l'estomac.

— Hum... Douce comme un fruit mûr, dit-il encore en se frottant à son cou, inhalant son parfum tout en l'écrasant de son poids contre le mur. Vous ne pourrez plus me fuir quand nous serons enfin mariés, Gwen. Vous le savez, n'est-ce pas ? Et j'attends ce moment depuis beaucoup trop longtemps.

En ce qui la concernait, il pouvait bien attendre jusqu'à la fin des temps...

— Après toutes ces années, vous croyez toujours que je vais accepter de me lier à vous de mon plein gré ? répliqua-t-elle.

— Oh ! vous le ferez, ma chère ! lança-t-il avec un sourire mauvais. Après ma victoire au tournoi, le roi sera contraint de me rendre Kinnerton ainsi que le titre qui l'accompagne. Je bénéficie du soutien du comte de Hereford, après tout... Et, naturellement, on m'offrira aussi votre main, ma chère. Que vous le vouliez ou non n'a aucune importance.

Oh ! Seigneur... Elle allait s'évanouir !

— Je vous ai demandé de me lâcher, Stephen, dit-elle très lentement, écœurée par son haleine avinée.

Il la toisait, les yeux plissés par l'amusement. Il ne changerait jamais ; il se complairait toujours dans les petits jeux cruels qu'il inventait pour se distraire.

Un courant d'air froid traversa soudain l'escalier, et Gwen eut l'impression que ses cheveux se dressaient sur sa tête. Elle percevait une nouvelle présence dans le couloir, non loin d'eux... Immédiatement, elle sut de qui il s'agissait. Elle tourna la tête du mieux qu'elle put, et vit apparaître la silhouette puissante d'un homme. Une silhouette qu'elle reconnut en dépit de la pénombre dans laquelle le passage était plongé.

Ralph !

Il se tenait très droit, bien campé sur ses jambes, une de ses mains gantées crispée sur ce qui ressemblait à la garde d'un poignard ou d'une dague. Il redressa la tête, le visage totalement dissimulé sous son grand capuchon. Tout ce que Gwen pouvait distinguer était le mouvement de son torse qui se soulevait au rythme de sa respiration.

Que le ciel lui vienne en aide ! Cette confrontation pouvait tourner au désastre… Cependant, quand Ralph prit la parole, sa voix n'était pas celle d'un guerrier prêt à combattre.

— Toutes mes excuses, mon bon seigneur, Milady, dit-il d'un ton humble, digne d'un serviteur. Je ne voulais pas vous déranger en interrompant votre conversation. Ma maîtresse m'a envoyé ici…

Il dévisagea Gwen et elle devina un instant l'éclat de ses yeux sous la profonde capuche. Son regard luisait d'une flamme meurtrière.

Je t'en supplie… Je t'en supplie, va-t'en ! pria-t-elle en silence. *Tourne les talons et pars ! Je peux m'occuper de Stephen moi-même.*

Elle se retourna très vite vers son agresseur, qui la tenait toujours contre le mur. Il fallait à tout prix qu'elle agisse avant de perdre totalement le contrôle de la situation.

— Je vous ai demandé de me lâcher, Stephen. *Deux fois*, murmura-t-elle dans un souffle. Je ne sais pas ce que diraient le juge Hubert de Burgh ou le comte de Chester, qui ont eux aussi l'oreille du roi, s'ils apprenaient de quelle manière vous vous conduisez avec moi. Je doute que vos exploits de ce soir vous aideraient à obtenir le domaine de Kinnerton, s'ils étaient rendus publics, et ce en dépit du soutien du comte de Hereford.

Elle se tut, espérant qu'elle n'avait pas poussé Stephen trop loin ou épuisé sa patience plus que limitée. Elle vit un éclair de colère traverser son regard, bien vite remplacé par une lueur amusée.

— Allez-vous laisser cette demoiselle passer, Sir ? demanda Ralph, d'un ton toujours aussi respectueux.

Stephen l'ignora. Il dévisagea Gwen un long moment avant de soupirer.

— Vous avez toujours eu un don pour l'éloquence, n'est-ce pas ? Vous savez exactement que dire, en toutes circonstances. J'imagine que c'est grâce à cela que vous m'avez échappé pendant toutes ces années, Gwen. Vous vous êtes enfuie et vous avez usé de votre talent pour convaincre la Couronne de vous nommer pupille royale. C'était rusé, mais cela ne suffira plus.

Il passa lentement son pouce sur les lèvres de la jeune femme puis, lentement, la libéra.

— Je vous reverrai plus tard, ma chère.

Il s'inclina devant elle et tourna les talons, passant sans un regard devant Ralph, qui s'était écarté et gardait la tête baissée comme un valet bien éduqué.

Toujours appuyée au mur pour garder son équilibre, Gwen le regarda s'éloigner. Ralph, lui, disparut de nouveau dans l'ombre du couloir. Elle entendait cependant toujours sa respiration courte qui répondait à la sienne.

— Gwen ? murmura-t-il. T'a-t-il… T'a-t-il fait du mal ?

— Non, répondit-elle dans un souffle.

Pas plus que d'habitude, en tout cas…

Tandis que, d'une main tremblante, elle ramassait la torche qui avait roulé un peu plus bas, elle pressentit soudain que Ralph s'apprêtait à repartir aussi silencieusement qu'il était arrivé.

— Merci pour ton aide, chuchota-t-elle en se redressant.

Elle aurait voulu en dire plus, mais les mots ne purent franchir ses lèvres. Ils restèrent quelques instants immobiles, se cherchant des yeux dans la pénombre. Gwen ne percevait plus que les battements affolés de son cœur contre ses côtes. Elle prit enfin une profonde inspiration, se retourna et se remit à monter l'escalier aussi vite que ses jambes le lui permettaient.

Chapitre 6

Le défilé des chevaliers, le lendemain, fut un spectacle à couper le souffle. Aux teintes flamboyantes des écussons s'ajoutèrent la pompe des grands événements, la galanterie, le talent et la splendeur de destriers guidés de main de maître. À l'exception des premiers combats d'entraînement et de démonstration qui avaient eu lieu au cours des jours précédents, le tournoi n'avait pas encore réellement commencé. Mais, désormais, le moment était venu d'assister à la mêlée à pied, à cheval puis, enfin, aux duels qui clôtureraient les festivités.

Tous les concurrents se présentèrent en formation parfaite devant les tribunes, saluant le roi d'un même geste. Le métal poli de leurs armures et la maille de leurs hauberts luisaient sous le soleil. Les chevaliers étant tête nue, l'excitation et la joie pouvaient se lire sur leurs visages. Le blason des différents seigneurs figurait sur les bannières qui claquaient au vent et sur les cottes des chevaliers, indiquant au service de qui chaque concurrent s'était engagé.

Gwen était installée sur la haute estrade surmontée d'un riche dais que l'on avait dressée pour le roi et sa cour. Elle regardait la parade des chevaliers sans un mot, en affichant une expression sereine et tranquille. Cependant, à l'intérieur, elle était encore bouleversée par la pénible scène de la veille. Elle souriait quand il le fallait, applaudissait pour imiter les autres, mais était incapable de se concentrer sur le spectacle qui avait lieu dans la lice.

Stephen Le Gros s'était insinué dans chacune de ses pensées comme un répugnant serpent. Ce n'était pas surprenant, venant de lui… Pas un instant elle n'avait imaginé que les ans aient pu l'adoucir.

De toute évidence, elle avait eu raison de mettre au point un plan méticuleux pour rejoindre dès que possible le couvent dans lequel elle souhaitait se retirer. Maintenant que les derniers détails étaient enfin réglés, Brida et elle pouvaient partir. Dès le lendemain. Le plus tôt serait le mieux. Cela lui permettrait d'être une bonne fois pour toutes libérée de la menace que représentait Stephen.

Elle redressa la tête et vit qu'une femme l'observait en souriant. Elle l'avait déjà remarquée la veille, pendant le banquet. Cette inconnue était installée au milieu des gens de Lord Clancey et parlait à l'écuyer de Sir Thomas… À Ralph.

— Brida, est-ce l'épouse de Lord Clancey, là-bas ?

— Oui, c'est elle, répondit son amie en suivant son regard. Je crois qu'elle se nomme Isabel.

La femme en question regarda défiler un groupe de chevaliers portant les couleurs de son époux. Parmi eux se trouvait Thomas Lovent, qui souriait d'un air satisfait sous ses mèches blondes. Gwen vit le regard de Lady Isabel passer de lui à Ralph, qui se tenait en arrière avec les autres écuyers, la tête comme d'habitude couverte par sa capuche. Puis elle leva de nouveau les yeux vers Gwen et la salua de la tête. Sentant ses joues s'empourprer, Gwen lui rendit son salut dans un mouvement souple qui fit voleter son léger voile bleu.

Elle comprit que cette femme savait parfaitement qui elle était. Ralph avait dû lui parler d'elle. Honteuse, elle fit de son mieux pour étouffer son malaise et se concentrer de nouveau sur le défilé. Plus vite elle quitterait cet endroit, mieux cela vaudrait pour elle.

De loin, Ralph observait Gwen avec attention. Il était surpris par son apparence si calme et si paisible, surtout après la scène odieuse qu'il avait interrompue la veille.

Il avait eu beaucoup de mal à contrôler sa colère, sa rage meurtrière, quand il avait découvert Stephen en train de presser Gwen contre ce mur de pierre. Et il aurait certainement laissé libre cours à sa fureur, si son cousin avait refusé de la lâcher. Elle avait été secouée par cette agression, il le savait… Les événements avaient aussi laissé Ralph perplexe : il y avait eu quelque chose de dérangeant, dans le comportement de son amie d'enfance.

Elle avait gardé son calme sans céder à la panique et avait tenu tête à Stephen d'une manière à la fois admirable et déconcertante. En fait, chacune de ses paroles avait été mesurée, réfléchie, calculée pour calmer – en vain – les ardeurs de son assaillant. Ralph avait perçu sa fureur, son dégoût, mais elle n'avait pas paru surprise de se trouver dans une situation aussi dangereuse. À croire que ce genre de chose était déjà arrivé entre elle et le répugnant Stephen.

Le simple fait d'envisager une telle possibilité le rendait malade. D'un autre côté, son cousin n'avait-il pas déjà fait des avances inappropriées à Gwen, au temps de leur jeunesse ? S'était-il passé d'autres choses entre eux ? Des choses qu'il aurait ignorées ? Cela avait-il été une des raisons qui l'avaient poussée à rester à Kinnerton, à l'obliger à fuir seul ?

Il la vit se lever et quitter discrètement les tribunes. Après avoir jeté un coup d'œil autour de lui pour s'assurer que personne ne lui prêtait attention, il partit à son tour et se mit à sa recherche. Il la trouva devant l'échoppe du forgeron, en pleine conversation avec sa suivante – quel étrange endroit, pour deux femmes seules ! Au moins, elle était accompagnée, cette fois, contrairement à la veille.

Ne voulant pas attirer l'attention en les abordant, il s'immobilisa non loin d'elles et fit mine d'examiner l'étal du forgeron. Gwen finit par l'apercevoir et sursauta légèrement. Elle recouvra cependant très vite son calme habituel.

Elle ne s'était manifestement pas attendue à le voir. Comment lui en vouloir ? N'avait-il pas lui-même insisté sur le fait qu'il ne désirait plus compter sur son amitié ? Ne l'avait-il pas repoussée ? Ne lui avait-il pas clairement fait comprendre qu'il ne voulait pas qu'elle se mêle de sa vie plus longtemps ? Oui, il avait fait tout cela… car ce rejet avait été nécessaire. Il ne pouvait se laisser distraire et renoncer maintenant au but qu'il avait poursuivi avec tant d'opiniâtreté. Son seul objectif était de réparer les torts qu'on lui avait faits et d'obtenir justice. Malgré sa détermination, il n'était pas heureux de la manière dont les choses s'étaient passées entre Gwen et lui. Pire, il était troublé à l'idée que la trahison de la jeune femme ait pu être motivée par un secret dont il ne savait rien.

Quoi qu'il en soit, depuis l'instant où il avait posé les yeux sur elle, il n'arrivait plus à la chasser de ses pensées – et ce n'était pas faute d'essayer…

— Je ne m'attendais pas à te voir ici, murmura-t-elle d'une voix douce, une voix qui ne voulait pas qu'un autre puisse l'entendre.

Ils ne se faisaient pas face, regardant tous les deux dans des directions opposées et, aux yeux d'un passant, avaient sans doute l'air de ne pas se connaître du tout.

— Moi non plus, répondit Ralph en passant les doigts sur le fil aiguisé d'une lame comme s'il l'examinait. Je ne pensais pas que tu quitterais si vite les tribunes, avant même la fin du défilé des concurrents.

— J'avais des affaires pressantes à régler.

Elle plissa les yeux, l'air soudain soupçonneux.

— Et toi ? En tant qu'écuyer, tu as certainement des devoirs envers ton maître.

— C'est vrai, mais je voulais… Non, j'avais besoin de te voir, après ce qui s'est passé hier.

Gwen l'ignora car sa suivante lui glissa quelques mots à l'oreille avant de s'éloigner d'un pas vif. De toute évidence, elle aussi avait quelque chose à faire.

Le gros forgeron rougeaud essuya ses mains sur un chiffon noirci et s'approcha de Ralph.

— Votre casque a été poli et sera prêt demain, comme promis.

— Je vous remercie. J'aimerais également vous confier les armes de Sir Thomas afin que vous les prépariez avant la mêlée, si vous en avez le temps.

— Très bien.

L'artisan se tourna ensuite vers Gwen, qui attendait à l'autre bout de l'étal.

— Milady…

Il s'inclina, l'air gêné.

— En ce qui concerne ce dont nous avons discuté… Je peux vous fournir tout ce dont vous avez besoin. Ce sera prêt pour le coucher du soleil.

— Merci, répondit-elle avec douceur. Vous êtes très bon.

Fasciné, Ralph vit le forgeron, si bourru, s'adoucir et sourire timidement, juste parce qu'une femme venait de lui dire qu'il était « bon ». Il la salua de plus belle et alla se remettre au travail. Gwen lui souhaita une bonne journée, puis repartit à pas lents en direction de la cour du château. Elle n'adressa pas le moindre regard à Ralph. De toute évidence, elle tenait à l'ignorer, même quand il lui emboîta le pas à distance respectueuse.

La tête toujours baissée, il fit de son mieux pour lui parler sans attirer l'attention sur lui.

— Gwen, te portes-tu bien ?

— Oui, et tu n'as vraiment pas besoin de t'inquiéter pour moi.

Il la saisit par le bras et elle se figea un instant.

— Gwen ? insista-t-il dans un souffle.

— Je vais bien, répondit-elle par-dessus son épaule, et

je te conseille de me lâcher. Il ne faudrait pas que l'on nous voie ensemble, n'est-ce pas ?

Il avait conscience de cela, mais il savait aussi qu'elle ne lui disait pas tout.

— Qu'es-tu en train de comploter ?

Elle se remit en marche, accélérant un peu, sans lui répondre.

— Quelles sont ces affaires si pressantes, qui te privent du spectacle ?

Cette fois, elle s'arrêta d'elle-même, sans pour autant se tourner vers lui.

— Elles ne te concernent pas. Nous ne sommes plus…

Elle secoua la tête et prit une profonde inspiration.

— Nos vies suivent des chemins différents, désormais.

— Je sais.

— Eh bien, dans ce cas, je te demanderai de me laisser et de continuer à faire tout ton possible pour reconquérir Kinnerton.

— Gwen, je…

— Va-t'en, Ralph. Oublie-moi, murmura-t-elle avant de se remettre en chemin.

Elle courut presque jusqu'à la poterne, tant elle semblait pressée de le quitter. Ralph, lui, la regarda s'éloigner sans faire un mouvement.

L'oublier ? Oublier Gwenllian ferch Hywel ?

Il avait essayé. Pendant des années, il n'avait même fait que cela. Mais non. Apparemment, oublier cette femme était un exploit impossible pour lui. Il en était tout simplement incapable.

Ralph n'eut guère à chercher pour la trouver, le lendemain matin avant l'aube, alors qu'elle se préparait à partir en secret tandis que les chevaliers et la cour du roi dormaient encore.

En fait, il avait même été choqué de la facilité avec

laquelle il avait découvert ce qu'elle prévoyait de faire ; surtout quand la plupart des gens à qui elle avait demandé de l'aider se laissaient séduire par l'éclat d'une pièce d'argent. Il avait suivi ses traces, désemparé. Comment espérait-elle pouvoir s'en aller ainsi, avec pour toute protection un garçon d'écurie et sa jolie suivante ? Ce n'était plus de l'inconscience, mais de la folie pure, pour une femme aussi jeune qu'elle ! Cherchait-elle à s'attirer des ennuis ou était-elle vraiment naïve au point de se croire en sécurité sur les routes ?

Dès qu'ils auraient quitté l'enceinte du château, le danger rôderait partout autour d'eux.

D'ailleurs, pourquoi tenait-elle à partir ? Et pourquoi maintenant ? Il constata amèrement, une fois de plus, qu'il ne savait absolument rien de la vie qu'elle avait menée depuis leur séparation. S'en allait-elle à cause de la conversation qu'ils avaient eue dans les bois, quand il lui avait annoncé qu'il avait survécu à son attaque ? Pourvu que ce ne soit pas le cas !

Silencieusement, il entra dans l'écurie que l'on n'avait que faiblement éclairée par souci de discrétion. Là se trouvaient en ce moment certains des meilleurs chevaux du royaume. Gwenllian était occupée à attacher ses maigres bagages aux sacs de selle d'une jument grise. Elle agissait vite. De toute évidence, elle était très pressée de quitter les lieux.

Au bout de quelques instants, elle remarqua sa présence et étouffa un cri.

Par-dessous son capuchon, il la voyait assez clairement pour surprendre un mouvement d'inquiétude. Elle écarquilla les yeux et s'immobilisa. Puis la colère parut prendre le dessus.

— Que fais-tu là ? siffla-t-elle en jetant un coup d'œil alentour.

— Je pourrais te poser la même question, répliqua-t-il.

Il n'avait pu réprimer une grimace agacée, mais Gwen ne répondit pas pour autant.

— Eh bien ?

Elle se détourna et caressa l'encolure de sa jument grise en lui murmurant des paroles apaisantes à l'oreille.

Ralph la détailla de la tête aux pieds, incrédule. Elle portait une tunique de lainage sombre, un gambison[1] de cuir rembourré, une cape à capuche, d'épaisses braies et des bottes. Bref, elle était vêtue à la manière d'un écuyer. Cependant, malgré ses efforts évidents pour passer inaperçue, sa silhouette restait bien trop féminine pour qu'on puisse la confondre avec celle d'un jeune garçon.

Sa compagne, Brida, passa soudain la porte. Elle était habillée de la même manière que sa maîtresse et paraissait sur le point de dire quelque chose quand elle le vit. Son regard passa très vite de lui à Gwen. Elle se mordilla la lèvre et tourna les talons sans demander son reste.

— Tu ne m'as toujours pas répondu, reprit-il avec impatience.

— Ce que je décide de faire ou non ne te regarde pas, Ralph de Kinnerton.

— Non, c'est vrai, admit-il en tirant un peu plus son capuchon sur son visage. Je n'ai pas dit le contraire. Néanmoins, je te serais reconnaissant de bien vouloir me répondre tout de même.

— Vraiment ? Et pourquoi cela ?

Elle soupira, sans cacher son agacement.

— Pourquoi t'intéresses-tu tant à moi et à ce que je fais, tout à coup ?

Il ne put réprimer un mouvement de surprise.

— Crois-tu que je ne me soucie pas de toi ?

— Oui, en particulier après l'avoir entendu de ta bouche, l'autre soir, répliqua-t-elle en haussant les épaules. Et, en

1. Vêtement matelassé destiné à servir de protection lors d'un combat. Il peut être porté seul ou associé à une autre défense, sous la cotte de mailles ou la cuirasse. (NdE)

toute honnêteté, pourquoi perdrais-tu ton temps avec moi, après toutes ces années ?

Une chose était évidente : il l'avait offensée lors de leur conversation au pied du chêne. Le doute n'était plus permis...

Il tenta donc une approche différente.

— Tu sembles bien pressée de partir, Gwenllian.

— Nous le sommes, en effet. Donc, si tu veux bien nous excuser, nous aimerions pouvoir nous mettre en route avant que le jour se lève.

Alors qu'elle s'apprêtait à passer devant lui sans même le regarder, il la retint par le bras pour l'obliger à lui faire face. Sans un mot, elle baissa les yeux sur sa main. Il la relâcha vivement, comme s'il s'était brûlé à son contact, et une vague de chaleur monta d'un seul coup en lui. La situation était pourtant des plus innocentes... Il ravala sa salive, chassa cette impression désagréable et fit un pas en arrière.

— Tu veux t'en aller avant que l'on s'aperçoive de ta disparition, c'est cela ? Ai-je raison ?

Elle ne lui répondit pas, se contentant d'aller se camper dans l'embrasure d'une porte à l'arrière de l'écurie pour s'adresser à ses compagnons qui s'activaient dehors.

— Simon, as-tu bien arrimé le sac de provisions supplémentaire ? demanda-t-elle, les poings sur les hanches.

— Oui, Milady, j'ai presque fini de le fixer aux autres sacoches de selle.

La voix de celui qui avait répondu était jeune et enjouée. Seigneur, ce n'était qu'un garçon !

— Bien. Et toi, Brida ? Es-tu prête à partir ?

Il entendit la suivante acquiescer puis Gwen revint dans l'écurie pour s'occuper de sa jument.

Incrédule, il la regarda s'activer. Il fallait à tout prix qu'il lui fasse comprendre que ce qu'elle s'apprêtait à faire était dangereux.

— Que se passe-t-il réellement, Gwen ? demanda-t-il entre ses dents, la gorge nouée. Que fuis-tu ainsi ?

— Cela ne te concerne absolument pas, répliqua-t-elle froidement.

— Est-ce Stephen ?

Elle se raidit.

— Même si c'était le cas, je n'ai pas besoin de ton aide pour m'occuper de lui ou de qui que ce soit d'autre, Ralph.

Ces paroles touchèrent une corde sensible. Il serra les poings.

— Tu me crois toujours incapable de faire face à mon cousin ?

— Ce n'est pas ce que je voulais dire. Je suis heureuse de savoir que tu es décidé à tout faire pour retrouver tes droits sur Kinnerton. Et je te souhaite tout le succès possible pendant le tournoi, Ralph. Sincèrement.

Elle se massa les tempes, puis poursuivit :

— Mais cela ne veut pas dire que tu as la moindre obligation envers moi, quel que soit notre passé commun. Tu ne me dois rien.

— Peut-être, dit-il depuis le recoin sombre où il s'était retranché. Mais cela ne m'empêche pas d'avoir peur de ce qui pourrait t'arriver. Ce voyage, quel que soit son objectif, est beaucoup trop dangereux.

— Ton opinion m'importe peu.

— Tu mets la vie de ta suivante et celle de ce garçon en danger, en plus de la tienne !

— Ce ne serait pas la première fois, marmonna-t-elle entre ses dents, plus pour elle que pour lui.

Il ne put s'empêcher d'avancer de nouveau vers elle.

— Qu'est-ce que cela veut dire, Gwen ? Parle-moi !

Elle le dévisagea, l'air farouche.

— Tu veux donc que nous discutions, maintenant ? Je regrette, Ralph, mais je n'ai tout simplement pas de temps à t'accorder.

— N'importe qui pourrait découvrir que tu t'apprêtes à t'enfuir comme je l'ai fait. Je dois dire que la chose a été ridiculement aisée, et que je n'ai pas eu à bouleverser mon emploi du temps pourtant chargé au camp d'entraînement... Si quelqu'un d'autre cherche à savoir où tu vas, il l'apprendra en un jour ou deux, crois-moi.

— Je ne suis pas de ton avis. Mon départ est inattendu. Quand on se rendra compte que je ne suis plus là, il sera trop tard pour me poursuivre.

— Vraiment ? Permets-moi d'en douter, Gwen. Et même en mettant de côté cet aspect des choses, as-tu pensé aux dangers d'un long voyage ? Car j'imagine que tu as l'intention de passer plusieurs jours sur les routes...

— Quels que soient les périls que nous aurons à affronter, c'est une difficulté que je devrai surmonter. Seule.

— Une « difficulté » ? Je pense au contraire que ce sera bien plus que cela. Bon sang, Gwen ! Que feras-tu, si tu te trouves face à des bandits ou des assassins ?

— Je t'en prie... Je t'en supplie, laisse-moi en paix !

Il vit la tension crisper ses épaules tandis qu'elle fermait obstinément les yeux.

— J'ai prévu tout ceci depuis bien longtemps. Je vais dans un couvent, et les sœurs m'attendent déjà. Ne crois pas que c'est une décision prise sur un coup de tête. Je te promets que ce n'est pas le cas.

Dans un couvent ? Avait-elle donc l'intention de prendre le voile ? Il fut tenté de lui demander des explications, mais ce n'était sans doute pas le moment idéal. Une seule chose importait : l'empêcher de partir sans escorte !

— Je me moque de savoir depuis combien de temps tu prépares ce voyage, Gwen. Cela ne pourra finir qu'en catastrophe.

Il secoua la tête et adoucit son ton autant qu'il le put.

— Tu ne peux tout de même pas être désespérée à ce point !

— Et si c'était le cas ? chuchota-t-elle.

— Gwen...

Jamais il n'aurait cru voir Gwenllian ferch Hywel dans

un tel état d'agitation. Chaque fois qu'il avait pensé à elle, au fil des ans, ses souvenirs avaient été teintés de regrets, de tristesse et oui… d'amertume. Il avait été en colère. Il lui en avait voulu d'avoir refusé de fuir avec lui et de lui avoir préféré son « devoir ». Son insistance rationnelle, sensée, mesurée de l'époque l'avait empêché de protester. Convaincu qu'elle avait pour unique ambition de devenir un jour maîtresse du château, il l'avait donc laissée à Kinnerton.

Et maintenant, voilà qu'elle s'apprêtait à faire ce qu'elle avait refusé de faire autrefois avec lui : s'en aller sans laisser de traces. Cela n'avait aucun sens ! Une fois de plus, il se demanda ce qui avait bien pu lui arriver au cours des six dernières années. Il éprouva une bouffée de culpabilité. Quoi qu'il ait pu se passer entre eux, il se sentait toujours responsable d'elle.

— S'il te plaît, laisse-moi te… Permets-moi de t'aider, dit-il.

Elle lui adressa un regard presque méfiant.

— Pourquoi ? Ce n'est pas nécessaire, Ralph.

— C'est possible, mais j'aimerais malgré tout t'apporter toute l'aide que je pourrai.

Il soupira.

— Quoi que tu puisses dire, Gwen, j'ai l'impression d'avoir encore des devoirs envers toi.

— Laisse-moi te demander une fois de plus ce qui te pousse à penser une telle chose. Est-ce parce que je ne suis pas encore mariée ? Est-ce de là que vient ton soudain « sens du devoir » ? Si c'est le cas, je te conseille d'économiser tes efforts.

Certes, il n'avait pas pensé que Gwen pourrait être encore célibataire, après tout ce temps. Ce n'était cependant pas uniquement tout ce que cela impliquait qui le poussait à agir. Sans la protection d'un époux, elle était à la merci de n'importe quel homme ambitieux, avide de fortune – comme son cousin Stephen. Comment donc était-elle parvenue à se protéger aussi longtemps ? Comment avait-elle fait pour échapper aux griffes de Stephen, qui s'était pourtant emparé de Kinnerton par la force six ans plus tôt ? Dans l'escalier de la tour, quand il les avait surpris, il avait entendu Stephen parler de fuite, d'efforts que Gwen avait faits pour l'éviter. Était-ce vrai ? Avait-elle quitté Kinnerton ? Et, dans ce cas, pourquoi avait-elle refusé jadis de s'échapper *avec lui* ?

— Il y a tant de choses que j'ignore à ton sujet, Gwen… J'aimerais combler ce manque, si tu me le permets.

— Ce n'est pas ce que tu as dit l'autre soir.

— Je sais, et je m'en excuse. Tu m'as demandé de t'oublier, mais je crains d'en être incapable. Je ne peux pas te laisser partir d'ici sans être certain que tu ne courras aucun danger.

Elle baissa la tête et exhala un profond soupir.

— Merci, Ralph, mais je ne crois pas que…

— Écoute-moi, Gwen, la coupa-t-il. Ce plan, auquel tu sembles tant tenir, ne te mènera qu'au désastre. Où que tu ailles, je t'accompagnerai. J'en fais serment sur mon épée et mon honneur de chevalier. Mais pas ce soir. Pas de cette manière.

Les sourcils froncés, elle le dévisagea d'un air dubitatif.

— Parce que tu crains pour ma sécurité.

— Oui, admit-il. Te protéger serait un honneur pour moi, Gwenllian.

Il le pensait vraiment. Pas une fois, par le passé, il n'avait pu veiller sur elle. À l'époque, il n'avait pas eu le pouvoir de tenir tête à son cousin. Mais maintenant, il était capable de se racheter auprès de Gwen. Oui, il la protégerait et l'escorterait où qu'elle aille – mais uniquement quand il saurait ce que lui réservait son propre avenir.

Elle fronça les sourcils davantage, ce qui fit naître deux petites rides verticales au milieu de son front. Ralph se souvenait bien de cette expression, mais il fit de son mieux pour ne pas se laisser perturber. Il tira un peu plus son capuchon sur son visage, de peur qu'elle finisse par distinguer ses traits.

— Que se passera-t-il si tu ne parviens pas à remporter ce tournoi, Ralph ? demanda-t-elle.

Il pinça les lèvres.

— Que je retrouve mes droits sur Kinnerton ou non, cela ne changera rien pour nous. Je t'accompagnerai là où tu souhaites tant te rendre.

De toute évidence, elle n'avait toujours pas confiance en ses capacités, même après tout ce temps. Aucune importance : il lui montrerait ce qu'il savait faire.

— Je te crois, Ralph. Je ne voulais pas t'offenser, je voulais juste…

— Et je te défendrai face à Stephen, ajouta-t-il. J'en fais le serment.

Elle se redressa brusquement et l'observa un instant en silence.

— Je ne mets pas ton honneur en doute, et je ne tiens pas à ce que tu te retrouves en conflit avec Stephen. Surtout si tu veux éviter d'éveiller ses soupçons au sujet de ta véritable identité. C'est bien à cause de lui que tu te caches sous un faux nom, n'est-ce pas ?

Elle ne le quittait plus des yeux.

— C'est pour cela aussi que tu laisses tout le monde te croire mort. Pour garder un certain ascendant sur lui.

— Oui, on peut dire cela. Néanmoins, puisque nous parlons de mon répugnant cousin, sache que je ne pourrai pas le regarder te menacer encore comme l'autre soir sans réagir. C'est au-dessus de mes forces.

Gwen aurait tant aimé pouvoir le croire ! Hélas, elle n'était pas sûre de se sentir un jour vraiment en sécurité, protégée de Stephen Le Gros. Certainement pas tant qu'elle n'aurait pas mis assez de lieues entre eux pour ne plus craindre ses avances. Et pourtant… Pourtant, elle fut envahie par un étrange soulagement en entendant Ralph de Kinnerton lui promettre ainsi de veiller sur elle, alors qu'elle n'attendait plus rien de lui. Elle ne s'était plus sentie aussi bien défendue depuis l'époque où elle avait été déclarée pupille royale et installée dans la maisonnée de Lord William Marshal, régent et protecteur du royaume. Malheureusement, cette sensation de sécurité avait vite disparu à la mort de Marshal…

Pendant des années, elle avait réussi à échapper à Stephen, l'homme qui avait trahi Ralph et s'était emparé du château de Kinnerton en toute illégalité. Stephen avait bêtement pensé que la Couronne lui attribuerait le fort, ses terres et… *elle* !

Elle savait mieux que personne où résidait la faiblesse de cet homme : dans son arrogance. Convaincu d'être le seul héritier possible après la disparition de Ralph et de l'ancien comte, il n'avait jamais douté de lui. Elle s'était servie de cette faiblesse pour parvenir à ses fins. En cela, Stephen l'avait gravement sous-estimée.

Elle l'avait convaincu qu'un mariage forcé entre eux donnerait de lui une image peu reluisante à la cour et lui ferait perdre les faveurs de la Couronne, qui avait saisi le château de Kinnerton et l'avait placée, elle, sous sa tutelle. Elle avait d'ailleurs eu raison de croire que l'on allait instaurer des taxes sur le domaine de Ralph et ses propres terres galloises tant que le conflit des barons durerait. Elle n'avait pas hésité à se servir de cela pour échapper un peu plus longtemps à Stephen.

Et son stratagème avait fonctionné.

Non seulement le jeune roi continuait à exiger le paiement de cette énorme taxe décidée par son père avant sa mort, mais il avait aussi refusé tout net de choisir un nouveau seigneur pour Kinnerton après la fin des combats. Tant que cela durerait, Stephen n'aurait aucun moyen de rassembler la somme exigée – du moins, s'il voulait rester dans les limites de la loi.

Cela signifiait aussi qu'elle n'avait rien eu à craindre de lui jusqu'à... ce tournoi qui promettait au vainqueur une fabuleuse récompense.

Elle leva de nouveau les yeux vers Ralph. Tout cela s'était passé avant qu'elle découvre cette imposante silhouette devant elle, avant qu'elle apprenne que l'homme qu'elle avait autrefois aimé vivait encore et qu'il participait à ce même tournoi. Pouvait-elle croire qu'il l'aiderait vraiment ? Après tout ce qui leur était arrivé, elle avait du mal à comprendre ce qui le motivait. Mais... Mais Ralph de Kinnerton était bien resté le même, au fond : constant, déterminé, et avant tout loyal. Elle pouvait lui confier sa vie, et elle le savait.

Sans vraiment comprendre ce qu'elle était sur le point de faire, elle s'avança et lui tendit la main.

— Très bien. J'accepte.

Ralph parut hésiter, comme s'il avait du mal à en croire ses oreilles. Puis, au bout de quelques secondes, il se reprit et lui serra la main.

Une chaleur inattendue flamba au creux de leurs mains jointes et se propagea dans tout le corps de Gwen. Elle la maîtrisa tant bien que mal et, embarrassée, prit une grande inspiration. Seigneur ! Peut-être n'était-ce pas une si bonne idée que cela, en fin de compte. Puis elle sentit autre chose sous ses doigts : une peau rude et déchiquetée. Elle baissa les yeux et découvrit avec horreur la chair creusée de profondes cicatrices.

Ralph la lâcha très vite et, dans son mouvement, le capuchon sous lequel il se dissimulait glissa un peu en arrière. Il la regarda, l'air à la fois honteux et méfiant, puis tira de nouveau sur sa capuche pour se cacher, mais trop tard. Gwen avait eu le temps d'apercevoir les balafres qui déformaient tout un côté de son visage.

— Ralph ?

Elle voulut lui prendre le bras, mais il recula vivement, la tête baissée.

— Je respecterai le serment que je t'ai fait ce soir. À présent, je dois m'en aller. Bonne journée, Gwenllian.

Sur ce, il disparut aussi vite qu'il était venu.

Chapitre 7

Ralph ne s'était pas caché sous l'étoffe lourde de ses capes uniquement pour préserver son identité, comme Gwen l'avait d'abord pensé. Non, ses capuchons dissimulaient bien plus de choses qu'elle aurait pu l'imaginer.

Elle n'arrivait toujours pas à y croire... Sa main, son *visage* ! Que lui était-il donc arrivé ? Elle espérait sincèrement qu'il avait lu de l'empathie et non de la pitié au fond de ses yeux, quand elle avait vu ses cicatrices. Hélas, comment aurait-elle pu étouffer sa surprise, son choc, face à un spectacle aussi inattendu ?

Elle n'imaginait même pas ce qu'il avait pu endurer – par sa faute. Elle avait voulu le protéger, et voilà ce qui lui était arrivé.

— Je suis convaincue que tu as fait le bon choix, Gwen, dit Brida qui vidait leurs sacs pour ranger leurs affaires dans la chambre. Et je suis heureuse de pouvoir le dire librement, maintenant que c'est terminé.

— Tu le disais déjà avant... et j'espère de tout cœur que tu as raison. Mais seul le temps pourra nous le confirmer.

Gwen soupira.

— Au moins, désormais, nous pourrons compter sur la présence de Ralph de Kinnerton, quand nous partirons. Avec un peu de chance, il saura nous protéger de tous les dangers que nous pourrions courir sur la route.

Brida s'arrêta un instant et se tourna vers elle.

— As-tu donc toujours l'intention de te rendre au couvent de St Mary de Hogge ?

Gwen avait découvert cette échappatoire grâce à Isabel, la comtesse de Pembroke et veuve du regretté William Marshal. Le couvent, situé à Leinster, en Irlande, avait été fondé par le grand-père de Lady Marshal. Si Gwen parvenait à s'y réfugier, nul ne penserait à la chercher dans un endroit aussi reculé.

— Après tout ce qui s'est passé, je n'ai pas d'autre choix et tu le sais très bien, répondit-elle. J'ai accepté mon sort depuis longtemps. Et toi, Brida ? As-tu pris ta décision ? Comptes-tu encore m'y accompagner ? Je pensais que tu tenais depuis toujours à rentrer en Irlande.

Toutes deux continuaient à défaire leurs bagages tout en parlant.

— Non, je n'ai pas changé d'avis. Je pensais que *tu* aurais pu revenir sur ton projet après avoir retrouvé…

— Bien sûr que non ! Je n'ai pas d'autre choix, Brida. Et je ne suis pas naïve au point de croire que ma situation pourrait encore s'améliorer, maintenant ou plus tard. Quant au fait que Ralph ait survécu alors que nous l'avons tous cru mort, cela donne encore plus de valeur au sacrifice auquel j'ai consenti il y a six ans.

— Tu es une femme admirable, Gwen, dit son amie avec douceur. Peu de gens auraient eu le courage de faire ce que tu as fait.

Oh non ! Il ne fallait pas qu'elle pleure !

Émue par les paroles de sa compagne, Gwen essuya vivement ses yeux embués d'un revers de main, et soupira. En vérité, même si le marché qu'elle avait conclu avec Stephen Le Gros suite au siège de Kinnerton avait été l'une des décisions les plus difficiles de sa vie, elle aurait recommencé mille fois sans la moindre hésitation. Au moins, n'avait-elle pas fait cela pour rien, contrairement à ce qu'elle avait pu croire. Ralph avait quitté le royaume sain et sauf grâce au délai qu'elle avait obtenu pour lui et avait survécu à son exil. Malheureusement, ce pacte diabolique avait aussi eu des conséquences désastreuses pour elle.

Se sentant soudain lasse, elle s'assit sur le bord du lit moelleux et fit de son mieux pour se détendre.

— Rien n'a changé, sauf la date de notre départ. Nous partirons… mais un peu plus tard que prévu, c'est tout.

Après l'énergie déployée et la nervosité qui avait été la sienne toute la journée à l'idée de quitter la cour, Pulverbatch et le tournoi, Gwen sentait la fatigue la rattraper.

— Nous allons devoir rester très vigilantes, remarqua Brida. Bien plus qu'avant.

L'esprit ailleurs, Gwen acquiesça. Certes, rien n'avait changé et son avenir demeurait toujours aussi sombre mais au moins pouvait-elle désormais compter sur l'aide et le soutien de Ralph.

Ralph…

Elle éprouva le besoin d'aller le retrouver pour le remercier une fois de plus et, plus important encore, pour découvrir l'origine de ses blessures.

— Viens, Gwen, et laisse-moi te débarrasser de ces vêtements d'homme. Tu te sentiras sans doute mieux après un bon bain et dans tes propres vêtements.

— Merci, mais non, pas maintenant, répondit Gwen en se levant. J'ai encore quelque chose à faire. Et tout de suite, si je veux avoir une chance de pouvoir oublier enfin toute cette histoire.

— Tu vas sortir comme cela, habillée en écuyer… en milieu de matinée ?

Gwen sourit.

— En effet. Je ne risque rien. J'ai l'impression que c'est une habitude que beaucoup de personnes semblent avoir adoptée, ces temps-ci.

— Je t'accompagne !

— Non, reste ici. Je promets de revenir très vite.

Alors qu'elle s'apprêtait à refermer la porte de la chambre, elle entendit encore Brida murmurer :

— Sois prudente, Gwenllian…

Elle répondit d'un hochement de tête, rabattit son capuchon et s'engagea dans le couloir.

Gwen appréciait la liberté et l'anonymat que sa tenue d'homme lui apportait. Il était si agréable de pouvoir traverser la cour et passer la poterne sans attirer l'attention de qui que ce soit ! Elle croisa même Stephen, qui revenait au château avec l'un de ses hommes. Il ne lui accorda pas un regard…

Une fois loin des remparts, elle relâcha la respiration qu'elle avait retenue sans s'en rendre compte et poursuivit sa route jusqu'à l'angle le plus éloigné du terrain d'entraînement occupé par les hommes de Lord Clancey. Elle fit tout son possible pour ne pas se faire remarquer en chemin. Là, à l'orée de la clairière, quelques tentes rouges avaient été dressées pour les chevaliers. La plus imposante accueillait Lord et Lady Clancey.

Un bruit surprenant attira soudain son attention. Elle fit volte-face, intriguée, et se dirigea vers les deux plus grandes tentes à la recherche de l'origine de ce son. Cela ressemblait à un rire d'enfant et aux aboiements enjoués d'un chien – quelque chose que l'on ne s'attendait pas à entendre au milieu des chocs métalliques des armes et des exclamations des combattants qui s'entraînaient. Elle contourna l'une des toiles écarlates et ne put réprimer un sourire en découvrant le spectacle qui s'offrit à elle.

Un jeune garçon, qui ne devait pas avoir plus de cinq ans, jouait avec un chiot noir et blanc, le faisant bondir en l'appâtant avec un bâton qu'il tenait hors de sa portée. Le petit chien remua la queue et le garçon le fit asseoir avant de faire semblant de lancer le bâton au loin.

Gwen éclata de rire en voyant l'animal sauter et chercher

en vain son jouet. Sans doute surpris d'entendre sa voix, l'enfant se tourna vers elle puis recula, l'air légèrement inquiet.

— N'aie pas peur, tout va bien, dit-elle à mi-voix en repoussant un peu son capuchon pour lui permettre de voir son visage.

Le garçon cligna des yeux et l'examina longuement de la tête aux pieds avant d'acquiescer et de se mettre à sucer son pouce.

— Tu es une fille ?

— Oui, je… En effet.

Sans doute devait-elle avoir l'air assez ridicule, habillée en jeune écuyer.

— Mais ce ne sont pas mes vêtements habituels, tu sais, ajouta-t-elle.

— Oh ! Je sais ! Ma maman s'habille aussi très souvent en garçon !

Il leva soudain les yeux et fronça les sourcils.

— Tu ne diras rien à personne ? Il faut le promettre. Papa dit que c'est notre secret.

— Je jure sur tous les saints que je ne le répéterai pas. Tu as ma parole.

Il continua à darder sur elle ses grands yeux verts, puis sourit. Deux grosses fossettes creusèrent ses joues roses.

— Je m'appelle William Tallany.

Elle gloussa et lui fit une petite révérence.

— Je suis heureuse de te rencontrer, William. Je suis Gwenllian ferch Hywel de Clwyd.

— C'est un *très* long nom…

— Oui, c'est vrai. Je viens du pays de Galles, mais je vis en Angleterre depuis de nombreuses années. Tu peux m'appeler Gwen, si tu préfères.

— D'accord.

Le pouce toujours dans la bouche, il la salua de la tête.

— Est-ce que tu veux bien jouer avec moi, Gwen ? Je

n'ai que Perdu pour me tenir compagnie, dit-il en caressant la fourrure du chiot.

Elle s'agenouilla et gratta le ventre de l'animal qui avait roulé sur le dos.

— Il a l'air très amical, remarqua-t-elle.

— Ce n'est pas mon chien, tu sais. Il est à Isabel. Est-ce que tu la connais ? Elle est très gentille et elle me donne toujours des gâteaux au miel.

Parlait-il de Lady Isabel de Clancey ?

— Les gâteaux au miel sont mes préférés. Dis-moi, William, pourquoi es-tu tout seul ici avec Perdy ?

— C'est Per*du*. En fait, je… La vérité, c'est que…

Il se dandina d'un pied sur l'autre, l'air gêné.

— … J'ai joué un petit tour à Brunhilde. C'est ma nourrice, même si je n'ai plus besoin d'une nourrice, maintenant que je suis grand. Elle a dû aller s'allonger parce que je l'*esaspère*… Isabel a dit que je pouvais regarder les chevaliers avec elle, parce qu'un jour je devrai être aussi habile qu'oncle Will et mon papa. Mais j'ai oublié le secret, tu comprends. Alors je reste ici avec Perdu.

— Oh ! pauvre petit…

Gwen n'était pas certaine de comprendre son récit décousu.

— Est-ce que tu aimes t'habiller en garçon, Gwen ?

— Pas vraiment. Si tu veux tout savoir, je fais semblant d'être quelqu'un d'autre.

Il acquiesça gravement, faisant rebondir ses boucles brunes autour de son visage poupin.

— Oui.

Il se rapprocha et murmura, en se cachant derrière sa main :

— Tout le monde fait semblant, ici. Tout le temps. C'est pour ça que je suis ici au lieu de regarder les chevaliers avec les autres.

Gwen dut se mordre la lèvre pour ne pas rire devant son air si sérieux.

— As-tu fait quelque chose de mal ?

Il hocha de nouveau la tête, les lèvres pincées.

— J'ai crié quelque chose que je n'aurais pas dû, parce que c'est un grand *secret*, chuchota-t-il. Mais j'étais tellement excité de voir Ralph gagner que j'ai oublié le secret !

— Je vois… Et je te comprends. Cela ne doit pas être facile de retenir tous ces secrets. Tu sais, William, je pense que tu devrais écouter les conseils de tes parents. Il ne faut pas trahir ses amis.

— Je sais ! C'est aussi ce que disent Isabel et oncle Will. Ils m'ont dit de jouer ici avec Perdu, pour ne pas révéler d'autres secrets. Mais je ne le ferai plus ! J'ai promis !

Gwen était désolée pour ce petit garçon si esseulé.

— Je suis sûre que ce n'était qu'un accident. Tu as retenu la leçon, n'est-ce pas ?

— Oh oui ! Vraiment. Je saurai bien garder les secrets maintenant, Gwen. Tu peux me croire, répondit-il en donnant un petit coup de pied dans un caillou. Je te jure que je ne dirai à personne que tu aimes t'habiller en garçon.

Sa sincérité si naïve la toucha.

— Merci, William Tallany. J'ai une dette envers toi.

— Et tu garderas mon secret aussi, hein ? Tu ne parleras à personne de mes amis Ralph et Tom ?

— Je te le promets.

Elle se pencha à son oreille et ajouta :

— Je vais te dire autre chose, qu'il ne faudra répéter à personne : Ralph est aussi mon ami.

— C'est vrai ? Personne ne m'en a parlé ! Tu as vu ses cicatrices ? J'en veux des pareilles, quand je serai plus grand. Ça me donnera l'air bien plus *f'roce* !

Il regarda tout à coup par-dessus l'épaule de Gwenllian, et son visage s'éclaira.

— Isabel ! Voilà ma nouvelle amie, Gwen…

Il s'empourpra et baissa les yeux.

— Je… J'ai oublié le reste de ton nom.

Gwen se releva et croisa le regard intrigué de Lady Isabel de Clancey.

— Milady.

Elle tenta de faire une révérence, ce qui lui parut absurde, dans ses vêtements d'homme. Elle était un peu gênée d'avoir été surprise en pleine conversation avec le jeune William Tallany, et vêtue de cette manière. Néanmoins, Isabel lui sourit chaleureusement et la salua à son tour.

— Lady Gwenllian ferch Hywel, je suis ravie de faire votre connaissance.

Elle tendit la main au garçon.

— Je suis venue te chercher. Ta maman et moi pensions que tu pourrais avoir faim.

— Oh oui ! J'ai très, très faim ! s'écria William en se levant d'un bond, imité par le chiot. Est-ce que Gwen peut venir aussi ?

— Mais non ! Je ne voudrais pas vous causer de problèmes.

— Au contraire, je serais ravie de pouvoir partager une petite collation avec une amie de… William, répondit Lady Isabel avec un nouveau sourire.

— Dans ce cas, ce sera avec plaisir, Milady.

Isabel secoua la tête.

— Nous ne sommes pas aussi formels, ici. Appelez-moi simplement Isabel.

— Merci. Quant à moi, je suis… Gwen.

Très vite, elle se retrouva sous la tente que Lady Isabel partageait avec son époux. Attablée devant un plateau de fromage, de jambon, de poulet rôti et de fruits séchés, qu'accompagnait du vin épicé que l'on dilua dans l'eau pour le jeune William, Gwen était fascinée par l'amitié qui semblait lier Eleanor Tallany et Isabel de Clancey. Ces deux femmes étaient très différentes de celles qu'elle avait connues à la cour. Elle ne put s'empêcher de se sentir très proche d'elles et accepta sans protester de les accompagner pour assister à la fin des entraînements.

Eleanor confia son bébé, une fillette aux joues rebondies, à la nourrice, puis se tourna vers son fils, l'air sévère.

— Te souviens-tu de ce que nous avons dit, William ? Tu ne dois plus jamais crier le nom de Ralph, comme tu l'as fait l'autre jour.

— Je te le promets, maman, répondit-il en levant une main solennelle. Je le jure sur tous les saints.

Les femmes éclatèrent de rire et Gwen rougit, consciente qu'il ne faisait que répéter sa propre phrase.

— Je te crois, répondit Isabel en confiant à son tour un bébé à une servante âgée.

Elle lui murmura quelques mots, puis écarta la toile de tente pour laisser les autres passer.

— Y allons-nous ?

— Viens, Gwen ! lança William en lui prenant la main. J'ai un autre secret à te dire. Tu vois la petite fille d'Isabel, là-bas ? Mon papa dit que, quand je serai grand, je pourrai devenir son fiancé.

L'air dégoûté, il grimaça.

— Est-ce que tu imagines ce que ce serait de me marier ? C'est horrible !

Elle sourit, surprise de sentir une boule se former dans sa gorge.

— Oui, j'imagine, dit-elle. Mais ta fiancée ne sera pas toujours aussi petite, tu sais.

— Peu importe, je ne le ferai pas.

Il secoua obstinément la tête, dans un nouveau ballet de boucles.

— Je préfère devenir un célèbre chevalier. Le meilleur et le plus fort de tous.

— Je suis sûre que tu en es tout à fait capable, William Tallany.

D'un seul coup, Gwen songea qu'il n'était peut-être pas

très sage de rendre visite à Ralph, même dans cette tenue discrète. Mais il était trop tard pour reculer. Elle se sentait un peu gênée, au milieu de ses amis. Tout le monde allait lui poser des questions – surtout Lady Isabel.

Campée derrière les barrières, elle se mordilla la lèvre quand Ralph, entre deux passes d'armes, jeta un coup d'œil dans leur direction et s'immobilisa un instant. Il l'avait manifestement reconnue, car son comportement changea et trahit un embarras aussi évident que celui qu'elle-même éprouvait… Que pouvait-il bien penser, en la voyant là, parmi les siens ?

Quoi qu'il en soit, et en dépit de la curiosité qu'elle allait certainement éveiller par sa présence, elle devait lui parler. Il fallait qu'ils mettent leur plan au point, maintenant qu'il avait promis de l'escorter jusqu'au couvent dès la fin du tournoi. Oui, c'était pour cela qu'elle était venue ; et son trouble n'avait rien à voir avec le frisson qui la parcourut soudain de la tête aux pieds.

Chapitre 8

Gwen regarda Ralph quitter le terrain en trombe. Il semblait déçu par sa performance plutôt médiocre et elle espéra ne pas avoir été la cause de sa distraction… Après avoir attendu quelques minutes, elle prit congé des deux ladies, non sans avoir promis au jeune William de revenir le voir très vite.

Rabattant son capuchon pour ne pas être reconnue, elle se dirigea vers la tente que Ralph partageait avec Sir Thomas. Arrivée devant l'entrée, elle s'accorda quelques secondes pour respirer posément et calmer les battements de son cœur. Puis, prenant une grande inspiration, elle écarta la toile et entra.

À peine le seuil passé, elle se figea, choquée. Sa bouche s'assécha à la vue du dos musclé et imposant de Ralph, ainsi que de ses bras solides qui tenaient encore ses armes. Il ne portait plus que ses braies et ses bottes, exposant tout son corps jusqu'à la taille.

— Oui, oui, je sais, dit-il sans se retourner. Je sais exactement ce que tu vas me dire. Mais je refuse d'en parler maintenant, Tom.

Sans doute aurait-elle dû mieux choisir son moment. Revenue de sa surprise, Gwen était sur le point de s'en aller quand Ralph se retourna.

— Gwen ?

Il était très grand, face à elle, et la dévisageait les sourcils froncés.

— Je croyais que c'était Tom. Que fais-tu ici ?

C'était une très bonne question. Sur le moment, elle ne sut que répondre. Les mots lui manquaient autant que la voix. Embarrassée, elle se mordit violemment la lèvre.

— Eh bien ?

Il haussa un sourcil, l'examinant de la tête aux pieds. Son dos avait paru à Gwen impressionnant, mais ce n'était rien comparé aux muscles qui dessinaient son torse et s'affinaient jusqu'à sa taille. Un fin duvet noir descendait jusqu'à son nombril, puis se perdait sous sa ceinture. Gwen le contempla, les joues en feu. Elle finit par baisser les yeux, remarquant au passage le voile humide qui luisait sur sa peau hâlée. Venait-il de passer de l'eau sur son corps pour laver la sueur, ou bien…

Oh ! Seigneur ! Quelle humiliation !

Elle réalisa, un peu tard, que c'était la première fois qu'elle voyait réellement Ralph depuis leur enfance. Bien sûr, en découvrant qu'il vivait encore, elle avait pris conscience des changements que les ans avaient opérés sur lui ; mais elle ne l'avait vu que de loin, ou dans l'obscurité. Jusqu'à présent, même son visage couturé de cicatrices, son bras et sa main abîmés étaient restés cachés sous les vêtements dans lesquels il s'enveloppait.

Plus maintenant.

Et rien… rien n'aurait pu la préparer à cet étalage de virilité. À l'exception des cicatrices, elle était surtout fascinée par ses traits ciselés, sa mâchoire anguleuse, volontaire, qui disparaissait sous une barbe de quelques jours, et ses cheveux bruns ébouriffés. Elle leva les yeux et croisa son regard sombre.

Les poings sur les hanches, il attendait encore sa réponse, et elle ne savait toujours pas quoi lui dire.

Finalement, ce fut lui qui brisa le silence.

— On dirait bien que tu as fini par découvrir l'autre secret que je tentais de cacher.

Elle essaya de ne pas se remettre à contempler son corps

magnifique, mais comment faire autrement, alors qu'il se tenait toujours là, à quelques pas d'elle ?

— En plus de laisser croire à tout le monde que tu es mort ? parvint-elle à demander.

— Oui… Cela aussi…

Gwen sentit ses joues s'empourprer davantage. Elle aurait dû se détourner, mais chaque fois qu'elle s'efforçait de regarder ailleurs, ses yeux étaient de nouveau attirés par lui comme par un aimant. Oh oui, c'était bien Ralph, *son* Ralph. Et elle n'aurait pas dû réagir ainsi, juste parce qu'il n'était pas entièrement habillé !

— Je ferais mieux d'enfiler une tunique, murmura-t-il au bout de quelques secondes avec un léger sourire. Je ne voudrais pas que ma tenue te trouble.

— Je n'ai pas vraiment l'habitude de me trouver dans un lieu aussi confiné avec pour seule compagnie un homme à demi dévêtu.

Pourquoi donc avait-elle le souffle aussi court ? Était-il possible de se ridiculiser plus que cela ?

— Je regrette de t'avoir choquée, mais tu es ici dans ma tente… et celle de Tom.

Tout en parlant, il prit une tunique de laine grise posée sur un coffre et la passa par-dessus sa tête.

— Dois-je aussi te rappeler que tu es entrée ici de ton plein gré, sans y être invitée ?

— Tu as raison. Je suis désolée. Je vais m'en aller.

— Gwen, attends ! Je plaisantais.

Il la rattrapa par le bras, puis la lâcha aussitôt, comme si sa main avait été brûlée par une flamme invisible. Il recula d'un pas et leurs regards se rivèrent l'un à l'autre.

Qu'est-ce qui ne tournait pas rond, chez elle ? Pourquoi réagissait-elle ainsi ?

Elle cligna des yeux, stupéfaite par le ridicule de sa réaction. Une fois de plus, elle tenta de s'en aller. Ralph l'arrêta.

— Reste encore un peu et bois une coupe de vin avec moi, dit-il. J'apprécierais d'avoir de la compagnie.

Ce n'était sans doute pas une bonne idée, mais la vague d'émotion qu'elle vit passer dans le regard de Ralph ébranla sa résolution.

— Très bien, dit-elle en soupirant. Si c'est ce que tu souhaites…

Il se dirigea vers une table posée dans un coin, remplit deux coupes et lui en tendit une.

— Dis-moi ce qui t'a amenée ici.

— Je ne… Pour être honnête, j'avais besoin de…

Les yeux noisette de Ralph exprimèrent une certaine perplexité.

— J'espère que mes cicatrices ne te gênent pas.

— Bien sûr que non !

Elle déglutit, priant pour que sa réponse ne lui ait pas paru trop empressée.

— Cela ne me surprendrait pas, si c'était le cas, reprit-il avec un haussement d'épaules. J'ai conscience du fait que ce n'est pas un spectacle agréable.

— Te moques-tu encore de moi ?

— Non.

Il secoua la tête et son expression se fit plus grave.

— Je sais que ces cicatrices sont hideuses. Elles m'ont dégoûté, la première fois que je les ai vues.

Gwen ne pouvait prétendre qu'elle n'avait pas remarqué ses traits déformés. Les lignes blanches et irrégulières qui zébraient sa joue sautaient aux yeux et on pouvait difficilement en faire abstraction. Mais elle avait été bien plus surprise par les autres transformations de son corps. Quoi qu'il en soit, ce n'était pas un sujet de conversation convenable…

— Comment est-ce arrivé ? murmura-t-elle néanmoins.

— Je crains que ce ne soit pas une belle histoire, répondit-il en se passant une main dans les cheveux. Tout ce que Tom t'a dit était vrai, mis à part le fait que j'ai survécu à l'attaque.

Après avoir quitté l'Angleterre, j'ai vécu à Poitiers. Il y a deux ans, je suis parti pour effectuer une patrouille de routine, comme n'importe quel autre jour. Ma troupe et moi sommes tombés dans une embuscade. Les deux hommes qui m'accompagnaient ont été massacrés, Gwen… Et, sans le secours inattendu de quelques habitants de Saint-Jean-de-Côle, je l'aurais été aussi.

— Mon Dieu !

— Je me suis réveillé plusieurs jours plus tard, sans savoir qui j'étais ni ce qui m'était arrivé. Lady Isabel de Clancey m'a soigné. Elle-même avait des raisons bien particulières d'avoir élu domicile dans ce petit village d'Aquitaine.

— Je l'ai rencontrée, tout à l'heure. Elle est charmante et a l'air de beaucoup tenir à toi.

— C'est réciproque, dit-il avec émotion. Elle est devenue une sœur pour moi, et je sais que je ne serais plus en vie sans elle. Quant à son époux, Will, il m'a permis de participer à ce tournoi. Je leur dois tout.

Gwen était heureuse de savoir qu'il avait des amis comme Lord et Lady Clancey, ou encore Thomas Lovent, pour veiller sur lui. Au moins, n'avait-il pas connu la même solitude qu'elle, avant sa rencontre avec Brida O'Conaill.

— Tu as eu de la chance de les croiser.

— En effet.

— Et te font-elles encore souffrir ? Tes cicatrices ?

Il se détourna avec une moue amère.

— Je sais qu'elles me défigurent, mais elles me permettent aussi de ne pas oublier ce que j'ai failli perdre, ce jour-là. Ce que je pourrais encore perdre. Chacune de ces marques horribles est un rappel du passé et du nom de famille auquel je dois faire honneur.

Ce n'était pas réellement une réponse, mais cela lui en apprit beaucoup sur l'homme que Ralph était devenu.

— Te blâmes-tu pour ce qui est arrivé, il y a six ans ?

— Bien sûr, lâcha-t-il sèchement. Mais mes cicatrices

me rappellent également ce qu'il me reste à faire. Ce que je dois accomplir pour racheter le passé et retrouver tout ce que j'ai perdu.

— C'est pour cela que tu es ici.

Il acquiesça.

— Oui. C'est ce qui me guide.

— Et pourquoi tiens-tu tant à ton anonymat ?

— Comme tu le sais, je ne me suis pas encore fait connaître. Je suis peut-être sous la protection de Lord Clancey et de ses chevaliers, mais faire croire à ma mort est une chose que je compte tourner à mon avantage. Pourquoi laisser à mon cousin une chance de manipuler la vérité pour arriver à ses fins ? Je préfère le laisser baigner dans une sécurité trompeuse et penser que personne ne viendra contester ses droits sur Kinnerton.

— Cela paraît dangereux, mais je comprends tes motivations.

— Oui, et je suis tout à fait capable de me protéger, Gwen. Ne t'en fais pas pour cela. Mais mon secret ne doit pas être ébruité avant le moment opportun.

Consciente de l'importance de ses confidences, elle hocha la tête.

— Brida et moi serons muettes. Tu peux nous faire confiance.

— Je sais, et je vous en remercie.

— Pour en revenir à tes cicatrices, elles ne sont pas repoussantes, ajouta Gwen en indiquant son visage d'un petit mouvement de tête.

Il la contempla un long moment. Elle sentit les battements de son cœur s'accélérer et son souffle se fit plus rapide. Tant de zones d'ombre subsistaient, tant d'événements du passé qu'elle ne comprenait pas… Tant de choses qu'elle aurait pu – dû – dire… Hélas ! Sous le poids de ce regard envoûtant, elle ne parvenait pas à réfléchir. Troublée, elle secoua un peu la tête dans l'espoir de se reprendre avant de rompre le silence.

— Tu as dit que tu t'es réveillé en Aquitaine sans le moindre souvenir ?

— C'est vrai. L'attaque et mon arrivée à Saint-Jean-de-Côle sont longtemps restées un mystère pour moi. Je ne me souvenais que de… peu de chose, au début. Puis, très lentement, tout m'est revenu. Pour être honnête, je regrette parfois d'avoir recouvré la mémoire.

— Pourtant, ne pas savoir qui tu es aurait été terrible, non ?

— Peut-être.

Il frémit, puis la regarda de nouveau avec attention.

— Et toi, Gwen ? Que t'est-il arrivé, pendant toutes ces années ?

— J'ai vieilli, rien de plus.

C'était très loin de la vérité, mais elle n'avait aucune envie de remuer le passé et tous ses souvenirs.

— Certains disent que l'âge et l'expérience apportent la sagesse, murmura Ralph. Pourtant, tu es toujours une jeune femme célibataire.

Elle but une gorgée de vin et sourit.

— Je suis plus vieille, mais je ne suis pas certaine de m'être assagie…

— On pourrait dire la même chose à mon sujet, répondit-il, mais j'espère savoir apprendre de mes erreurs. Prenons l'entraînement désastreux d'aujourd'hui, par exemple. Il m'enseigne que j'ai encore beaucoup de progrès à faire si je veux avoir une chance de gagner ce tournoi.

— Et je suis certaine que tu es capable de le remporter.

— Nous verrons bien. Les meilleurs guerriers du royaume sont présents ; la tâche ne sera certainement pas aisée. Mais nous parlions de toi, il me semble. Pas de moi.

— Si tu veux savoir où je suis allée après ton départ, je te répondrai que mon seul but était de m'éloigner le plus possible de Kinnerton.

Ainsi que de Stephen Le Gros et de tous ses mauvais souvenirs liés à cet homme… Mais Ralph n'avait pas besoin de savoir cela.

— Je suis devenue pupille royale et on m'a installée dans la maisonnée de William Marshal, comte de Pembroke. J'y suis devenue l'une des suivantes de son épouse, Lady Marshal. C'est également là que j'ai rencontré Brida.

— Et tu étais en sécurité, chez le comte ?

— Oui, bien sûr. Ce fut une époque heureuse pour moi. Malheureusement, après la mort de mon protecteur, ma situation est de nouveau devenue précaire.

Il pencha un peu la tête pour mieux l'examiner.

— Malgré tout cela, tu as choisi de ne pas te marier ?

— En effet. Et j'espère ne jamais avoir à le faire.

— Je vois.

Il paraissait surpris et ne la comprenait manifestement pas encore.

— Est-ce pour cette raison que tu tenais tant à t'enfuir en pleine nuit ?

Elle acquiesça sans répondre.

Un silence gêné s'installa entre eux. Gwen se sentit soudain fatiguée et un peu exposée, comme si c'était elle qui s'était tenue au milieu de cette tente à demi nue, quelques minutes plus tôt. Malgré cela, sa curiosité restait vive. Six années s'étaient écoulées. Six ans qui se réduisaient à présent à cette sensation désagréable et frustrante que l'on a quand on ne sait plus quoi dire.

Pourtant, elle était bien en face de Ralph de Kinnerton… Il devait forcément rester en lui, sous ces cicatrices et ces puissants muscles de guerrier, un peu du garçon qu'elle avait connu. Si c'était le cas, cela voulait aussi dire qu'il restait en elle quelque chose de la jeune fille qu'elle avait été. Celle qui avait repoussé Ralph dans l'espoir de le sauver.

— Je devrais y aller, dit-elle d'une voix étranglée.

Ralph la regarda un moment piétiner, mal à l'aise, au milieu de la tente. Il n'avait pas eu l'intention de l'embarrasser ou de la troubler à ce point.

— Je n'essayais pas de te pousser dans tes retranchements, tu sais.

Il avait simplement cherché à la comprendre un peu mieux, à découvrir pourquoi elle avait changé si radicalement d'avis au sujet du mariage. Car la Gwenllian qu'il avait connue autrefois avait voulu devenir une épouse, une mère, fonder une famille… Ce qui avait alors eu tant d'importance à ses yeux semblait dorénavant ne plus présenter le moindre intérêt pour elle. Était-ce pour cela que, pendant sa longue absence, elle avait fini par décider de prendre le voile ? L'idée même du mariage était-elle devenue un fardeau pour elle ? Si tel était le cas, cela pourrait expliquer pourquoi elle avait tellement hâte de quitter cet endroit. Cette pensée le rendit soudain plus amer, sans qu'il comprenne pourquoi.

De toute évidence, ils n'étaient plus les jeunes gens enthousiastes et optimistes qui s'étaient aimés à Kinnerton. Les dures leçons de la vie les avaient transformés. Mais quelles leçons Gwen avait-elle apprises ? Il n'en savait toujours rien.

Elle finit par s'éclaircir la voix, brisant le silence lourd qui pesait sur eux.

— Je ne voudrais pas abuser davantage de ton temps. Je suis sûre que tu as beaucoup à faire.

— Tu ne me retiens pas, lui assura-t-il. Crois-moi quand je te dis que rien de plus important ne m'appelle. Pas pour l'instant, en tout cas.

Il lui prit sa coupe vide.

— Le reste peut attendre, surtout après ce qui s'est passé tout à l'heure sur le terrain d'entraînement.

— Ne me dis pas que tu t'inquiètes au sujet de la mêlée.

Il haussa les épaules.

— N'as-tu pas été témoin de mon échec honteux, aujourd'hui ?

— Je suis certaine que tu sais faire mieux. Ce n'était simplement pas le bon jour.

Nerveusement, il se passa la main dans les cheveux.

— Si seulement tu savais…

— Les mêlées sont des combats très imprévisibles, n'est-ce pas ?

— Le talent des combattants y est plus important que tu ne le crois. J'admets que la chance y joue aussi un rôle, mais talent et chance semblent m'abandonner, ces derniers temps. Il faut dire que j'ai eu d'autres préoccupations…

Il jeta un coup d'œil dans sa direction ; elle semblait déterminée à éviter de croiser son regard.

— Je n'en doute pas, dit-elle. Après tout, cela fait des années que tu n'avais plus été aussi près de Kinnerton.

— C'est vrai, mais ce n'est pas une excuse. Pas si je veux vaincre.

— N'es-tu pas un peu dur avec toi-même, Ralph ? demanda-t-elle avec douceur.

— Non, Gwen. Le moment de vérité est arrivé. C'est maintenant ou jamais.

— Pas forcément. On a toujours une seconde chance.

— Avec mon cousin présent, prêt à tout pour obtenir la même chose que moi ?

Il lui adressa un regard sombre et soupira.

— Je n'aurai pas d'autre opportunité que celle-ci, je le sais. Et puis, je n'en suis pas à mon premier tournoi, Gwen. Je me cache depuis bien plus longtemps que tu ne le penses.

Après avoir de nouveau rempli sa coupe, il la lui rendit. L'espace d'un instant, leurs doigts s'effleurèrent et il dut reculer d'un pas pour ne pas céder à l'envie de la toucher encore.

— Après l'embuscade d'il y a deux ans, tout le monde m'a cru mort. Cela ne veut pas dire que ma vie n'est plus menacée. Après m'être remis de mes blessures, j'ai pris conscience du fait que je devais à tout prix rester anonyme. Le danger rôdait partout, et je n'avais aucun moyen de savoir lequel de mes amis risquait de se retourner contre moi. Heureusement, au bout d'un moment, j'ai pu faire parvenir un message à Tom pour lui annoncer que j'étais en convalescence à Saint-Jean-de-Côle. Il est venu m'y rejoindre et a accepté de m'aider. Quelques mois plus tard, nous avons commencé à voyager dans toute la France, de tournoi en tournoi. Nous étions à tour de rôle Sir Thomas Lovent et son grand benêt d'écuyer. Parfois, nous parvenions à gagner un peu d'argent mais, la plupart du temps, nous perdions.

— Puis vous êtes rentrés en Angleterre ?

Il acquiesça.

— Isabel nous a offert une chance de faire partie de la suite de son époux et de nous entraîner avec ses chevaliers. Cela a été un défi, à la fois épuisant et incroyablement difficile, mais le résultat en valait la peine. Mes blessures m'empêchent de bien tenir une épée et encore plus de la manier avec force de la main droite. J'ai donc appris à me battre en gaucher.

— Reprendre ton entraînement depuis le début a dû être dur…

— J'avoue que cela a été une épreuve. D'un autre côté, être formé au combat par des hommes comme William Geraint et Hugh de Villiers a été – et reste – un grand honneur.

— J'en suis certaine.

— C'est pour cela que je refuse de les décevoir, Gwen. Après ce qui s'est passé depuis notre arrivée ici, je crains de ne pas être assez bon. Cette angoisse ne me quitte plus.

Il poussa un profond soupir.

Il avait beau s'efforcer d'oublier la désapprobation cruelle de son père, dont il avait souffert dès son plus jeune âge, il n'y parvenait pas. On lui avait constamment répété qu'il n'était pas aussi bon que les autres jeunes garçons. Maintenant encore, il sentait la morsure des critiques, des reproches paternels.

Seigneur ! Pourquoi donc confiait-il ainsi ses pensées les plus secrètes à cette femme qui avait autrefois tant compté pour lui ? Était-il donc inconscient ? Gêné par sa faiblesse, il ferma les yeux et se tut.

— Je pense que tu essaies toujours de porter trop de poids, trop de responsabilités, Ralph, remarqua-t-elle. Tu l'as toujours fait.

D'un coup, il comprit ce qui le poussait tant à se confier. Il se souvint de la raison pour laquelle, depuis leur enfance, il avait toujours considéré les opinions de Gwen comme différentes des autres. Pourquoi il avait toujours respecté ses avis. Pourquoi il avait tant chéri ces moments qui leur permettaient de se soulager mutuellement de leurs angoisses. C'était parce qu'elle avait foi en lui et en ses capacités.

— Tu es entouré de nombreuses personnes qui tiennent à toi et qui veulent te voir triompher, Ralph de Kinnerton, reprit-elle. Il y a Lord et Lady Clancey, ton ami Sir Thomas Lovent… et même moi. Mais tu dois croire en toi ! Tu es capable de réussir. Il te suffit de te faire confiance.

Ralph rouvrit les yeux et la dévisagea, fasciné. Puis, lentement, son regard glissa vers la main qu'elle avait posée sur son bras qu'elle caressait doucement pour le réconforter.

Elle était vraiment ravissante ! D'aussi près, il pouvait voir les paillettes argentées qui émaillaient ses yeux bleus – et l'inquiétude qui les assombrissait un peu. Ses lèvres sensuelles esquissèrent un demi-sourire, ses joues et sa gorge rosirent. Il fut soudain enveloppé par son délicat parfum floral. Un parfum qui réveilla de vieux souvenirs, surgis d'une autre époque, d'un autre lieu. Lentement, il relâcha son souffle entre ses dents serrées. Sa main valide vint recouvrir les doigts fins de Gwen. Elle se figea, cligna plusieurs fois des yeux, l'air surpris. Une fois de plus, il ne put s'empêcher de regarder sa bouche.

Il ne devait pas oublier qu'elle avait renoncé au mariage, qu'elle voulait se consacrer à une vie plus spirituelle, devenir nonne. Quoi qu'il puisse penser de son projet, il se devait de respecter sa décision. Il ne put cependant s'empêcher de se pencher vers elle. Plus près. Encore plus près… Peut-être pourrait-il l'embrasser, juste une fois. Si elle le repoussait, il saurait au moins que ses avances n'étaient pas les bienvenues.

Mais Gwen ne bougea pas. Sa respiration se fit plus rapide, plus chaude. La tête imperceptiblement rejetée en arrière, elle soutint son regard. Ses yeux exprimaient du chagrin, mais aussi du désir, un désir identique à celui qu'il éprouvait. Il lui caressa les lèvres du pouce et les sentit trembler. Elle ferma les yeux, attendant qu'il franchisse le pas.

Alors, incapable de résister plus longtemps, il effleura ses lèvres. Un seul baiser. Juste un.

— Eh bien, les choses n'auraient pu être pires ! lança soudain Tom en entrant dans la tente. Ce qui s'est passé dehors était…

Il se figea et son regard surpris alla de Ralph à Gwen qui s'étaient vivement écartés l'un de l'autre.

— Je dois vraiment partir, cette fois, murmura-t-elle, gênée, en rabattant son capuchon sur sa tête avant de quitter la tente si vite et si maladroitement qu'elle faillit bousculer Tom en passant devant lui.

Immobiles, les deux hommes restèrent un bon moment les yeux fixés sur la toile qui venait de se refermer sur elle.

— Ne t'avise pas de dire quoi que ce soit, finit par marmonner Ralph.

Tom eut un sourire malicieux.

— À quel propos, mon ami ? Au sujet de ta performance sur le terrain ou de ce que tu étais sur le point de faire avec ta belle demoiselle ?

— Je n'allais rien faire du tout.

— Ah ! toutes mes excuses ! Ce devait être mon imagination…

— Oui, en effet.

Ralph s'étira consciencieusement, sans le regarder en face. Hélas, Tom souriait toujours. Il le voyait du coin de l'œil.

— Il semblerait. Pour ce que cela vaut, je suis heureux

que Lady Gwenllian et toi ayez enfin pu vous réconcilier. Je suppose que tu lui as fait un récit détaillé de tes malheurs.

— Peut-être, et alors ?

— Dans ce cas, cela expliquerait pourquoi j'ai failli la surprendre en train de te consoler de la plus douce des manières.

— Bon sang, Tom, ce n'est pas amusant ! Et je refuse de t'entendre parler de Gwen en ces termes.

— Très bien, mais admets tout de même que la situation a de quoi faire sourire.

— Pas le moins du monde.

— Pas même un peu ?

— Non.

Tom prit une pomme dans une coupe posée sur la table et mordit dedans avec appétit.

— Très bien. Puisque tu y tiens tant, je n'en parlerai plus.

— Parfait, fit Ralph. J'imagine que tu es venu me dire que Will Geraint veut me voir.

— En effet, et il te demande de venir en armure complète. Attends-toi à une solide séance d'entraînement supplémentaire.

Ralph grimaça. Ses muscles malmenés ne s'étaient pas encore remis de l'affrontement précédent.

— La journée va être très longue, soupira-t-il.

— Will aimerait t'enseigner quelques nouvelles techniques qui pourraient correspondre à ton style de combat.

Tom l'aida à enfiler de nouveau toutes ses couches de vêtements rembourrés, puis sa cotte de mailles, son plastron et, enfin, son heaume.

— Sais-tu contre qui je vais devoir me battre, cette fois ?

— Oui, répondit Tom en se campant devant lui pour lui donner un coup de poing amical sur le torse. Moi.

— Oh ! Seigneur, non ! À quoi pense-t-il donc ?

— Allons, ce n'est pas si grave. Tu sais bien que je te laisse toujours une chance de te défendre, répliqua son ami avec un grand sourire. Et puis, ce n'est pas comme si je risquais de raconter à Will ou à Isabel ce qui a failli se passer ici.

— Je te préviens que si tu dis le moindre mot à ce sujet…

— Oui, oui, je sais. Garde plutôt ta colère pour le terrain, elle te sera plus utile là-bas.

Il lui donna une tape sur l'épaule et le précéda dehors.

— D'ailleurs, je viens de te dire que je n'allais pas raconter quoi que ce soit.

— J'espère que c'est bien clair, répondit Ralph en s'armant de son épée. De toute manière, il ne s'est rien passé !

— Si tu le dis…

Chapitre 9

Le lendemain, bien décidé à affiner ses attaques et ses parades, Ralph passa encore une épuisante matinée sur le terrain d'entraînement. Hélas ! Il avait beau travailler dur pour s'améliorer, l'image de Gwen refusait de quitter ses pensées. Sa voix ne cessait de résonner à ses oreilles.

« Tu essaies toujours de porter trop de poids, trop de responsabilités, Ralph. »

C'était vrai, bien sûr, mais il ne pouvait se permettre de perdre cette habitude ancrée en lui depuis tant d'années. Le fardeau du devoir et des attentes des autres pesait constamment sur ses épaules. De toute manière, même s'il avait voulu s'en débarrasser, il n'aurait su comment faire.

Ce qu'il désirait par-dessus tout, en revanche, c'était goûter aux lèvres de Gwen – vraiment, cette fois. Même au lendemain de leur franche conversation sous la tente, la flamme de son désir ne s'atténuait pas. Il avait encore envie d'elle… comme avant… malgré le temps passé.

Quel genre d'homme était-il donc, pour ressentir une telle fièvre alors qu'il venait à peine de la retrouver, de raviver les braises de leur ancienne amitié ? Elle avait pourtant été claire : elle voulait prendre le voile ! Malheureusement, rien de tout cela ne l'empêchait de songer à leur baiser avorté et au fait qu'il avait envie de recommencer. Pourtant, il était toujours bouleversé par la décision qu'elle avait prise six ans plus tôt et ne comprenait pas en quoi son rejet si cruel avait été censé le protéger.

Au final, il devait probablement s'estimer chanceux que Tom les ait interrompus avant qu'il commette une erreur irréparable. Il ne pouvait se permettre la moindre liaison avec Gwen. D'ailleurs, à la réflexion, comment aurait-elle pu vouloir ce genre de relation avec lui ?

Elle avait eu raison de garder ses distances – pour leur bien à tous deux. Il n'avait pas eu l'occasion de lui parler de nouveau, le soir. Il l'avait juste vue de loin dans la grande salle du château. Malgré tout, il l'avait suivie à bonne distance, quand elle s'était trouvée seule ou en compagnie de sa suivante. Il n'avait pu s'empêcher de veiller à sa sécurité, surtout après avoir vu de quoi son cousin était capable. Gwen et Stephen partageaient quelque chose qui lui échappait encore. Quoi que ce soit, c'était manifestement un secret odieux aux yeux de Gwen.

— Je pense que nous en avons assez fait pour ce matin, dit-il à Tom en lui tendant son épée.

Son casque et son armure lui paraissaient tellement lourds, aujourd'hui.

— Très bien. J'ai faim et je serai content de pouvoir manger quelque chose, répondit son ami. Oh ! et Will a dit qu'il a une surprise pour toi, cet après-midi…

— J'ai hâte, marmonna Ralph.

— Moi aussi. Il paraît que c'est quelque chose qui va surpasser tout ce que tu… Ah ! bon sang !

— Qu'y a-t-il ?

Tom paraissait soudain très inquiet.

— Tu ferais mieux de garder ton casque pour le moment ; ton cousin approche.

— Quoi ? Où ?

Ralph se retourna, le cœur battant.

— Par le ciel, cache ton visage, toi aussi ! murmura-t-il. Stephen est convaincu qu'il va s'adresser à toi, tu te rappelles ?

— Comme si je pouvais l'oublier ! fit Tom en tirant sur sa capuche et en baissant la tête pour mieux se dissimuler.

Stephen arriva à leur hauteur, suivi de près par l'un de ses hommes.

— Eh bien, eh bien… Thomas Lovent. Juste celui que je voulais voir ! s'exclama-t-il avec un sourire mauvais.

Réprimant une furieuse envie d'assommer ce traître pour lui faire payer ses méfaits, Ralph s'inclina poliment. Il n'arrivait pas à lui pardonner son comportement avec Gwen, dans l'escalier de la tour. Comment un homme digne de ce nom, un chevalier qui plus est, pouvait-il intimider ainsi une femme ?

Il se tint devant son cousin, sans ôter son casque. Il fallait à tout prix qu'il protège encore son identité pendant quelque temps.

— Je suis venu vous mettre en garde, Sir Thomas, reprit Stephen. J'ai bien remarqué vos attentions envers Lady Gwenllian, et je tiens à ce que vous cessiez immédiatement de la poursuivre. Cette demoiselle est fiancée… Du moins, elle le sera bientôt, et je ne veux plus vous surprendre en sa compagnie. J'espère que nous nous comprenons.

Ralph s'inclina de nouveau mais, au moment où Stephen tournait les talons, il se baissa et envoya son bouclier dans les jambes de son cousin. Celui-ci perdit l'équilibre et s'affala dans la poussière. Il n'aurait pas dû faire cela. Il n'aurait pas dû provoquer Stephen. Mais la façon qu'il avait eue de parler de Gwen comme si elle était sa propriété, comme si leurs fiançailles étaient déjà officielles, l'avait… Il n'avait tout simplement pas pu se retenir.

Son cousin se releva, rouge de colère. Ralph lui fit face, secondé par Tom. Jamais il ne reculerait devant cet homme !

— Bon Dieu ! aboya Stephen en pointant une dague dans leur direction. Pour cette fois, je passerai cette insulte sous silence. Mais méfiez-vous, Lovent ! Vous avez tout intérêt à ne plus jamais adresser la parole à Lady Gwenllian.

De toute évidence furieux d'avoir été ridiculisé de la sorte, il s'en alla d'un pas vif. Ce qu'il ne savait pas, c'était qu'il n'avait nul besoin de mordre la poussière pour être ridicule.

Quand il se fut suffisamment éloigné, Tom repoussa sa capuche.

— Voilà un nouveau nom à ajouter à la liste de mes ennemis, grâce à toi, remarqua-t-il. En cela, il dispute sans doute la première place à la suivante de Lady Gwenllian.

Ralph eut un mouvement de surprise. Il envisagea un instant de demander à Tom ce qui avait bien pu se passer entre lui et la jolie compagne de Gwen pour justifier une telle animosité, puis se ravisa. Après tout, il n'avait pas à s'intéresser d'aussi près aux affaires de son ami – pas sans y avoir été invité, en tout cas.

— Je suis sincèrement désolé de te placer dans une telle position, dit-il.

— N'y pense plus, répondit Tom en lui donnant une claque dans le dos. La seule chose qui m'intrigue encore, c'est comment un homme aussi exécrable et toi pouvez être du même sang…

Ralph soupira et secoua la tête.

— Je n'en ai aucune idée, mon ami.

— Il est dangereux. Encore plus maintenant qu'il « me » tient à l'œil. Je vais faire de mon mieux pour l'occuper, mais je te conseille de rester très prudent, Ralph. Il ne doit pas découvrir que tu vis toujours – pas tant que le moment ne sera pas venu de te montrer au grand jour, pour ton bien et le nôtre.

— Je sais. Dévoiler notre jeu trop tôt pourrait aussi mettre Gwen en danger.

— Exactement.

— Je te remercie, Tom.

Il jeta un dernier coup d'œil à la silhouette lointaine de son cousin et serra les dents.

— Je jure que Stephen devra bientôt répondre de ses crimes !

Gwen se trouvait une fois de plus à proximité du terrain d'entraînement réservé aux chevaliers de Lord Clancey. Cette fois, Brida l'accompagnait.

— As-tu une bonne raison de vouloir te promener par ici ? demanda son amie avec un air taquin.

— Oui. J'ai promis au jeune William Tallany de revenir lui rendre visite et j'aimerais aussi discuter de nouveau avec Isabel de Clancey.

— C'est tout ?

Gwen préféra ne pas relever le sous-entendu évident. Dans un premier temps, choquée par la catastrophe qui avait failli se produire dans la tente de Ralph lorsqu'il l'avait presque embrassée, elle avait fait tout son possible pour garder ses distances. Néanmoins, pour être honnête, elle avait eu envie de sentir ses lèvres sur les siennes. Hélas, ce genre d'honnêteté, si elle l'écoutait, ne lui apporterait que des malheurs. En dépit des sentiments qu'elle pouvait encore avoir pour Ralph, la vie dont elle avait autrefois rêvé n'était plus une option pour elle. Ce qu'elle avait fait six ans plus tôt pour le protéger de la cruauté de son cousin après la mort de son père avait scellé son propre avenir. Pour de bon. Et rien ne pourrait plus changer cela.

Malgré tout, ce moment passé sous sa tente leur avait permis d'avoir une vraie discussion pour la première fois depuis des années. Elle avait été sincère, lorsqu'elle avait dit à Ralph qu'elle croyait en lui.

À présent, elle avait hâte de voir ses progrès, et mieux valait pour elle qu'elle repousse tout au fond de son cœur les autres pensées ridicules qui la hantaient. Espérer ne servait à rien.

Elles furent chaleureusement accueillies par Eleanor

Tallany, son jeune fils, et Isabel de Clancey. Dès qu'il vit sa nouvelle amie, William courut vers elle et lui prit la main.

— Bonjour, Gwen ! s'écria-t-il.

— Bonjour à toi, William Tallany. Viens, je dois présenter mon amie Brida à ta mère et à Lady Isabel.

Le petit garçon la détailla de la tête aux pieds, surpris.

— Tu portes une robe.

— En effet, admit Gwen avec un petit rire tandis qu'Eleanor secouait la tête en soupirant.

Brida s'approcha et sourit à William.

— Je suis ravie de faire ta connaissance, jeune monsieur. Et la vôtre, Milad.

Elle fit une révérence à Eleanor et Lady Isabel, qui lui rendirent son salut.

— Gwen, Brida, soyez les bienvenues, dit Isabel, tout sourire. Comme vous pouvez le voir, nous suivons avec attention un certain combat.

— Oui, notre ami, Ral…

— William ! intervint Eleanor. N'oublie pas ce dont nous avons parlé !

— Oh oui… Notre ami-dont-on-ne-doit-pas-dire-le-nom, reprit l'enfant dans un murmure de conspirateur, se bat très bien, ce matin.

Il désigna à Gwen le terrain, sur lequel de nombreux chevaliers étaient en train de s'entraîner au duel. Elle reconnut sans peine la haute silhouette de Ralph face à son adversaire. Lord Clancey, Hugh de Villiers et un homme encapuchonné qui ne pouvait être que Sir Thomas observaient chacun de ses gestes d'un air approbateur. Comme chaque fois qu'elle se trouvait en présence de Ralph, Gwen sentit un nœud fiévreux se former au creux de son estomac. Elle déglutit péniblement, tentant d'étouffer ce désir déplacé qui la troublait et lui faisait perdre ses moyens. Elle ne pouvait se permettre de nourrir de tels sentiments pour lui. Tout cela appartenait au passé, un passé qui était bel et bien enterré. Une destinée différente l'attendait, pour peu qu'elle parvienne à gagner assez de temps pour quitter ce tournoi en conservant sa liberté. Il fallait à tout prix qu'elle garde son objectif à l'esprit, quoi qu'il advienne.

— Tu as raison, William, dit-elle. Je vois qu'il s'en sort très bien…

Quoi qu'elle ait prévu de faire, rien ne l'empêchait cependant de rester l'amie de Ralph. Elle espérait sincèrement qu'il parvienne à remplir la mission qu'il s'était fixée et à retrouver ses droits sur son héritage.

— Il va devoir lever son épée un peu plus haut, s'il veut porter des coups plus efficaces, commenta Eleanor.

Elle paraissait plus passionnée par le combat que n'importe quelle femme de la cour.

Lady Isabel éclata de rire.

— Comme vous pouvez le voir, Eleanor est plus à son aise ici que dans le boudoir de son château.

— Bien entendu ! J'ai mieux à faire que coudre ou tisser des étoffes, répondit la mère de William avec un sourire entendu avant de se tourner une fois de plus vers le terrain d'entraînement. C'est ça ! Frappe plus vite sur sa droite, Ral…

— Maman, n'oublie pas le *secret* ! lui rappela William avec malice.

Gwen réprima un petit rire et vit Hugh de Villiers s'approcher de leur groupe. Il prit son garçon dans ses bras et le fit tourner dans les airs avant d'embrasser son épouse avec affection.

— On cause encore des ennuis ? demanda-t-il à mi-voix.

Pendant un instant, Gwen se demanda s'il s'adressait à sa femme ou à son fripon de fils.

William secoua la tête avec véhémence.

— Papa, voici Gwen.

— Ah ! Lady Gwenllian, dit Lord Tallany en la saluant amicalement. Je suis enchanté de vous rencontrer.

— Tout le plaisir est pour moi, Milord.

Elle lui fit une profonde révérence, imitée par Brida.

— Venez donc prendre une collation avec nous, Milady, avant la suite de l'entraînement. Ralph va avoir besoin de reprendre des forces pour affronter ce que nous lui avons préparé.

Au même moment, les combats cessèrent sur le terrain. Un par un, les chevaliers revinrent près des tentes. Ralph resta néanmoins en arrière pendant quelques instants. Bien que son visage soit dissimulé par le heaume qu'il portait, Gwen aurait pu jurer qu'il la regardait. Puis il lui adressa un petit signe de tête et s'approcha d'un pas souple.

— Bonjour à vous, demoiselles.

Il paraissait si grand, dans cette redoutable armure…

Le regard de Brida passa de Gwen à lui. Avec un sourire entendu et sans mot dire, elle s'écarta d'eux pour aller bavarder avec les autres femmes.

— C'était un combat impressionnant, Ralph, dit Gwen.

— Merci. Dis-moi, que fais-tu ici ?

— Préfères-tu que nous nous en allions ?

— Bien sûr que non ! protesta-t-il. Mais il semblerait que votre présence intrigue bien du monde, dans nos quartiers.

Il indiqua d'un mouvement de tête ses amis, qui se tenaient à quelques pas d'eux. Gwen remarqua alors que les conversations avaient cessé et que tous les regards étaient tournés vers eux.

— Viens, reprit-il en lui prenant le bras pour l'entraîner à l'écart. Est-ce encore Stephen, Gwen ? T'est-il arrivé quelque chose ? Y a-t-il un problème ?

Elle sourit pour le rassurer.

— Non, tout va très bien. Merci de t'inquiéter. Je te suis reconnaissante de te soucier à ce point de moi et de… me suivre partout où je vais, apparemment.

Lorsqu'elle s'était promenée dans le château, seule ou en compagnie de Brida, sans personne pour les protéger, elle avait senti plus d'une fois sa présence.

— Ah… Tu n'étais pas censée t'en apercevoir.

Il émit un petit rire gêné.

— Je n'en étais pas sûre avant que tu le confirmes.

Elle jeta un coup d'œil autour d'eux, puis baissa la voix :

— Je ne veux pas te causer d'ennuis, Ralph. J'avais simplement envie de voir comment se passait ton entraînement.

— Tout se déroule plutôt bien, pour le moment. On raconte que mon seigneur m'a préparé une surprise, pour cet après-midi.

Elle éclata de rire.

— C'est ce qu'ils disent, oui.

— Veux-tu rester et me regarder combattre ?

Elle n'avait pas eu l'intention de rester longtemps près du terrain d'entraînement. Passer du temps en sa compagnie n'était pas prudent, sans compter le fait que cela la poussait à rêver d'une vie qui n'était plus la sienne.

Sondant les fentes du heaume à la recherche de son regard, elle comprit soudain que sa proposition n'était pas une simple politesse. Il semblait tendu, dans l'attente de sa réponse. Il *voulait* qu'elle le regarde.

— Très bien, dit-elle, hésitante. Je resterai avec plaisir.

— Parfait.

Il la salua brièvement.

— Dans ce cas, je te verrai tout à l'heure.

Ce défi était le plus important que Ralph ait eu à relever jusqu'à présent. Ce serait aussi sa dernière chance d'affiner sa technique avant la mêlée à pied du lendemain. L'imprévisibilité de ce genre de combat était telle qu'il ne pouvait se permettre le moindre instant d'inattention… et il ne savait toujours pas ce que William de Clancey avait prévu pour l'aider à s'y préparer.

Arrivé à l'orée de la clairière qui leur servait de terrain d'entraînement, il remarqua les femmes rassemblées à l'autre extrémité pour assister au spectacle. Un frisson le parcourut. Même d'aussi loin, il n'avait aucun mal à distinguer Gwen, qui conversait avec les autres. Elle paraissait calme et réservée, mais il comprenait la gêne qu'elle avait ressentie en prenant conscience de l'intérêt que tout le monde semblait leur porter. Il éprouvait exactement la même sensation troublante.

Ce n'était pas une bonne idée d'alimenter les rumeurs qui devaient déjà courir à leur sujet ; néanmoins, il était ravi qu'elle soit venue, aujourd'hui. Aussi étrange que cela puisse paraître, il appréciait sa présence. Son soutien était plus important à ses yeux qu'il n'aurait dû l'être. Elle lui apportait une paix qu'il n'avait plus connue depuis bien des années.

À travers les étroites fentes de son heaume, il jeta un coup d'œil à Thomas, son nouvel adversaire, et tira son épée.

— Sommes-nous prêts ?

— Je le suis, répondit Tom. Et toi ?

Ralph sourit et s'élança sur lui. Leurs lames se heurtèrent dans un grand fracas métallique tandis qu'ils enchaînaient les feintes avec agilité. Bien qu'ils soient de la même taille et du même poids, parfaitement égaux en tout point, la ténacité de Ralph lui donna rapidement l'avantage.

— Pas mal du tout, mon ami ! remarqua Tom. Je vois que tu inclines ta lame comme Will nous l'a appris.

— Apparemment, c'est la meilleure technique pour les gauchers.

— C'est efficace.

— En effet.

Ralph ajusta l'angle de son épée et plongea en avant pour percuter l'arme de Tom, dressée en position défensive.

— Très impressionnant, mais cela suffit.

Tom planta sa lame dans le sol et regarda quelque chose, derrière Ralph.

— Je pense qu'il est temps de rendre les choses un peu plus intéressantes…

— Vraiment ?

— Oui, tu as besoin d'un vrai défi.

— Oh ! et tu te crois de taille ? gloussa Ralph, entre deux grandes inspirations.

— Regarde autour de toi, mon ami.

Ralph fit volte-face et découvrit Hugh campé derrière lui. À sa gauche se tenait Will qui souriait et le salua d'un air moqueur. Ils portaient leurs armures complètes.

— Vous tous ? s'étrangla Ralph.

— Oui.

— En même temps ?

— Je le crains, répondit Will sans se départir de son air malicieux. Mais ne t'en fais pas, nous allons commencer en douceur.

Comment était-il censé combattre à la fois son ami, qui était un chevalier exceptionnel, et deux des plus célèbres guerriers du monde chrétien, dont le talent était déjà entré dans la légende ?

— N'oublie pas ce que nous t'avons dit, Ralph. Tu as toutes les connaissances nécessaires pour vaincre, mais tu dois le sentir ici, déclara Hugh en se frappant le torse.

— Et il va falloir que tu te serves de ton instinct, ajouta Will.

Ralph était à présent encerclé par ses trois adversaires. L'un après l'autre, ils attaquèrent, l'obligeant à parer les coups avant de riposter. L'échange se poursuivit, de plus en plus rapide, chaque assaut devenant plus difficile à bloquer que le précédent. À force de pivoter pour faire face aux trois autres, Ralph finit par éprouver un vertige. Il fallait à tout prix qu'il trouve un moyen de s'extraire de ce cercle et d'utiliser leur formation à son avantage. Il ne pouvait subir ainsi leurs attaques indéfiniment. Après avoir paré deux nouvelles attaques, il recula soudain et se trouva enfin face à des ennemis en ligne.

C'était déjà mieux que se sentir traqué, cerné par le danger. Ce n'était cependant pas encore la situation idéale pour lui.

— Bien, Ralph !

— Tu pourrais encore rendre ton mouvement de retrait plus rapide, conseilla Hugh.

— Et manier ta lame avec plus de finesse.

— Voilà ! Beaucoup mieux.

Hugh se fendit soudain avec une telle force que Ralph fut pris par surprise et dut bondir en arrière pour tenir sa position.

— Ah ! On dirait que tu es prêt à relever le défi pour de bon, cette fois.

— Ce n'est pas un combat équitable, lâcha Ralph, le souffle court.

— Ne te crois-tu donc pas capable de nous affronter tous les trois ?

— Je ne le ferais jamais de mon plein gré, je vous l'assure. Ce serait de la folie !

Il se retourna pour parer une nouvelle attaque de Hugh.

— Allons, tu es bien plus doué que tu le crois, mon garçon !

— Oh oui, il l'est, renchérit Tom en criant pour couvrir le fracas des lames. Mais il ne le sait pas encore.

— Quel dommage…

Will secoua la tête d'un air navré.

— Dans ce cas, comment peut-il savoir s'il est de taille à protéger sa belle demoiselle ?

Tom grimaça.

— Il ne peut pas.

— Je suis bien d'accord. Nombre d'hommes présents à ce tournoi seraient ravis de s'improviser défenseurs pour Lady Gwenllian.

Ralph fit de son mieux pour continuer à se défendre, tout en ignorant les provocations de ses amis, ce qui n'était pas aisé pour lui.

— Après tout, elle est d'une rare beauté. J'ai entendu plusieurs chevaliers parler d'elle et la décrire avec chaleur, reprit Tom en souriant, juste avant d'attaquer Ralph sur sa droite, son point faible.

Celui-ci se retourna et riposta, le souffle de plus en plus haché.

— Apprécierait-elle seulement les services de Ralph de Kinnerton, alors qu'elle a tant de choix ?

Le sang commençait à bouillonner dans ses veines. Il ne pouvait laisser la colère l'aveugler. Pas maintenant. Il fallait qu'il se cuirasse pour ne pas permettre à ces moqueries de l'atteindre.

— Seuls les saints le savent, mais je pense que la demoiselle pourrait préférer la protection d'un autre.

Cette fois, la rage submergea Ralph qui se jeta sur William, l'attaquant sans retenir ses coups jusqu'à l'obliger à reculer. La voix et les paroles de son mentor avaient jeté un brouillard dense dans son esprit, l'empêchant d'avoir la moindre pensée rationnelle.

— Après tout, Ralph de Kinnerton n'a pas su la protéger autrefois ! Comment pourrait-il faire mieux maintenant ?

Ralph se retourna d'un bond, frappant au hasard. Il ne savait plus qui il attaquait. Il les combattait tous, sans distinction. Il s'attaquait au monde entier et à tous ceux qui lui avaient fait du mal. La clameur qui emplissait sa tête était si assourdissante qu'il en devenait incapable de raisonner. Aveuglé par une colère qui le poussait à se battre sans retenue, il ne voyait mêmc plus cc qu'il faisait. Non, il ne laisserait jamais personne lui parler de cette manière !

Il frappa, frappa, sans viser, sans se soucier de qui il affrontait, juste pour faire taire la voix intérieure qui se moquait de lui. Pour étouffer les doutes qui l'entravaient en permanence.

Puis, d'un coup, cela arriva. Ses réflexes émoussés le poussèrent à commettre une erreur fatale. À l'instant où il pensait enfin pouvoir retrouver un peu de bon sens et reprendre le contrôle de lui-même, son épée fut percutée si violemment qu'elle lui échappa. On le poussa. Il perdit l'équilibre et s'affala dans la poussière. Quand il releva la tête, il découvrit trois lames pointées sur lui.

Enfer et damnation !

Écrasé par sa frustration et la conscience de sa faiblesse, il se sentit incapable de bouger.

Il avait échoué… lamentablement. Et Gwenllian ferch Hywel était là pour le voir ! Si seulement la terre pouvait se fendre sous lui et l'engloutir pour lui épargner cette humiliation !

Encore haletant, il ôta son heaume.

Will Geraint se pencha vers lui.

— Je suis désolé d'avoir dû recourir à ces cruelles provocations, mais c'était nécessaire. Crois-moi.

— Vraiment ? fit Ralph qui ferma les yeux et lâcha un juron.

— Oui. Que ce soit pendant un tournoi ou sur le champ de bataille, tes adversaires se serviront de toutes les armes qu'ils auront à leur disposition, même les plus méprisables, pour t'affaiblir.

— Ne les laisse pas t'atteindre, Ralph, intervint Hugh avec fermeté.

Il était vrai qu'il se laissait bien trop distraire par son besoin viscéral de protéger Gwen, ainsi que par son attirance pour elle. Il devait à tout prix trouver le moyen de réprimer ses sentiments, sans quoi il risquait de voir échouer la mission qu'il s'était fixée ici, à l'occasion de ce tournoi.

— Il ne faut pas laisser tes ennemis utiliser quoi que ce soit – ou *qui* que ce soit – contre toi, reprit Will d'un ton sévère en lui tendant la main pour l'aider à se relever. Tes émotions doivent te servir à renforcer et améliorer tes prouesses au combat, pas l'inverse.

— Dire que je me croyais enfin prêt ! Je crains de m'être montré beaucoup trop faible…, marmonna Ralph en saisissant la main tendue.

— Au contraire, mon ami. Tu as fait preuve d'une habileté

redoutable. Le fait que nous ayons dû recourir à des moyens si peu honorables pour triompher en est la preuve.

Will sourit, puis le tira pour le remettre debout.

— Apprends juste à contrôler ta colère, Ralph.

— Et comment suis-je censé faire ?

— Tout homme a ses craintes et ses failles. Tu dois empêcher les autres de découvrir les tiennes. Si par malheur ils y parviennent tout de même, laisse-les croire que leurs attaques personnelles ne t'atteignent pas.

Hugh s'approcha à son tour et lui donna une grande tape dans le dos.

— Trouve un moyen de garder le contrôle de tes pensées et de vaincre tes démons, mon garçon.

— Je sais, je sais…

— J'ai foi en toi. Je sais que tu y parviendras. Quoi que tu puisses penser de toi-même, Ralph, je t'assure que tu es un excellent chevalier. Aie confiance.

— Et n'oublie pas une chose…, ajouta Will. Parfois, pour découvrir notre propre destinée, nous avons besoin d'être éclairés par un avis extérieur, une autre opinion que la nôtre.

Était-ce son imagination, ou Will essayait-il de lui parler de Gwenllian à mots couverts ? La mise en garde de Will et la vérité qu'elle lui cachait étaient-ils la clé dont il avait besoin pour mieux comprendre leur passé commun ?

Ralph hocha la tête, incertain, et salua.

— Bien, Milord.

Chapitre 10

La nuit tomba, donnant naissance à un ciel piqueté d'étoiles et baigné de lune, sans un seul nuage en vue. La journée avait été interminable, épuisante. La fatigue avait peu à peu réduit à néant la détermination de Ralph. Malgré cela, il se retrouvait une fois de plus sous la fenêtre de la chambre de Gwen, prêt à escalader l'énorme arbre qui se dressait devant lui. Il prit une profonde inspiration, la relâcha lentement, puis bondit pour saisir la première branche. Il se hissa, passa les jambes autour du bois dur pour assurer sa prise et leva les yeux. L'ascension allait être longue. Prudemment, il passa d'une solide branche à l'autre, usant de toute sa souplesse et de sa force pour se hisser plus haut. Enfin, après quelques minutes d'efforts, il parvint à la hauteur de la fenêtre. Il cassa une longue branche fine et s'en servit pour tapoter le volet fermé. On l'ouvrit aussitôt et Gwen apparut, scrutant l'obscurité dans toutes les directions.

— Bonsoir, demoiselle.

D'où il se tenait, tranquillement adossé au tronc, Ralph put voir ses yeux s'écarquiller de surprise quand elle le découvrit.

— Oh ! Je ne m'attendais pas à ce que tu montes jusqu'ici !

— Tu m'as fait appeler, me voilà.

Caché dans l'ombre du feuillage dense, il sourit.

— Et puis, ajouta-t-il, je me suis dit que nous pourrions discuter plus discrètement ainsi, sans attirer l'attention en élevant la voix.

— J'imagine.

Elle rit doucement.

— Alors, en quoi puis-je t'être utile ?

— Je voulais simplement savoir si tu allais bien, après l'entraînement de cet après-midi, dit-elle en se penchant un peu plus à sa fenêtre pour mieux le voir.

— Ah…

Il se massa le menton, effleurant du bout des doigts les cicatrices qui creusaient sa peau.

— Et je suppose que tu ne voulais pas me poser la question plus tôt…

— J'aurais dû le faire, admit-elle, mais t'appeler ce soir est le seul moyen que j'ai trouvé pour avoir une discussion en tête à tête avec toi, Ralph.

Il haussa un sourcil mais ne l'interrompit pas. Elle poursuivit, d'une voix à la fois calme et mesurée :

— Nous attirions la curiosité de trop de monde, sur le terrain d'entraînement, et je voulais te parler en toute liberté. Seule.

— Tu le fais.

— Oui, dit-elle d'un air soudain mal assuré. Je le fais.

Ils se turent quelques instants. Seule la brise qui agitait les feuilles troublait le silence de la nuit.

— Comment te sens-tu, Ralph ? Ton combat à un contre trois était très impressionnant, tu sais.

— Vraiment ? Je ne suis pas certain d'avoir été aussi bon que tu sembles le croire, mais j'ai au moins retenu une leçon de taille, aujourd'hui.

— Ce n'était pas un combat équitable…

Il haussa les épaules.

— Tout comme les combats lors des mêlées ou sur les champs de bataille ne sont pas équitables, Gwen.

— Es-tu donc convaincu que cette épreuve était réellement nécessaire ?

— Oh ! assurément !

Il s'écarta du tronc et s'avança prudemment vers la fenêtre ouverte.

— Je me dois d'envisager toutes les possibilités, si je veux vaincre.

— J'avoue que je ne te comprends pas.

— Anticiper les causes et les conséquences de n'importe quelle situation, même la plus précaire, peut faire la différence entre victoire et échec.

— Les causes et les conséquences… En effet, nous avons tous les deux été contraints de vivre avec les conséquences de nos choix.

Il ne pouvait nier la dure vérité de ces paroles. Ils avaient tous deux connu le malheur, le deuil et la souffrance – plus souvent sans doute que la plupart des gens. Et, de toute évidence, ils avaient trouvé des armes différentes pour assurer leur survie jusqu'ici.

— Promets-moi d'être très prudent, demain, reprit Gwen dans un murmure. Je ne voudrais pas qu'il t'arrive quoi que ce soit.

— Au contraire, tout peut arriver dans une mêlée à pied. C'était bien ce que l'exercice d'aujourd'hui devait me prouver.

Même dans la faible lueur de la lune, il vit Gwen pâlir et comprit sa maladresse. Un peu tard, cependant.

— Mais, bien sûr, je te jure de faire tout mon possible pour me protéger. Tu peux me faire confiance.

Sa fatigue s'envola momentanément, apaisée par la certitude que Gwen se souciait encore de son bien-être, de ses progrès… de lui. Elle avait peut-être décidé de s'engager dans un chemin très différent du sien, mais cela ne voulait pas dire qu'elle ne souhaitait pas sa réussite ou qu'elle ne tenait plus à lui.

— Parlons d'autre chose, reprit-il. Dis-m'en plus sur toi, Gwen.

— Que veux-tu savoir ?

— N'importe quoi. Tout.

Il se glissa un peu plus près de sa fenêtre et s'assit sur la branche, laissant ses longues jambes pendre dans le vide.

— Quels sont tes espoirs, tes rêves ? Ton souhait le plus cher ?

Il n'était pas certain de savoir ce qui le poussait à dire de telles absurdités. Pourtant, ici, maintenant… Sous la lune et ces fichues étoiles, les paroles franchissaient ses lèvres sans retenue.

Elle s'accouda au rebord de la fenêtre et soupira.

— Mes espoirs et mes rêves, murmura-t-elle. Ils n'ont aucune importance, au fond…

— Bien sûr que si.

Tendant le bras dans le vide, il posa doucement la main sur son poignet.

— Gwen ?

— Je dois y aller, Ralph.

Elle posa sa main libre sur la sienne et la pressa un instant.

— Bonne nuit. Je prierai pour toi, demain.

— Attends ! Ne pars pas.

Il la retint alors qu'elle se détournait et l'obligea à le regarder.

— Dis-moi quelque chose d'autre, alors. Tout ce que tu voudras. Une chose que je ne sais pas sur toi.

— Oh ! je suis sûre que tu me connais par cœur…

— Nous avons été séparés pendant six ans, et nous ne sommes plus les mêmes.

— Crois-tu ?

Elle fronça les sourcils, songeuse.

— Je suppose que j'ai changé, oui. D'une certaine manière. Le contraire aurait été étrange. Mais au fond de moi je reste celle que tu as connue à l'époque, tu sais.

— Personne ne se transforme profondément, c'est vrai. Notre essence reste la même.

— Cela vaut-il aussi pour toi ?

— Non, je dois être l'exception.

Il retourna sa main fine pour placer sa paume contre la sienne et entrecroisa leurs doigts.

— J'ai travaillé tellement dur pour effacer toute trace de l'homme que j'étais en quittant Kinnerton que, pour être honnête, je ne sais plus vraiment si j'ai changé mon essence ou non.

— Tu n'étais pas encore un homme, dit-elle avec douceur.

Il ne put réprimer une moue amère.

— En ce qui concerne ce qui comptait vraiment, si, même si je paraissais plus jeune et moins mûr que les autres. Pourquoi crois-tu que nous ne nous sommes pas mariés tant que nous le pouvions ?

— Je sais pourquoi. Je le savais déjà à l'époque, même si personne ne me l'a jamais expliqué. Et je tiens à te dire une chose : ton père s'est toujours trompé à ton sujet.

Ralph pinça les lèvres. Oui, son père avait commis de nombreuses erreurs, tant au sujet des gens en qui il pouvait avoir confiance qu'en ce qui concernait la manière dont il devait diriger Kinnerton. Mais Gwen avait tort en pensant qu'il s'était trompé au sujet de son fils. Ralph savait à présent ce qu'il avait ignoré dans sa jeunesse : il n'avait pas eu les épaules pour devenir comte des Marches. C'était la raison pour laquelle il avait tant voulu changer, ces dernières années. Il en avait eu besoin, pour devenir enfin l'homme qu'il était appelé à être.

— Nous ne parlions pas de moi, il me semble, lui rappela-t-il avec fermeté. Alors, vas-tu me confier quelque chose sur toi, sur la femme que tu es devenue pendant mon absence ?

Il n'était pas certain qu'elle accepte de lui répondre, tant elle semblait réticente à parler d'elle. C'était bien la plus grande différence qu'il voyait avec la Gwen d'autrefois. Elle était bien plus réservée, maintenant.

Il l'observa, dans la lueur bleutée de la lune qui dansait sur son visage. Finalement, elle hocha la tête et sourit avec douceur.

— Très bien. Viens dans ma chambre et je te montrerai.

Elle l'aida à se hisser sur le rebord de la petite fenêtre en arche et à passer dans la chambre. Il prit quelques instants pour examiner les lieux. La lumière provenant du feu qui crépitait dans l'âtre et d'une torche murale, dans son support de fer forgé, éclairait chaque recoin de la chambre, modeste mais fonctionnelle. Un grand lit, recouvert d'une courtepointe claire ornée des broderies florales que Gwen aimait tant créer, occupait une bonne partie de l'espace. Un coffre était posé contre l'un des murs.

— Où est ton amie Brida, ce soir ?

— Elle avait à faire de son côté, mais elle sera bientôt de retour. Viens, ajouta-t-elle en lui faisant signe d'approcher. J'aimerais te montrer quelque chose.

Elle le conduisit jusqu'au coffre, aménagé en pupitre improvisé, et y posa l'une des rares extravagances qu'il vit dans la pièce : une bougie en cire d'abeille qu'elle avait allumée à la torche murale en passant.

— Alors, Ralph de Kinnerton, que penses-tu de ceci ?

Gwen vit les yeux de Ralph s'écarquiller tandis qu'il découvrait les morceaux de parchemin couverts d'enluminures délicates réalisées à l'encre et colorées grâce à des pigments soigneusement broyés.

— Voici mes essais. Je m'entraîne sur ces feuilles avant de reproduire mes œuvres sur du vélin.

— Toi ? dit-il avec un petit sourire. Tu as réellement créé ces… ces œuvres exquises ?

— Oui.

Elle haussa les épaules.

— Mais ce n'est pas aussi impressionnant que tu le crois. Les vrais maîtres, formés dans certains monastères du pays, réalisent des enluminures bien plus belles que tout ce que l'on pourrait imaginer.

— Et comment as-tu appris à dessiner ainsi ? Où as-tu affiné tes talents ?

— Cela a été long, répondit-elle avec un petit rire. Pour être honnête, j'ai simplement eu la chance d'avoir une telle opportunité.

Elle vit les longs doigts de Ralph effleurer la surface du parchemin et ravala sa salive, gênée. Sa peau gardait la mémoire de son contact, un peu plus tôt, dans la clarté lunaire. Elle sentait encore la chaleur de sa main contre la sienne, si palpable, et se frotta machinalement la paume avant de serrer le poing.

— Comme je te l'ai déjà expliqué, j'ai eu la chance de faire partie de la maison Marshal, après ma fuite de Kinnerton. Un été, j'ai accompagné ma maîtresse, la comtesse de Pembroke, lors d'un pèlerinage qu'elle a entrepris avec son époux. En chemin, nous avons passé quelques nuits à l'abbaye de St Albans.

Elle leva les yeux vers Ralph et sourit timidement.

— Le scriptorium de cette abbaye… Oh ! c'était le plus bel endroit que j'aie jamais vu !

Il lui sourit en retour.

— J'imagine, en effet. Tes yeux s'illuminent, rien qu'en en parlant.

— C'était vraiment merveilleux. Là, nous avons rencontré Matthew Paris, un jeune moine bénédictin très talentueux. Il s'est montré très ouvert avec nous.

Ralph croisa les bras, un sourcil levé.

— Vraiment ?

Elle acquiesça.

— Il nous a montré son travail d'enluminure et les différentes techniques qu'il utilisait, depuis la taille des plumes jusqu'à la création d'encre à base de galle du chêne, sans oublier la préparation des pigments employés pour peindre. Il nous a aussi expliqué le long nettoyage du parchemin, son étirage et sa préparation.

Elle prit une profonde inspiration avant de poursuivre :

— La partie que j'ai préférée concerne les dorures et la reliure pour créer des manuscrits.

— Cela devait être fascinant.

— Oh oui ! soupira-t-elle. Ça l'était.

Elle laissa à son tour courir les doigts sur la lettrine ornée qui occupait l'en-tête d'une page bordée d'or.

— Sais-tu qu'il faut passer par six étapes complexes pour appliquer feuille d'or et couleurs sur la page ? On commence par tracer les bords du motif au minium… Là, vois-tu ces lignes orange clair ?

Concentré sur le dessin, il hocha la tête.

— Puis on passe une couche de gesso pour épaissir le parchemin là où l'on appliquera l'or. Après cela, on ajoute les pigments : du lapis-lazuli, de la guède et même du sang-de-dragon.

— Du sang-de-dragon ?

— Oui ! Tout cela sert de base, pour créer les teintes profondes, les ombres et les lumières. Enfin, on applique l'encre noire pour faire ressortir les lignes.

— C'est fascinant. Et tu as appris tout cela pendant cette unique visite du scriptorium de l'abbaye ?

— Bien sûr que non. Le comte a invité quelques moines à résider à Caversham le temps de rédiger une histoire enluminée de sa famille. J'ai suivi leurs leçons pendant des mois et on m'a même autorisée à réaliser quelques pages du manuscrit.

— Eh bien, quelle apprentie entreprenante !

Il effleura l'une de ses longues plumes.

— Je suis impressionné.

— Je vais te montrer comment dessiner sur ce parchemin.

Ralph leva son bras gauche avec une petite moue.

— Je ne peux utiliser que cette main, n'oublie pas.

— Bien entendu.

Elle referma ses doigts sur sa main si large pour lui montrer comment tenir la plume, puis le guida jusqu'à l'encrier. Elle lui fit plonger la plume dans l'encre brune, puis l'aida à tracer une gracieuse arabesque sur la page.

— Cela a dû être difficile d'apprendre à tout faire de la main gauche, remarqua-t-elle.

Il se tenait si près d'elle que la chaleur qui émanait de son corps l'enveloppait comme un cocon. Un frisson délicieux descendit le long de sa colonne vertébrale.

— Je ne peux toujours pas vraiment serrer la main droite, quels que soient mes efforts, marmonna-t-il.

Il essaya de refermer les doigts pour lui montrer, mais son mouvement était saccadé, sans force.

Gwen caressa avec douceur la chair déformée par les cicatrices.

— Ne te fatigue pas, Ralph. Je vois bien que c'est difficile pour toi.

— C'est plus frustrant que pénible. J'essaie néanmoins de me servir de cette main quand je le peux, mais ça ne m'a pas empêché de devoir réapprendre à vivre en gaucher, qu'il s'agisse de manier une épée, ou maintenant cette plume.

— Et tu y arrives très bien, remarqua-t-elle gentiment. N'oublie jamais cela, Ralph.

Leurs mains jointes poursuivirent leur dessin d'un même mouvement souple.

— Je comprends pourquoi tu aimes tant faire cela. Il y a quelque chose d'apaisant, dans le dessin.

Il y avait également quelque chose de merveilleux à se tenir si près de lui pour guider sa grande et solide main de guerrier. Gwen contempla les muscles de son poignet et de ses doigts jouer autour de la plume pour tracer des lignes fines et aériennes.

— C'est vrai, mais il ne s'agit pas que d'apaisement, pour moi, dit-elle.

Elle relâcha un peu sa prise pour le laisser s'exercer seul à la calligraphie. L'encre s'écoulait régulièrement de la plume, marquant le parchemin de sa teinte brune.

— Oh ? Que veux-tu dire ? demanda-t-il.

— J'ai toujours aimé cela… Créer des choses qui me font plaisir.

Elle hésita un instant.

— Ou essayer de transmettre cette sensation aux autres grâce à ce que je fais.

La main de Ralph s'immobilisa au-dessus du parchemin.

— Tu n'as pas besoin d'essayer, Gwenllian, chuchota-t-il.

Elle observa un instant leurs doigts si proches et ses œuvres étalées sur le couvercle du coffre.

— Parfois, j'ai l'impression de laisser quelques fragments de moi dans mon travail.

Elle l'entendit prendre une profonde inspiration puis il lâcha la plume. Il retourna sa main, plaqua sa paume à la sienne, et leurs doigts s'entremêlèrent. Envoûtée, elle contempla son pouce tandis qu'il dessinait de petits cercles sur sa peau. Lentement. Sans s'arrêter.

Oh ! Seigneur…

Lorsqu'elle se rendit compte qu'il respirait plus vite, tout comme elle, elle le lâcha et recula d'un pas tout en lissant nerveusement les plis de sa jupe.

— Je crois que j'ai renversé un peu d'encre sur mes vêtements, dit-elle. Voilà qui m'apprendra à peindre sans surcot.

— Gwen…

Son nom résonna un instant dans la chambre. Elle leva la tête et croisa le regard confus et brûlant de Ralph. Ils se dévisagèrent en silence pendant un long moment et elle fit de son mieux pour garder le contrôle de ses émotions. Elle ne pouvait plus se permettre de laisser ses sentiments pour cet homme la dominer. Ce temps-là était révolu pour eux.

— Il se fait tard, dit-il au bout d'un moment, brisant le silence et la tension qui pesaient entre eux. Il vaut mieux que je parte.

— Attends un peu. J'aimerais te donner quelque chose.

— C'est inutile, Gwen.

— Je sais, mais c'est une chose que je tiens à t'offrir ; d'autant plus que je ne pourrai pas te faire présent d'une faveur devant tout le monde, demain.

Elle s'approcha du coffre et ouvrit une petite boîte de bois de laquelle elle tira une bande de lin vert tendre.

— Je veux te l'offrir ce soir, pour honorer notre amitié retrouvée…

Elle lui tendit l'étoffe.

— Je l'ai brodée moi-même.

Pendant quelques instants, elle eut peur qu'il refuse. Finalement, il prit son cadeau de sa main blessée et elle posa les doigts sur les siens pour les serrer brièvement. Pourvu qu'il comprenne !

Son amitié était tout ce qu'elle pouvait encore lui offrir. Rien de plus.

Tenant fermement son présent, il la salua d'un petit mouvement de tête. Puis, sans un mot et sans un regard en arrière, il se glissa dehors par la fenêtre ouverte et repartit par où il était venu.

Debout au milieu de la chambre silencieuse, Gwen sentit un flot de larmes lui monter aux yeux.

Des larmes ?

Non, elle ne pouvait pas se laisser de nouveau envahir par ces émotions, qu'elle avait depuis si longtemps enfouies en elle.

Des petits coups frappés à la porte la firent sursauter et la tirèrent de ses tristes réflexions. Tous ces sentiments futiles, sans importance, ne lui apportaient que regrets et douleur. Elle s'essuya rapidement les yeux d'un revers de main et fit de son mieux pour se reprendre.

— Est-ce toi, Brida ?

Heureusement pour elle, sa voix lui parut posée et enjouée.

— Entre, ajouta-t-elle.

Son amie entra et referma la porte derrière elle.

— Je ne voulais pas te déranger, mais j'ai pensé que Ralph serait déjà… Oh ! Gwen ! Que s'est-il passé ?

— Rien, assura Gwen qui s'assit au bord du lit en reniflant. Je me porte comme un charme.

— Tu n'en as pas l'air. Sir Ralph a-t-il… ? Vous êtes-vous disputés ?

— Non, ce n'est pas cela. Nous avons parlé et… Eh bien, c'était tout.

Non, ce n'était pas tout. Elle lui avait montré ses possessions les plus précieuses et lui avait expliqué en détail son travail artistique, ainsi que les petits plaisirs qu'elle en tirait.

— Tu lui as dit ? demanda Brida d'un air surpris. Tu lui as tout dit ?

— Non, non. Bien sûr que non ! Heureusement pour moi, notre conversation ne s'est pas aventurée sur ce terrain. Nous n'avons pas évoqué tous ces horribles secrets.

— Dans ce cas, que s'est-il passé ?

Brida paraissait troublée.

— Qu'y a-t-il, Gwen ?

— Je t'assure que ce n'est rien, Brida. Je suis un peu fatiguée, c'est tout.

Elle avait aussi le cœur brisé, hanté par une tristesse inattendue et tant d'autres choses auxquelles elle préférait ne pas songer.

Des rêves et des espoirs…

Les siens s'étaient éteints au fil des ans, remplacés par une révulsion nichée en elle comme un serpent venimeux qui refusait de s'en aller.

Brida vint s'asseoir près d'elle.

— Ce doit être très difficile de le revoir, en sachant tout ce que tu as perdu.

— Oh oui, beaucoup plus que tu ne l'imagines, soupira Gwen en laissant sa tête rouler sur l'épaule de son amie.

— Dans ce cas, pourquoi ne pas lui dire toute la vérité ? Il pourrait comprendre, suggéra Brida avec douceur.

Elles regardèrent ensemble pendant un moment le feu qui crépitait dans l'âtre. Finalement, Gwen ferma les yeux.

— Non, lâcha-t-elle d'une voix étranglée. Je ne peux pas faire cela.

— Il pourrait pourtant te surprendre.

— Je ne veux pas de sa pitié.

Ce serait trop affreux…

— De plus, je ne me soucie pas tant de ce qu'il pourrait ressentir en apprenant ce qui s'est passé après son départ de Kinnerton. Il s'agit de *moi,* et de la manière dont cette histoire me touche encore, après toutes ces années.

Elle se leva et alla s'adosser au mur, laissant sa tête soudain trop lourde s'appuyer contre la pierre.

— Je ne supporte pas de repenser aux événements terribles qui se sont passés ce jour-là. Tout ce que je sais, c'est que ces choses sont arrivées et que je dois trouver un moyen de vivre avec.

Elle se massa les tempes et soupira, les dents serrées.

— J'imagine à peine les difficultés que tu as dû surmonter, répondit son amie, mais n'oublie pas que tu l'as fait pour sauver un homme bon d'une mort certaine.

— Oh ! Brida ! Ne vois-tu pas que, pour aider Ralph à s'enfuir, j'ai laissé Stephen me toucher, me souiller, apposer *sa marque* sur moi ? Je l'ai laissé faire, c'est pourquoi je dois porter ce déshonneur avec moi où que j'aille. J'ai autorisé cet homme à m'approcher !

Instinctivement, elle porta les doigts à son cou, là où se trouvait la cicatrice à demi effacée que Stephen avait laissée. Une trace qui, toujours, la tourmenterait. Un souvenir permanent de cette époque qu'elle aurait préféré oublier.

— Tu as été obligée de faire ce sacrifice, Gwen, et je sais que tu recommencerais si cela te permettait de nouveau de sauver Ralph. Ai-je tort ?

Non. Brida avait raison : elle prendrait la même décision

sans hésiter. Même si cela l'obligeait à passer le reste de ses jours dans la honte – comme maintenant.

— Oui, je le ferais, dit-elle en soupirant.

Cela avait failli la détruire, quand elle avait pensé que son geste avait été vain, que Ralph avait tout de même été tué. Mais ses actions, pour terribles qu'elles aient été, avaient permis à son ami de s'enfuir... De vivre. De survivre. Et elle avait passé les années suivantes à tenter d'effacer ces souvenirs de sa mémoire, en vain.

— Tu es restée pure, Gwenllian. Au moins, Stephen Le Gros ne t'aura pas enlevé cela.

— Ce n'est pas faute d'avoir essayé, lâcha Gwen avec dégoût. Heureusement, j'ai toujours réussi à lui échapper. Sans cela, ses droits sur moi auraient été reconnus par tout le royaume et je n'aurais plus eu aucune chance. Dieu m'a prise en pitié et m'a permis de quitter Kinnerton à temps, grâce à l'aide de quelques habitants. Ma situation aurait été beaucoup plus précaire, si j'étais restée.

Hélas ! Tout cela n'avait pas empêché Stephen de lui prendre beaucoup. Bien plus que ce qu'elle voulait bien admettre.

— Quoi qu'il en soit, je ne veux pas que Ralph découvre pour quelles raisons sordides j'ai décidé de prendre le voile. Peu m'importe qu'il comprenne ou non. Je ne supporterais pas qu'il apprenne l'humiliation que j'ai dû subir pour son bien, il y a six ans. Je n'y survivrais pas, Brida.

— Je vois.

À la réflexion, elle aurait dû refuser qu'il l'escorte jusqu'au couvent en Irlande – le dernier havre qu'elle puisse espérer. Son côté pragmatique avait reconnu les dangers du voyage et compris que la compagnie d'un chevalier était nécessaire pour assurer sa sécurité. Mais si elle avait su que ses anciens sentiments pour lui allaient refaire surface de cette manière, elle n'aurait jamais accepté son offre. Elle devait les repousser, d'une manière ou d'une autre. Pour leur bien à tous les deux.

Chapitre 11

Le lendemain matin, après une nuit agitée, Gwen se retrouva dans les tribunes royales pour regarder la parade des chevaliers, avant le début de la mêlée à pied. Tout en attendant le début de l'épreuve, elle triturait nerveusement les plis de sa robe. Les battements sourds de son cœur s'accélérèrent quand elle aperçut Ralph en armure complète parmi les hommes de Lord Clancey. Une fois de plus, il avait endossé le rôle de Sir Thomas. Il parut la voir de loin et inclina la tête dans sa direction en levant le bras gauche pour lui montrer la faveur qu'elle lui avait offerte la veille, nouée autour de la garde de son épée. Elle préféra ne pas se demander pourquoi ce simple geste la troublait tellement. Tout ce qu'elle savait, c'était qu'une vague de chaleur inattendue venait soudain de monter en elle.

Tout à ses pensées, elle ne vit pas approcher Stephen Le Gros et ne remarqua sa présence qu'à l'instant où il s'adressa à elle.

— Lady Gwenllian, j'espère que vous allez bien, en cette belle matinée !

Elle aurait pourtant dû sentir sa puanteur de loin !

— Sir Stephen, parvint-elle à répondre d'un ton qu'elle espérait courtois.

Elle fit de son mieux pour ne pas se jeter sur lui et le frapper – envie irrépressible qu'elle éprouvait chaque fois qu'elle se trouvait en sa présence.

— Je suis venu dans l'espoir d'obtenir une faveur de votre part avant le début de la mêlée. Pour un chevalier, le présent d'une lady aussi charmante que vous est toujours un trésor précieux…

Horrifiée, elle le vit alors mettre un genou en terre devant elle. Bien sûr, ce petit spectacle lui était destiné, autant qu'à la cour qui les entourait. Cet homme répugnant pensait-il vraiment qu'elle était prête à lui offrir quoi que ce soit de son plein gré ?

— Je suis désolée, Sir Stephen, mais je n'ai hélas aucune faveur à vous donner, dit-elle avec un sourire crispé. Je vous souhaite néanmoins tout le succès possible pour votre… votre combat.

Elle baissa les yeux, espérant que Stephen s'en irait et se préparerait comme les autres concurrents. Au lieu de cela, il s'approcha un peu plus, comme un serpent insidieux.

— Vraiment ? Je dois dire que vos encouragements me touchent.

Elle avait fini par serrer les dents au point que sa mâchoire lui faisait mal. Ignorant sa remarque, elle se détourna de lui. Si seulement il pouvait partir ! Malheureusement, elle le connaissait assez pour savoir qu'il n'en ferait rien. Le simple fait qu'il soit là, si près d'elle, lui donnait envie de vomir. Il avait toujours cet effet sur elle. Elle ne pouvait entrer en contact avec lui sans ressentir le besoin pressant de se laver pour se purifier.

Il lui prit le menton et l'obligea à le regarder de nouveau dans les yeux.

— Faites attention, Gwen. Vous ne voudriez tout de même pas qu'on vous croie insensible à votre futur époux…

— Vous n'êtes pas mon futur époux, répliqua-t-elle sèchement.

— Ne faites pas l'innocente. Nous serons bientôt fiancés, comme vous le savez.

N'ayant aucune envie de sentir plus longtemps sa main

sur elle, elle s'écarta d'un mouvement brusque et réussit à se contenir. Réagir à ses provocations lui ferait trop plaisir : c'était exactement ce qu'il désirait.

— Voyons, ma chère, faites un effort. Un mouchoir ou un ruban me suffiraient.

Il lui saisit la main et la serra beaucoup trop fort entre les siennes.

— Je vous l'ai déjà dit : je n'ai rien pour vous.

— Oh si, vous pouvez bien faire un geste pour moi… Inutile de jouer les prudes.

Il se fendit d'un rire qui ressemblait à s'y méprendre à une moquerie mesquine.

— C'est hors de question, dit-elle entre ses dents en tentant de libérer sa main. Ma conscience me l'interdit.

— Vraiment ?

Les ongles enfoncés dans la chair de son poignet, il ne la lâchait toujours pas.

— Vous aimez la provocation, ma charmante Gwen. N'importe quel autre homme s'en irait sans doute la queue entre les jambes après un tel traitement, mais pas moi. Au contraire, je trouve votre animosité et votre refus de voir les choses telles qu'elles sont étrangement séduisantes, quoique indignes de vous.

Pour donner à l'assemblée l'impression qu'ils s'offraient un court instant d'intimité, il l'attira à lui.

— Et vous savez à quel point j'ai hâte de partager enfin votre lit… Quel dommage que nous ayons été dérangés, l'autre soir, dans l'escalier !

Gwen se mordit violemment la lèvre pour ne pas hurler.

— Lâchez-moi ! On nous regarde.

— Eh bien, laissez-les donc faire, répondit-il avec un haussement d'épaules. Cela n'a aucune importance, puisque vous serez bientôt mienne. De toute manière, placés comme nous sommes, je suis certain que l'on pense que nous sommes plongés dans une tendre conversation privée.

— Arrêtez cela, Stephen ! Vous vous couvrez de ridicule.

— Il semblerait que ce soit ma destinée, belle Gwenllian. Surtout quand je suis avec vous.

Sa main se resserra plus encore sur son poignet.

— Mais faites attention, ma chère : j'ai bien remarqué la tendresse que vous semblez avoir pour Sir Thomas Lovent. Dès qu'il se trouve dans les parages, vous ne le quittez pas du regard. Si je peux me vanter d'être plus patient que bien des hommes, je tiens à vous rappeler que je suis également jaloux... Peut-être essayez-vous tout simplement de réveiller cet instinct en me provoquant volontairement.

Le cœur de Gwen tambourinait à présent contre ses côtes. Seigneur ! Elle ne pouvait pas continuer à attirer ainsi l'attention de Stephen sur Sir Thomas. Il risquait de découvrir la vérité, de se rendre compte que son rival n'était pas celui qu'il croyait. S'il reconnaissait Ralph trop tôt, tout allait très mal tourner, et elle ne voulait surtout pas le mettre en danger...

— Ne soyez pas si méfiant. Votre imagination vous joue des tours.

— Je l'espère bien, Gwen, car je suis sûr que vous n'avez pas envie de voir ma colère se déchaîner contre ce jeune chevalier.

— Êtes-vous en train de menacer Sir Thomas Lovent ? demanda-t-elle avec froideur.

— Non.

Il déposa un baiser au bout de ses doigts, puis se redressa, intimidant.

— Ce n'est qu'un avertissement... pour l'instant. Et je vous conseille d'en tenir compte, ma chère.

Même de loin, Ralph voyait que quelque chose n'allait pas, du côté de Gwen. Elle était assise très droite, presque raide, les dents serrées et les joues pâles. Ce n'est qu'en apercevant son ignoble cousin à côté d'elle qu'il comprit la cause de son trouble.

Il ne supportait plus d'être témoin de ses avances menaçantes et possessives vis-à-vis de Gwen. Si Stephen ne cessait pas immédiatement de l'intimider, ce serait à lui de l'arrêter.

Alors que Ralph se dirigeait à grandes enjambées vers la tribune royale, Stephen décida enfin de s'en aller. Heureusement pour lui, car, s'il était resté auprès de Gwen, Ralph aurait été contraint d'intervenir – et au diable les conséquences ! Le malaise qui s'était emparé de lui ne se dissipa cependant pas avec le départ de Stephen.

Il se passait quelque chose d'étrange entre son cousin et Gwen. Certes, elle le haïssait et nul ne pouvait ignorer la répulsion qui marquait ses traits dès qu'il lui adressait la parole, mais il y avait plus : une étrange familiarité qui laissait supposer un secret plus sombre et plus grave. Quoi que ce puisse être, Ralph était bien décidé à découvrir la vérité, ne serait-ce que pour libérer Gwen de l'angoisse dans laquelle elle semblait vivre. Stephen devait à tout prix cesser de l'importuner, même s'il se croyait déjà son fiancé. Ce qu'il pensait n'avait aucune importance. Il fallait trouver un moyen de l'empêcher de la harceler ainsi, et il se promit d'y parvenir. Après tout, n'avait-il pas juré qu'il la protégerait ?

Il réfléchirait à cela plus tard. Pour l'heure, Stephen s'était éloigné et il était temps de penser à autre chose. En particulier à la mêlée qui allait bientôt commencer. Il se retourna pour examiner la lice où allait se dérouler l'épreuve, et prit une profonde inspiration sous son heaume. S'il voulait triompher, il allait devoir se concentrer, faire appel à toutes ses forces et à sa détermination. Il caressa du bout des doigts l'étoffe que Gwen lui avait offerte dans l'espoir que la bande de tissu brodé lui porte chance, puis enfila ses gants qu'il ferma aux poignets.

Tout en priant le ciel de l'aider, il se mit en marche. Il

donnerait tout ce qu'il avait dans ce combat. Il devait gagner le tournoi. Cette fois, l'heure de vérité avait sonné.

La fête dura très longtemps, ce soir-là, dans la tente de Lord Clancey. Là, ses amis avaient été libres de féliciter Ralph pour ses exploits sans être obligés d'acclamer « Sir Thomas Lovent », comme ils avaient dû le faire plus tôt en présence du roi et de la cour.

Sous peu, Ralph pourrait sortir de l'ombre et se libérer de l'armure de son compagnon pour se présenter sous son vrai nom. Pour l'instant, il devait encore se montrer prudent.

Satisfait et soulagé d'avoir réussi, il regarda autour de lui et esquissa un sourire. Il était heureux de pouvoir se détendre enfin avec les siens, de manger et boire en bonne compagnie. Après sa victoire du jour, on lui avait remis des boucliers d'argent ornés, des épées de prix, un poulain, et même une bourse bien garnie. Même après avoir offert une partie de ses gains à Tom et à leur jeune écuyer, il restait en possession d'une somme considérable. Il but une gorgée de bière et s'essuya la bouche d'un revers de main. Jamais il n'aurait pu en arriver là sans l'aide de ses amis et de ses mentors, qui avaient plus confiance en ses capacités que lui-même et qui avaient fait d'énormes efforts pour l'aider à atteindre son but.

Un tel soutien de leur part le touchait énormément, même s'il ne comprenait pas vraiment pourquoi on l'aidait tant, ou s'il ne se croyait pas réellement digne de leur estime. Quoi qu'il en soit, il n'était pas sûr de trouver un jour les mots pour leur exprimer toute sa gratitude.

— Vous semblez bien pensif, Ralph, remarqua Isabel, assise près de lui sur leur petit banc.

— Vraiment ? Je crois que je suis juste surpris par le succès de cette journée.

Il secoua la tête et soupira.

— Vous devriez vous en réjouir, répondit-elle. De toutes les personnes que je connais, c'est vous qui le méritez le plus.

Il lui prit la main et la serra avec reconnaissance.

— Merci pour tout, Isabel.

Il devait cependant paraître encore un peu troublé, car elle fronça les sourcils, ce qui creusa une petite ride soucieuse au milieu de son front. Il savait très bien que peu de chose échappait à son regard si perspicace.

— Détendez-vous. Profitez de la fête. Vous avez travaillé dur et vous méritez de savourer ce moment, dit-elle avec douceur.

— Je le sais bien, répondit-il pensif, d'une voix peut-être un peu trop bourrue.

— Il y a autre chose, n'est-ce pas ?

Malgré les efforts qu'il fit pour l'ignorer, une soudaine et profonde désolation l'envahit. Il se sentait mal à l'aise, tout à coup, comme s'il n'était pas vraiment présent dans cette tente, au milieu de ses amis. Il soupira de plus belle, les yeux baissés.

— Non, tout va bien, je vous le jure.

Mieux valait la convaincre que ses préoccupations étaient uniquement centrées sur le tournoi, malgré cette première victoire.

— Je n'arrive pas à oublier que ce n'était qu'une mêlée, Isabel, même si je sais que la récompense d'aujourd'hui me permettra de rembourser mes précédents échecs.

— Oui, et désormais, vous pourrez renforcer votre position, vous appuyer sur ce premier succès pour la suite.

— J'essaierai.

Il sourit avec plus de solennité.

— Je tiens à vous dire que je n'aurais jamais pu me hisser si haut sans vous tous. Vous êtes restés à mes côtés quand n'importe qui d'autre m'aurait abandonné sans remords. J'aurai toujours une dette envers vous.

— Voyons…

Elle balaya ses inquiétudes d'un geste léger.

— Dès que je vous ai rencontré, je me suis juré de faire tout mon possible pour vous aider. Je ne supporte pas l'idée qu'on vous ait attaqué aussi lâchement et qu'on vous ait laissé pour mort au bord de la route. Donc non, vous ne me devez rien. Pas plus qu'à Will.

Ralph garda le silence. Il savait que c'était faux. Son honneur exigeait qu'il reste toujours fidèle à Isabel et à toutes les autres personnes présentes. Il leur devait allégeance.

Elle soupira à son tour et se pencha un peu plus vers lui pour reprendre à mi-voix :

— Ralph, écoutez-moi. Vous approchez de votre but, maintenant. Dans quelques jours, vous pourrez obtenir tout ce que vous avez toujours désiré. C'est enfin à votre portée, et il vous suffit de tendre la main pour vous en emparer.

Pouvait-il le croire ? Il n'en était pas sûr. Mais une autre personne croyait aussi en lui, désormais, et l'encourageait.

Gwen…

Il n'avait pas pu lui parler, aujourd'hui. Il ne l'avait même plus vue après le début de la mêlée et elle ne s'était pas montrée dans la grande salle pour le banquet – ce qui avait ravivé ses inquiétudes. Il était encore troublé par son étrange comportement, lorsque Stephen était venu l'entreprendre, et il ne pouvait chasser ce malaise.

Ces considérations mises à part, sa victoire lui laissait une curieuse sensation de vide et d'agitation. C'était ce qu'il ressentait toujours, dans de telles occasions, quand il prenait le temps de réfléchir à sa vie passée, présente et même future. Cela le rendait morose, perdu et soucieux, alors que son succès aurait dû renforcer sa détermination. Il n'était même pas certain de ce que la destinée lui réservait ; il ne pouvait l'entrevoir. Tout ce qu'il savait, c'était que son avenir n'incluait pas Gwenllian ferch Hywel.

Contrairement à ce qu'il pensait en rentrant en Angleterre, elle n'était pas mariée, mais elle avait choisi une route qui la placerait pour toujours hors d'atteinte. Et elle paraissait déterminée à mener son projet à terme, sans lui s'il le fallait. Il n'aurait pas dû s'en inquiéter à ce point, pas après tout ce temps, tous ces changements. Pourtant…

Quand elle l'avait invité dans sa chambre, la veille, il avait cru sentir entre eux une évidente et familière intimité, si rassurante et nouvelle à la fois.

« Quels sont tes espoirs, tes rêves ? »

Il avait immédiatement regretté cette question absurde. Cependant, quand elle lui avait montré son délicat travail d'enluminure, il avait pris conscience du fait que c'était une part d'elle-même qu'elle lui dévoilait. Elle avait guidé sa main avec douceur, lui apprenant à reproduire les dessins élaborés qu'elle avait créés. Cela avait été comme une fenêtre ouverte sur sa vie et sur ce qui faisait son bonheur, ce qui lui apportait du plaisir. Ce moment n'avait pas duré, mais l'impression qu'il avait laissée en lui était toujours aussi poignante.

Il baissa soudain les yeux sur son épée, appuyée contre le banc près de lui, et vit le morceau d'étoffe verte toujours noué autour de la garde – la faveur que Gwen avait tissée et brodée pour lui. Elle lui avait dit qu'elle laissait toujours un fragment d'elle dans chacune de ses créations. Et ceci… Ce petit morceau de son être lui appartenait, à présent.

Envahi par un soudain besoin de solitude, il se leva. Il voulait prendre son cheval et s'éloigner du camp. Plus important encore, il voulait… Non, il avait *besoin* de la voir.

Voir Gwen. Obtenir enfin les réponses qu'il cherchait depuis leurs retrouvailles.

— Oui, tout est à ma portée, Isabel, et j'espère parvenir à suivre vos conseils pour m'en emparer.

Il la salua, souriant sincèrement cette fois.

— Si vous voulez bien m'excuser, Milady.

Chapitre 12

Gwenllian relâcha lentement sa respiration avant d'ouvrir le volet de sa fenêtre. Elle se pencha à l'extérieur, inspirant à pleins poumons l'air frais de la nuit et scruta les alentours. Elle ne s'était pas attendue à cela, pas après le succès spectaculaire de Ralph pendant la mêlée. Pourtant, dès qu'elle avait entendu les graviers heurter le panneau de bois, elle avait su qu'il était là, quelque part en bas. Ses yeux finirent par s'habituer à l'obscurité. Elle chercha sa silhouette dans le jardin mais, une fois de plus, il était beaucoup plus proche qu'elle l'avait cru.

— Bonsoir, Milady.

Sa voix grave et profonde lui parvint comme un vent chaud. Il était caché au milieu des feuillages, à la hauteur de sa fenêtre.

— Je ne pensais pas te voir ce soir, Ralph, chuchota-t-elle. J'imaginais que tu allais passer la soirée à célébrer ta victoire avec ton seigneur et tes amis.

— C'était le cas, mais j'ai eu envie de faire une petite promenade en venant jusqu'au château.

— Vraiment ? Pourtant, je croyais que tu connaissais déjà assez les lieux pour n'avoir plus rien à y découvrir.

— Je connais cet endroit, en effet, mais il me réserve encore bien des surprises.

Elle sentit un agréable frisson la parcourir et rougit. Depuis quand réagissait-elle d'une manière aussi ridicule avec lui ?

— Je ne me souviens pas que tu aies eu un tel penchant pour l'obscurité et les cachettes, autrefois, dit-elle, amusée. Pourrais-tu t'approcher pour que je te voie ?

— Si tu veux.

Elle sourit de plus belle quand il s'avança sur la branche pour se pencher vers elle, l'air joyeux. Il était étrange de constater que sa beauté n'était en rien diminuée par les cicatrices qui zébraient la partie droite de son visage.

— Bonsoir à toi aussi, Ralph, dit-elle. J'avoue que j'essaie encore de comprendre pourquoi tu tiens tant à rester dissimulé dans l'ombre de ces branches quand tu montes me voir…

Elle avait espéré que sa voix soit légère, complice, mais il répondit avec une gravité surprenante, dans un murmure :

— Je sais ce que je suis, Gwen, ce que j'étais et ce que je dois être encore. Les plaies qui m'ont défiguré paraissent peut-être grotesques, mais elles me rappellent au moins tout ce qui m'est arrivé. Elles m'empêchent d'oublier.

Il passa rudement la main sur sa joue marquée.

— Je suis désolée. Je ne voulais pas…

— Je sais, coupa-t-il avec un sourire. Je suis déjà heureux qu'elles n'effraient pas tous les enfants que je rencontre. William Tallany leur voue une véritable admiration.

— J'imagine.

Elle s'étonnait de voir qu'il ne regrettait rien, en dépit des horreurs qu'il avait dû vivre en Aquitaine, alors qu'elle ne parvenait pas à dépasser celles qu'elle avait connues à Kinnerton. C'était un poids dont elle ne pouvait se défaire.

— Alors, dis-moi… Cette petite promenade t'a-t-elle satisfait ?

— Elle m'a réservé quelques surprises.

— Comment cela ?

— Eh bien, pour commencer, être perché dans un arbre à une telle hauteur permet d'avoir une autre perspective.

Il se glissa un peu plus sur sa branche pour s'approcher de la fenêtre, les bras tendus pour garder son équilibre.

— Cela me rappelle à quel point nous sommes des êtres insignifiants et faillibles. Surtout si nous tombons.

— Sois prudent, dit-elle en tentant de ne pas paraître trop inquiète. D'autres éclairs de sagesse t'ont-ils frappé, pendant ton ascension ?

— Pas vraiment, mais ces efforts me permettent de te parler en toute liberté, ce qui est un grand avantage.

Elle se mordit la lèvre et baissa un instant les yeux avant de reporter son regard sur lui.

— Je te félicite, en tout cas. Tu t'es très bien battu, aujourd'hui, tu sais.

— Hélas, il aura fallu que je vienne jusqu'ici recevoir tes compliments, puisque tu n'as pas fait ton apparition au banquet – ni ailleurs. J'espère que tu vas bien et que je ne te dérange pas.

— Je vais très bien, et tu ne me déranges jamais, Ralph.

— J'en suis heureux.

Il s'assit sur sa branche, les jambes dans le vide.

— Dans ce cas, que dirais-tu de descendre pour venir te promener à cheval avec moi ?

— Maintenant ? En pleine nuit ? demanda-t-elle, surprise.

Elle ne s'était certainement pas attendue à une telle proposition.

— Ne crois-tu pas qu'il est un peu tard pour sortir ?

— Peut-être, mais j'ai l'impression que je ne me suis pas encore assez distrait.

Il gloussa. D'un seul coup, il lui parut plus jeune, plus proche du Ralph qu'elle avait connu.

— Malheureusement, ce genre de divertissement ne m'intéresse pas beaucoup…

— Voyons ! Je sais qu'il est tard et que la nuit ne t'incite pas à chevaucher, mais où est donc passé ton goût pour l'aventure, Gwenllian ferch Hywel ?

— Tu es très convaincant… Mais tu dois te souvenir que j'ai abandonné ce goût de l'aventure, comme tu dis, sur la falaise qui sépare Kinnerton du pays de Galles, il y a des années. Le jour où j'ai failli tomber dans le vide.

— Oh ! Seigneur ! J'avais oublié cela…

Il se passa la main dans les cheveux.

— Te rappelles-tu aussi que je t'ai rattrapée par le col de ta cape ?

— Oui. C'était à la fois terrifiant et étrangement amusant. Dès que j'ai reposé le pied sur le sol, nous avons roulé ensemble par terre tant nous riions.

Elle s'était retrouvée dans ses bras…

Ce soir-là, Ralph l'avait embrassée pour la toute première fois. Cela avait été si doux, si merveilleux. Un baiser plein des promesses d'une vie à passer ensemble.

Elle l'entendit s'éclaircir la voix et se demanda s'il avait été envahi par le même souvenir, la même mélancolie.

— Je me souviens aussi que nous nous sommes perdus sur le chemin du retour. Le sentier que nous avions suivi depuis Kinnerton avait été submergé par la marée.

— Nous sommes rentrés très tard, au milieu de la nuit, et ton père était absolument furieux. N'avait-il pas envoyé des gardes à notre recherche ?

— Oui. Et, si ma mémoire est bonne, il lui en avait coûté d'admettre que son fils pouvait avoir besoin d'aide.

Il fronça un instant les sourcils, puis redressa la tête.

— Alors ? Viendras-tu avec moi ? Prendras-tu le risque de te perdre de nouveau en ma compagnie ?

— Je ne suis vraiment pas sûre que ce soit une bonne idée, Ralph, répondit-elle.

— Quel dommage ! J'avoue que je suis un peu déçu.

Il descendit prudemment sur la branche inférieure.

— Je le suis d'autant plus que tu aurais adoré te lancer dans une aventure spontanée comme celle-ci, autrefois. Mais peu importe. Je suis sûr que je profiterai autant de ma promenade seul, sans autre compagnie que celle de mon cheval.

Il laissa le silence s'installer, sans doute pour qu'elle

puisse réfléchir à ses paroles. Finalement, elle ne put retenir un petit éclat de rire.

— Très bien, je vais venir. Mais uniquement afin de t'épargner la souffrance de devoir parler à ton cheval pour tromper l'ennui.

Il sourit de toutes ses dents.

— C'est très généreux de ta part.

— Attends un peu ici. Je pense qu'il serait plus prudent que j'enfile mes vêtements d'écuyer.

— Si tu préfères, mais fais vite !

— Et il faudra que tu m'aides à descendre par la fenêtre. J'imagine que tu n'as pas oublié mes accès de vertige.

— Ne crains rien, Gwen. Je serai là pour te rattraper si tu tombes.

Ils passèrent prudemment de branche en branche puis, parvenus au pied de l'arbre, contournèrent discrètement le fort et franchirent une poterne qui sentait l'humidité. Enveloppés dans leurs capes sombres, ils gardèrent la tête baissée pour ne pas se faire remarquer.

Ralph alla chercher son grand destrier noir et le ramena par la bride jusqu'au pied des remparts, où Gwen montait la garde.

— Le voilà, annonça-t-il. Je te présente Fortis.

— Oh ! Il est magnifique !

Ralph sourit tout en caressant l'encolure de l'animal.

— Oui, il l'est. N'est-ce pas, mon vieil ami ?

Gwen essaya de le caresser elle aussi, mais Fortis s'écarta vivement.

— Mauvais caractère ? demanda-t-elle. Ou est-il juste nerveux ?

— Un peu des deux, sans doute, répondit Ralph en riant. C'est probablement pour cela que nous nous entendons si bien, lui et moi.

— Je vois. Et est-il courageux ?

Elle tendit la main et laissa le cheval venir à elle, cette fois. Quand il se fut familiarisé avec cette nouvelle connaissance, Fortis la laissa caresser son flanc au poil soyeux.

— Oui, dit Ralph avec un hochement de tête. Je crois que, sans lui, je n'aurais pas survécu à certaines des épreuves que j'ai traversées.

— Depuis combien de temps est-il avec toi ?

— Depuis mon séjour à Poitiers.

Il tapota affectueusement l'encolure de sa monture, qui s'agita, visiblement ravi.

— La première fois que je l'ai vu, il n'était qu'un poulain peureux dont personne ne se souciait. C'est moi qui l'ai dressé.

— Cela ne m'étonne pas. Tu as toujours eu un don pour calmer les animaux agités…

Il haussa les épaules.

— Ce n'était rien. Il avait juste besoin d'un peu d'encouragements, de patience et d'attention. Mais ne te laisse pas décourager par sa brusquerie. Sous ses manières un peu rudes, il a vraiment bon fond.

— Comme son maître ?

— Je ne saurais le dire.

Il sourit avec une pointe d'ironie et se mit en selle avant de tendre la main à Gwen.

— Alors, allons-nous le fatiguer un peu ?

— Oui, allons-y !

Comme c'était agréable de pouvoir de nouveau galoper à travers champs, entre les bras forts de Ralph, qui se tenait derrière elle et guidait Fortis d'une main ferme !

Gwen se sentait en sécurité. Seule en ces lieux avec son ami, chevauchant sans but précis au cœur de la nuit, elle ne courait aucun danger. Elle rabattit la capuche de sa cape sur ses épaules et savoura la caresse de la brise fraîche sur ses joues.

La sensation de liberté qui l'envahit, tandis qu'ils s'engageaient dans la vallée qui sinuait entre les collines sous la lueur de la pleine lune, l'emplit de joie. Depuis quand n'avait-elle pas ressenti une telle émotion ? Une exaltation si merveilleuse capable de faire battre son cœur plus fort, de rosir ses joues et de lui donner l'impression d'être réellement vivante ?

Pour la première fois depuis très longtemps, elle ne se sentait plus écrasée par le poids de ses secrets.

— Tu es bien silencieuse, ce soir…

Le souffle de Ralph lui chatouilla le cou et elle frissonna.

— Je pensais justement la même chose à ton propos.

— Peut-être sommes-nous perdus dans nos réflexions, tous les deux.

— À moins que nous ne soyons tout simplement tellement heureux de galoper comme cela que nous ne ressentons pas le besoin de parler.

— C'est possible.

Il se mit à rire.

— Je suis même certain que c'est cela.

— Et, en imaginant que tel ne soit pas le cas, quelles seraient les réflexions qui t'occupent tant ? demanda-t-elle par-dessus son épaule.

Elle prit soudain conscience du fait qu'il était très près d'elle et, comme elle avait tourné la tête pour lui parler, leurs lèvres faillirent se toucher.

— Ce ne sont pas tant des réflexions que des souvenirs… qui se mêlent aux événements qui ont eu lieu ces derniers jours, depuis nos retrouvailles…

— Cela fait beaucoup de choses.

— Oui. Et, pour être honnête, je suis heureux de pouvoir m'échapper du tournoi et de toutes mes préoccupations pendant un moment. D'être là, avec toi et Fortis pour seule compagnie.

— Je suis flattée, dit-elle en gardant la tête droite cette fois. Mais je pensais que tu préférerais fêter ta victoire avec tes amis, ce soir.

— Crois-moi…

Le murmure grave de sa voix vibra dans tout son corps.

— … il n'y a aucun autre endroit au monde où je voudrais être, en cet instant.

Elle ressentait la même chose. La raison aurait voulu qu'elle mette autant de distance que possible entre Ralph et elle, mais elle était bien plus heureuse qu'elle ne l'aurait dû, ici, avec lui. Cette escapade nocturne lui apportait quelque chose de précieux, de lumineux dans sa vie si terne. Sans doute était-ce aussi dû à la liberté de pouvoir chevaucher de nouveau, loin de l'ambiance étouffante du tournoi… et d'autres désagréments. Mais elle ne voulait pas penser à cela. Pas ce soir.

Ils descendirent le versant d'une colline, restant toujours sur les terres de Pulverbatch, et ralentirent un peu le pas quand ils pénétrèrent dans un bosquet.

— Je regrette de ne rien avoir apporté à boire, dit-elle. Je meurs de soif !

— Dans ce cas, je suis heureux d'avoir pensé à emporter de la bière.

— Oh ! Quelle bonne idée !

Il fit arrêter Fortis et mit pied à terre avant de l'aider à descendre à son tour. Ses mains s'attardèrent autour de sa taille quelques secondes de plus que nécessaire, et elle sentit leur chaleur à travers ses vêtements.

Leurs regards se croisèrent. Il sourit et elle eut l'impression que quelque chose s'épanouissait comme une fleur au creux de son estomac. Elle fut un peu gênée par la réaction de son corps, par cette sensation soudaine d'essoufflement. Jamais encore, pas même dans leur jeunesse, elle n'avait éprouvé un tel trouble en sa présence. C'était quelque chose de nouveau, de très différent de tout ce qu'elle avait connu, et elle se sentit un peu perdue.

— Tiens, dit-il en lui tendant une flasque qu'il venait de tirer d'une sacoche de selle. On dirait que tout ce bon air frais t'a redonné des couleurs, Gwen.

— D'où la nécessité de me rafraîchir un peu.

— Ce n'est pas ce que je voulais dire.

— Ah bon ?

Elle leva la flasque comme pour porter un toast.

— À ton impressionnante victoire, Ralph. Je suis vraiment très contente pour toi.

Tout en léchant une goutte qui avait coulé sur sa lèvre, elle lui rendit sa bière et le regarda boire à son tour.

Il se retourna ensuite pour prendre autre chose dans sa sacoche de selle.

— J'ai aussi emporté quelques provisions, au cas où nous aurions faim.

Sa voix parut soudain plus rauque, sans raison apparente.

— Tu sembles avoir tout prévu avant de venir me proposer cette promenade…

— Quand on le peut, il vaut toujours mieux se préparer, tu ne crois pas ?

— Si.

Elle sourit.

— J'ai un peu honte d'être venue les mains vides.

— Ne t'en fais pas, j'ai pris tout ce dont nous pourrions avoir besoin.

Il lui passa quelques paquets soigneusement enveloppés dans du tissu. Leurs doigts s'effleurèrent furtivement, et une nouvelle vague de chaleur traversa Gwen.

L'air un peu gêné, il s'éclaircit la voix puis étala une couverture dans l'herbe et l'invita à s'installer dessus. Elle s'assit docilement et entreprit de déballer les paquets. Il y avait là du poulet, du fromage, des pommes et quelques petits pains.

Un véritable festin au clair de lune.

Ils commencèrent leur repas en silence. Gwen remarqua que Ralph ne la quittait pas des yeux tandis qu'elle mangeait un morceau de fromage. Ses prunelles luisaient comme des braises dans la nuit. L'estomac envahi de papillons, elle relâcha lentement sa respiration. Oh ! mais que lui arrivait-il, à la fin ? C'était Ralph de Kinnerton, qui la contemplait. Ralph, qu'elle avait connu presque toute sa vie.

Or, il n'était plus un jeune garçon timide, mais un homme fort et courageux. Elle se secoua et fit de son mieux pour penser à autre chose – quelque chose de moins risqué.

— Tu t'es bien préparé, en effet, remarqua-t-elle.

— Il le fallait. Je préfère ne pas me laisser surprendre par ce qui pourrait éventuellement arriver.

— Est-ce ta stratégie habituelle ? La manière dont tu mènes ta vie maintenant, ou…

Elle s'interrompit, incapable de prononcer les mots qui lui étaient venus en tête. Il ne pouvait pas avoir prévu la manière dont les choses se passaient ce soir ! Toute relation entre eux était impossible !

— Ou quoi, Gwenllian ?

— Rien. Je cherchais juste à savoir à quel point tu te prépares avant de faire quoi que ce soit.

Il se massa la mâchoire, s'attardant comme souvent sur ses cicatrices.

— Disons qu'après avoir survécu à une attaque brutale, que j'aurais dû anticiper, pour être honnête, j'ai appris à faire preuve de prudence, quoi que j'entreprenne.

— Même quand il s'agit de grimper aux arbres ?

— En particulier dans ces cas-là, répondit-il avec un clin d'œil. Tout ce que je fais est le fruit d'un entraînement épuisant et de calculs méticuleux. Autrefois, je n'aurais écouté que mon impulsivité et ma confiance en mes capacités.

— C'est admirable.

Elle ne put s'empêcher de froncer les sourcils avant de poursuivre :

— Mais je suis sûre que tu n'es pas arrivé là où tu es maintenant en ne t'appuyant que sur ta détermination et ta ténacité. Tu dois encore te fier à ton instinct, de temps à autre.

— On croirait entendre Will, dit-il avec un petit rire. Oui, l'instinct entre souvent en jeu, surtout au combat. Mais si on n'écoute que lui, on peut rapidement devenir impétueux et commettre de dangereuses erreurs.

— Seulement, si on l'accompagne de ce fameux entraînement dont tu parles, d'une discipline de fer et d'une volonté inébranlable, rien ne peut nous arrêter. C'est bien cela ?

— Exactement.

— Pourtant, il me semble que l'escapade de ce soir tient plus d'une envie spontanée que d'autre chose…

— Je ne suis pas un saint, Gwen. Juste un homme. Un guerrier.

Il avait prononcé ces derniers mots dans un murmure, l'air soudain plus tendu. Son sourire se fit plus sensuel, comme une caresse qui la fit frémir de la tête aux pieds.

Elle leva les yeux sur lui et lut un désir brûlant, passionné, au fond de ses prunelles. Un désir qu'il semblait avoir du mal à cacher. C'était une émotion brute, primale, qui s'exprimait sans entraves – mais elle n'en eut pas peur. Pourquoi l'aurait-elle crainte ? Elle était avec Ralph. Un homme à la fois familier et profondément différent des souvenirs qu'elle gardait de lui. Un homme qui, parfois, lui donnait envie de choses qu'elle ne pouvait avoir… Seigneur, son cœur battait si vite qu'elle se demanda si elle n'allait pas s'évanouir !

— J'espère que tu n'as pas froid.

— Non, tout va très bien, murmura-t-elle en se détournant très vite.

Ralph ne parut pas l'entendre et se leva pour aller tirer une fine couverture de la sacoche encore attachée à la selle de Fortis. Il revint la lui draper autour des épaules, non sans l'effleurer de ses grandes mains chaudes.

— Au cas où, dit-il en guise d'explication.

— Merci.

Elle avait le souffle un peu court, et cela s'entendait. Il fallait à tout prix qu'elle brise cette tension inattendue entre eux.

— Il commence à faire un peu frais, en effet.

Elle se remit à manger en silence, essayant à la fois de reprendre le contrôle de ses émotions et de trouver quelque chose à dire… N'importe quoi.

Ralph sentait-il le trouble dans lequel elle était plongée ? Devinait-il la nature de ses sentiments pour lui ? Elle espérait que non ! Il n'aurait pas été sage d'attirer son attention sur cette faiblesse, et encore moins de la lui avouer franchement.

— J'ose croire que cette première victoire dans la mêlée va t'aider à te débarrasser des doutes que tu pouvais encore avoir au sujet de ton talent à l'épée.

— Penses-tu que cela a suffi ?

Il poussa un profond soupir.

— Si tu veux connaître toute la vérité, Gwen, je me sers plutôt de mes angoisses pour me renforcer, pour me pousser vers l'avant.

— Je ne comprends pas.

— Puisque je vis avec la certitude que je ne serai jamais assez bon, il ne me reste qu'une chose à faire pour ne pas baisser définitivement les armes : me servir de cette conviction pour redresser la balance à mon avantage.

Elle haussa un sourcil surpris.

— C'est une manière intéressante de voir les choses.

— Peut-être. C'est en tout cas la seule qui fonctionne avec moi. Soit je me bats *avec* le poids de mes doutes, soit je sombre dans la complaisance et me laisse vaincre sans lutter. Et cela, je ne peux me le permettre.

— En tout cas, quoi que tu fasses pour progresser, c'est efficace puisque tu gagnes !

— J’espère que cela va durer, chuchota-t-il.

Se rendait-il seulement compte de l’effet qu’il avait sur elle ?

Elle prit une profonde inspiration et se leva.

— Montre-moi, dit-elle fermement.

— De quoi parles-tu ? Que veux-tu que je te montre ?

— Euh… Eh bien…

Que répondre ? Elle avait l’impression d’avoir perdu la raison pendant un instant et ne savait absolument pas quoi lui dire. Elle lâcha donc les premiers mots qui lui vinrent à l’esprit.

— Montre-moi un mouvement de combat.

— Je te demande pardon ?

Ses lèvres frémirent, comme s’il faisait un effort pour étouffer son sourire.

Bien consciente que ce n’était qu’une distraction, un moyen de se soustraire au regard de braise de Ralph, elle s’entêta dans son idée.

— Tu es un excellent chevalier. Montre-moi un mouvement que tu pourrais être amené à utiliser pendant le tournoi.

— Tu veux apprendre à te battre maintenant ? En pleine nuit ?

— Je t’ai bien montré comment dessiner sur un parchemin, non ? répondit-elle en haussant les épaules d’un air faussement détendu. Je pense qu’il est grand temps que tu m’apprennes quelque chose à ton tour. La lune nous éclaire bien assez pour cela, n’est-ce pas ?

— C’est vrai. Comment refuser ?

Il se sourit et se campa face à elle.

— Voyons… Il va nous falloir deux longs bâtons en guise d’épées.

Elle s’éloigna de quelques pas et se mit à chercher autour d’elle, profitant de ce court répit pour tenter de calmer son cœur emballé.

— Gwen ?

Sans se retourner, elle se contenta d'un geste vague de la main pour le faire patienter.

— Accorde-moi quelques instants, s'il te plaît.

— Gwen, si tu voulais bien…

— Je suis certaine de dénicher deux bâtons par ici.

Elle s'éloigna de quelques pas supplémentaires.

— Gwenllian ?

Cette fois, elle ne prit même pas la peine de répondre. Alors qu'elle continuait à scruter le sol, une branche morte bien droite atterrit à ses pieds. Surprise, elle fit volte-face et vit Ralph brandir un second bâton semblable à celui qu'il venait de lui lancer.

— Bien joué, s'exclama-t-elle en se sentant un peu bête. Tu as trouvé !

Il lui adressa un grand sourire.

— Es-tu prête pour ta leçon ?

Il lui montra comment effectuer quelques attaques basiques – un exercice bien plus fatigant qu'elle ne l'aurait cru. Étrangement, les consignes de Ralph ne paraissaient pas correspondre aux mouvements qu'elle était censée reproduire. Était-elle trop concentrée sur ses lèvres, qui semblaient jeter un sortilège sur elle, l'attirer à lui ?

Assez !

Elle inspira et tenta une nouvelle fois de suivre ses gestes.

— Excuse-moi, dit-elle, gênée. Peux-tu répéter ce que tu viens de dire ?

— Bien sûr.

— Je ne pensais pas que ce serait aussi difficile…

— Ne t'en fais pas. Je suis sûr qu'une femme aussi talentueuse que toi peut réussir.

— J'en doute… Je n'arrive pas à mémoriser tes consignes ou à t'imiter comme il faudrait.

— Ne t'occupe pas des termes techniques, essaie juste de comprendre l'intention. Tu dois ne faire qu'un avec ton arme.

— J'ai toujours rêvé de ne faire qu'un avec… *un bâton*, gloussa-t-elle.

— Allons, allons, Gwen. Concentre-toi ! répliqua-t-il avec une pointe de sévérité. Écarte un peu plus tes pieds pour pouvoir bouger facilement dans n'importe quelle direction. Et essaie de rendre tes pas plus légers.

— Comme cela ?

Elle se redressa, les jambes solidement plantées dans le sol, à bonne distance l'une de l'autre.

Il acquiesça.

— Très bien. Maintenant, penche-toi un peu plus en avant et tiens ton épée devant toi, prête à frapper. Quand tu lanceras ton attaque, je veux te voir plonger vers moi, soit comme ceci…

Il donna un coup d'épée dans le vide.

— Pour entailler. Ou alors comme cela, la pointe en avant.

Il lui montra le second mouvement.

— On peut aussi préparer la riposte.

— La riposte ? répéta-t-elle en fronçant les sourcils. Qu'est-ce que ça veut dire ?

— C'est un mouvement défensif qui permet de déstabiliser l'adversaire, expliqua-t-il avec un sourire patient. Essaie de m'attaquer avec l'une des trois techniques que je viens de t'apprendre, et je te montrerai.

Serrant fermement la garde imaginaire de son bâton, elle se fendit, trancha, plongea, mais chacune de ses manœuvres fut contrée sans peine. Ralph changeait de posture, pliait le genou. Soudain, il s'élança en avant et frappa le bâton qu'elle tenait avec une telle force que celui-ci lui échappa.

— Voilà. On fait comme cela.

— C'est efficace.

— En effet. Mais ces mouvements peuvent être parés par une contre-riposte si l'adversaire est assez rapide. Il faut toujours se préparer à ce genre de chose.

— Je vois…

À vrai dire, elle ne comprenait pas aussi bien qu'elle l'aurait voulu.

— Il faut bien calculer la vitesse de chaque attaque pour qu'elle porte avec précision. Sans cela, on finit par s'agiter dans le vide sans jamais toucher son adversaire, on se fatigue pour rien et on se met en danger.

Ils commencèrent lentement à tourner, face à face.

— J'avoue que j'ai du mal à tout retenir.

— C'est normal.

Pour un homme aussi imposant, Ralph se déplaçait avec une surprenante rapidité et beaucoup de souplesse.

— On peut aussi se servir de feintes. Tu vois ? Je recule en te donnant l'impression que je suis déstabilisé, alors qu'il n'en est rien.

— Quel provocateur tu fais…

— C'est justement le but, Gwen.

Il bondit en arrière et, sans sa mise en garde, elle aurait en effet pu se laisser duper par son mouvement inattendu.

— Bien. Continue à frapper en variant les attaques pour que je puisse moins facilement anticiper tes mouvements.

— Comme cela ?

— Oui. Attention ! Je peux facilement te contrer et retourner la situation à mon avantage pour te forcer à battre en retraite.

Elle essaya d'appliquer ses consignes, mais il était beaucoup trop vif pour elle.

— Je dois reconnaître que c'est assez distrayant, finit-elle par dire.

— Veux-tu faire une pause ? demanda-t-il, une lueur malicieuse dans le regard.

Il s'arrêta sans attendre sa réponse et baissa son arme improvisée.

— Non ! cria-t-elle en se jetant sur lui dans l'espoir de le prendre de court.

Il devait s'être préparé à son mouvement maladroit. Après

un imperceptible sursaut de surprise, il l'évita sans peine et elle vit clairement l'approbation illuminer ses yeux.

— Très bien, dit-il. Puisque tu tiens à continuer…

— J'y tiens.

Ils reprirent leur mouvement en cercle, accélérant lentement. Gwen frappait de plus en plus vite, de plus en plus fort, et sentait son sang s'embraser dans ses veines.

— C'est excellent, commenta Ralph avant de reculer pour lui permettre de faire une fente. Néanmoins, il te manque encore une étincelle de volonté pour progresser.

Elle plissa les yeux, faisant de son mieux pour reproduire à l'identique les techniques qu'il lui avait enseignées.

— Parfait. Bien joué. Maintenant, essaie de te libérer de toute la tension que tu gardes sous clé, Gwen.

Seigneur, comment avait-il deviné ? Voyait-il clair dans son jeu au point de savoir que, depuis qu'elle avait remis les pieds dans cette région, elle portait plus que jamais le poids de son passé ?

— Oui, je veux voir sortir toutes les émotions négatives que tu enfermes d'habitude. Laisse-toi aller, Gwen. Ne te retiens pas.

Ses encouragements firent leur effet et réveillèrent une force qu'elle ne soupçonnait pas dans chacun de ses muscles. C'était une puissantc flamme venue du plus profond de son cœur. D'un seul coup, elle se mit à attaquer plus férocement, sans réfléchir.

Et c'était bon. C'était tellement… libérateur !

Ils poursuivirent leur étrange danse guerrière pendant quelques instants.

— Cette étincelle de volonté te convient-elle ?

— Oui, c'était parfait, répondit-il en souriant. Mais je pense qu'il est temps d'arrêter.

— Certainement pas ! Je viens tout juste de trouver mon rythme.

Elle se jeta en avant, sachant qu'elle risquait de perdre l'équilibre, mais quelle importance ?

— Gwen… Tu t'en sors très bien, mais il me semble que cela suffit pour ce soir.

— Non. J'ai enfin l'avantage.

— Oh ! Tu crois ?

Il soupira et lui montra d'une rapide parade à quel point elle se trompait.

— Oserai-je remarquer que ton regard a quelque chose de plus sauvage, d'un seul coup ? dit-il.

— Et alors ? C'est toi qui m'as dit de libérer mes émotions, non ?

— C'est vrai, admit-il avec un sourire. J'en assume la responsabilité, mais je pense tout de même que nous devrions arrêter.

— Non. Pas maintenant.

Une foule d'émotions étouffées demandait encore à s'exprimer. Elle n'en avait pas terminé. Une digue s'était brisée en elle, et elle ne pouvait plus contrôler le flot de rage qui s'en échappait.

— Voyons, Gwenllian, calme-toi.

Sans l'écouter, elle continua à frapper, encore et encore, enchaînant les attaques pour le repousser.

— Gwen, ça suffit !

Il secoua la tête et soupira.

— Il ne faut pas que tu laisses ta colère prendre le dessus.

— Est-ce par l'entraînement que tu es parvenu à maîtriser la tienne ? Cette impulsivité que tu avais autrefois ?

Il se défendait sans effort, et cela incita Gwen à frapper plus furieusement.

— J'ai dû apprendre à contenir mes émotions négatives, oui, dit-il. C'est le seul moyen de les empêcher de me nuire.

— Et tu as réussi ?

— J'y travaille encore.

— Quelle quête honorable…

Incapable de se retenir, elle s'élança vers lui de toutes ses forces.

— Gwen, reprit-il avec douceur. Arrête ça…

Non, elle ne voulait pas l'écouter. Toute cette rage, cette douleur, cette tristesse et ces peurs réprimées depuis tant d'années demandaient à sortir. Sa frustration devait se déverser quelque part, hors d'elle, pour la soulager enfin. Et cela marchait ! Elle continua ses efforts jusqu'à ce que la décision de cesser lui soit imposée.

Ralph l'esquiva une dernière fois sans peine et, d'un mouvement vif, souple, la fit trébucher. L'instant d'après, elle s'affalait sur lui en poussant un petit cri. Comment avait-il fait pour parvenir à heurter le sol à sa place et ainsi amortir sa chute ? Elle n'en avait aucune idée.

— Je suis désolé, Gwen, mais j'ai eu peur de finir assommé si je ne mettais pas très vite fin à cette leçon…

— Ce n'est pas juste ! Je n'arrive pas à croire que tu aies triché ! s'exclama-t-elle, le souffle court et les sourcils froncés. Tu sembles avoir appris beaucoup de choses, ces six dernières années.

En un éclair, il roula, l'entraînant avec lui pour finir étendu au-dessus d'elle.

Elle le vit sourire dans la pénombre.

— C'est vrai. Je me surprends moi-même, parfois.

Sans lui laisser le temps de comprendre ce qu'il voulait dire, il se pencha sur elle et pressa fiévreusement ses lèvres contre les siennes.

Chapitre 13

Ce n'était pas leur premier baiser, mais Ralph se montra si sûr de lui et si audacieux que cela aurait très bien pu être le cas. Ses lèvres étaient douces, sensuelles et chaudes. Elles se coulèrent contre celles de Gwen, épousant leur courbe avec plus de hardiesse que jamais auparavant. C'était comme une étrange et lente danse de séduction, si différente de leurs anciens baisers un peu enfantins. Comme s'il tentait en quelques secondes d'effacer les doutes qui la hantaient depuis des années. Il l'invitait à se montrer plus impétueuse aussi, à retrouver son courage d'autrefois. À nouer une nouvelle relation avec lui.

Il prolongea ce contact délicieux, la mettant au défi de lui rendre son baiser, de prendre un risque. Et elle le fit.

Elle eut soudain très envie de savourer cet instant le plus longtemps possible, de retrouver le contour familier de cette bouche et le plaisir langoureux que Ralph savait lui donner. Un gémissement lui échappa et il le happa du bout des lèvres, l'étouffa dans son propre grognement sauvage. Il passa une main derrière sa tête pour l'attirer à lui. Elle ne put s'empêcher d'entrouvrir la bouche et sursauta presque quand elle sentit sa langue sur la sienne. C'était brûlant, humide, si délicieux et gourmand à la fois…

Ce baiser n'avait rien à voir avec ce qu'elle avait connu auparavant. Il la dévorait, la consumait. Ce fut comme si le monde entier disparaissait autour d'elle. Peu à peu, leur étreinte devint plus charnelle, enivrante. Elle plongea les doigts dans les cheveux de Ralph pour le plaquer à elle. Il ne s'écarta qu'un peu, pour mordiller sa lèvre, l'effleurer du bout de la langue. Puis sa bouche, sa langue, ses dents se frayèrent un chemin dans le creux de son cou jusqu'à sa gorge. Son torse musclé pesait sur elle. Ses grandes mains exploraient ses courbes, descendant jusqu'à sa taille fine, puis ses hanches.

Soudain, il se figea. Ses baisers se firent plus timides, comme s'il craignait sa réaction. Elle le repoussa alors avec douceur pour l'écarter d'elle et ferma les yeux dans l'espoir d'apaiser le tumulte d'émotions qui faisait battre son cœur plus vite.

Ralph se redressa et s'assit à côté d'elle. Il soupira longuement. L'obscurité et le silence les entouraient. Ni Ralph ni elle n'osaient poser de mots sur ce qui venait de se passer, sur cette flamme qui s'était rallumée entre eux et qui les avait embrasés si vite. Être à ce point sensible aux plaisirs charnels était à la fois choquant et troublant. Elle avait pourtant renoncé à ces délices depuis longtemps. L'amour n'était pas pour elle.

Seigneur ! Elle avait même choisi le chemin opposé et ne devait pas l'oublier ! Il était hors de question qu'elle succombe maintenant à la tentation de la chair.

Au bout d'un moment, la voix posée de Ralph vint la tirer de ses réflexions affolées.

— Veux-tu que nous rentrions ?

Mordant sa lèvre qui conservait le goût de la bouche de Ralph, elle se tourna vers lui. Après s'être accordé encore quelques instants pour savourer ce souvenir, elle secoua la tête.

— Pouvons-nous rester encore un moment ? demanda-t-elle en faisant de son mieux pour calmer sa respiration. C'est une belle nuit, et je n'ai pas vraiment envie de retrouver… tout ce qui m'attend au château.

— D'accord.

Allongée sur la couverture, elle contempla le ciel. La lumière argentée de la lune nimbait ce qui les entourait d'une lueur irréelle. Oh oui, elle avait besoin de s'imprégner de cette magie le plus longtemps possible. Il aurait été trop facile de rentrer en courant s'enfermer dans sa chambre et de faire comme si cette escapade avec Ralph n'avait eu aucune importance pour elle. Mais, au fond d'elle, elle aurait été incapable de nier que leurs baisers si soudains, si sensuels l'avaient troublée.

Cela avait été bien plus qu'un simple moment de faiblesse.

Tout son être brûlait encore, avide d'autres caresses. Hélas ! C'était impossible. Elle n'aurait jamais dû se laisser entraîner sur ce sentier et se laisser séduire par un aperçu de quelque chose qui leur était désormais interdit. C'était injuste, pour eux deux. Elle était peut-être décidée à s'offrir un nouveau départ, mais ce n'était pas celui auquel Ralph songeait manifestement. D'un autre côté, une part d'elle rechignait à quitter cet endroit et à aller reprendre le chemin solitaire qu'elle s'était tracé.

Ralph poussa un profond soupir et s'allongea près de Gwen, la tête contre la sienne. Devait-il s'excuser ? Elle venait de se réfugier une fois de plus derrière le mur qu'elle avait dressé entre elle et le monde. Comment la pousser à s'ouvrir à lui ? Il avait cru percer ses défenses en l'embrassant. Malheureusement, cela n'avait pas duré.

Il n'aurait probablement pas dû céder à son désir, mais il avait été incapable de résister en la voyant allongée sous lui, avec cette expression indignée. Il avait éprouvé le besoin d'effacer ces rides de son front et l'embrasser avait été le meilleur moyen qu'il avait trouvé. D'ailleurs, il avait bien senti, dans sa réaction, la même fièvre que celle qui embrasait son propre corps. Elle avait accueilli ses baisers, les lui avait rendus avec tant d'ardeur et de passion qu'il avait dû s'écarter de lui-même, pour lui laisser une chance de reprendre ses esprits. Sans cela, ils auraient sans doute fini par basculer dans un dangereux précipice, sans retour possible. Il ne voulait pas la contraindre à faire quoi que ce soit, surtout après avoir été absent de sa vie pendant si longtemps.

Alors qu'il ouvrait la bouche, prêt à prononcer les paroles qu'il jugeait nécessaires, la main de Gwen trouva soudain la sienne dans la pénombre et ses doigts se resserrèrent sur les siens, comme pour le rassurer.

— Je t'en prie, ne dis rien, murmura-t-elle. Ne parle pas de ce qui vient de se passer.

— Très bien.

Hélas, s'il ne pouvait en parler, comment pourrait-il dissiper cette gêne entre eux ? Tout son être, corps et âme, vibrait encore de désir inassouvi. Il avait envie d'elle comme jamais auparavant. Il avait besoin de la savoir à ses côtés, dans son lit, d'être *avec elle*…

Bon sang !

Il n'avait malheureusement pas d'autre choix que rester allongé en silence près d'elle, au cœur de la nuit, sa main jointe à la sienne tandis qu'il faisait tout son possible pour étouffer ses pensées malvenues.

— Tu sais, reprit-elle finalement à mi-voix, cela fait bien longtemps que je n'avais pas contemplé le ciel nocturne.

— Et que vois-tu ? chuchota-t-il.

— Un immense vide sans fin.

Il ne put retenir un petit sourire.

— Quel sens de l'observation… Je suis impressionné.

— J'espère que tu n'es pas en train de te moquer de moi, Ralph de Kinnerton.

— Loin de là. J'admire ton évocation lyrique de la lune, des étoiles et de la poésie du soir.

— Voulais-tu juste connaître mes pensées pour pouvoir les tourner en dérision ? Tu devrais avoir honte !

— Non, ce n'est qu'une gentille plaisanterie, je te le jure.

Il porta la main à ses lèvres et elle secoua la tête en souriant.

— Je crois que tu avais raison, tout à l'heure, quand tu parlais de notre insignifiance, surtout face à tant de merveilles.

— Mais je l'ai fait en regardant le vide au-dessous de moi depuis le sommet d'un arbre, pas en levant les yeux vers les étoiles. Je pensais surtout à l'immensité de la tâche qu'il me reste à accomplir.

Il soupira.

— Je parlais de l'ampleur de mes soucis terrestres, rationnels. Je ne me perdais pas dans des réflexions d'ordre divin, Gwen.

S'il y avait un moment idéal pour l'inciter à lui parler enfin, c'était maintenant. Il avait besoin qu'elle lui apprenne tout ce qui lui échappait encore, de comprendre réellement qui était Gwenllian ferch Hywel. Pourquoi tenait-elle tant à prendre le voile, par exemple ? Oui, c'était l'instant rêvé. Elle pourrait lui ouvrir son cœur, lui expliquer ses choix avec la même passion et les mêmes mots qu'elle avait employés quelques jours plus tôt pour lui décrire son travail d'enluminure.

Accepterait-elle ?

Il en doutait. La passion dont elle avait fait preuve en évoquant son art, dans lequel elle laissait toujours un peu d'elle, ou en l'embrassant provenait d'inclinations profanes.

Rien, absolument rien dans son comportement ne trahissait l'envie de se consacrer à Dieu – pourtant, n'était-ce pas nécessaire pour entrer au couvent ? Il avait beau essayer, il ne parvenait pas à l'imaginer prononçant ses vœux, renonçant à tout jamais aux plaisirs du monde pour se consacrer à la prière jusqu'à la fin de ses jours.

D'un autre côté, le problème venait peut-être de *lui* et de ses difficultés à accepter qu'elle veuille ainsi mener une vie de pieuse recluse. Il n'arrivait tout simplement pas à admettre cela. Le ciel nocturne était peut-être sans fin, comme elle l'avait dit, mais une chose était sûre : le temps qu'ils avaient encore à passer ensemble serait bientôt écoulé.

Il se tut donc, contemplant avec elle ces fichues étoiles, hanté par tout ce qui s'était passé ce soir. Il tenta de trouver un peu de paix et de calme dans ce spectacle, après l'épreuve épuisante de la mêlée, la leçon improvisée qu'il avait donnée à Gwen… et leurs baisers si fiévreux.

Oh ! comme il avait envie de l'embrasser de nouveau ! Tout son corps se tendait vers elle.

Il aurait dû être serein, savourer cet instant passé à ses côtés, sa main dans la sienne. Au lieu de cela, son esprit fourmillait de questions. Il s'était rarement senti aussi agité.

— Gwen ?

Il tourna la tête pour la contempler.

— Pourquoi ne m'as-tu pas accompagné, quand j'ai dû fuir Kinnerton ? Pourquoi es-tu restée en arrière ?

De toute évidence mal à l'aise, elle déglutit avec peine.

— Je… Je te l'ai expliqué, ce soir-là. Non ?

Il vit l'anxiété assombrir son regard et eut soudain envie de la secouer jusqu'à ce qu'elle lui donne une réponse sincère, mais se retint. Il parvint même à garder une voix posée.

— Je dois admettre que je n'ai jamais compris ton raisonnement. Ni à l'époque, ni maintenant.

Elle s'assit d'un seul coup et voulut retirer sa main de la sienne mais il la retint. Il ne voulait pas la laisser se réfugier de nouveau sous son masque et éviter ses questions. Dès l'instant où il l'avait revue, où il lui avait parlé, il avait eu besoin de savoir.

Pourquoi ne s'était-elle pas échappée avec lui ? Malgré les années qui avaient passé, cette question le troublait toujours autant.

Il se souvenait parfaitement de tout ce qu'il avait ressenti, quand il avait été contraint de quitter son foyer pour se cacher dans les bois, près du château. Il était parti avec quelques hommes pour récupérer la dépouille de son père, et son cousin en avait profité pour s'emparer de ses terres. Il s'était servi de la mort de son seigneur, parti plaider son innocence face à ceux qui l'accusaient de trahison. Quand Ralph était enfin revenu, la demeure de sa famille et tout le domaine dont il aurait dû hériter étaient déjà perdus. Non sans mal, il avait réussi à faire passer un message à Gwen, lui demandant de le rejoindre dans la forêt. En la voyant arriver saine et sauve, il avait été envahi par un immense soulagement. Puis tout s'était écroulé autour de lui lorsqu'elle avait annoncé qu'elle ne fuirait pas avec lui.

Alors qu'il souffrait déjà de son deuil et de la trahison de son cousin, il avait cru tout ce qu'elle lui avait dit. Il était parti seul. Pendant six ans, il n'avait connu qu'amertume, colère et rancune vis-à-vis de tout le monde, y compris la femme à présent assise près de lui.

Mais quand il l'avait revue au début du tournoi, tout avait changé. Il n'était plus certain d'avoir compris ce qui s'était passé lors de leur séparation. Il avait appris certaines choses qu'il ignorait auparavant. Par exemple, que Gwen n'avait pas prétexté son sens du devoir pour cacher une ambition froide. Elle ne tenait pas à devenir Lady Kinnerton en épousant le premier venu, contrairement à ce qu'il avait cru. Contrairement à ce qu'*elle* lui avait affirmé cette nuit-là.

Maintenant, il en savait davantage. Gwen avait eu d'autres raisons de refuser de le suivre dans un exil qui était censé le protéger. Et elle semblait bien décidée à lui cacher la vérité, comme elle l'avait fait à l'époque. Une fois de plus, il songea qu'il ne comprenait pas ce qui la poussait à se taire avec tant d'obstination. La prise du château l'avait mise en danger autant que lui mais, quand Tom lui avait posé la question pour lui dans la grande salle, elle avait prétendu avoir couru ce risque pour le protéger, *lui*.

Le premier jour, en la découvrant dans la tribune royale, il avait été bouleversé. Il n'avait d'abord pas voulu l'aborder, puis il avait tenu à garder ses distances, à tel point qu'il n'avait pas immédiatement pris en compte ses aveux au banquet.

Déterminé à faire croire qu'il restait indifférent, il n'avait pas pris le temps de réfléchir à ce qu'elle avait dit. Puis, alors qu'il retrouvait peu à peu leur ancienne amitié, il avait ressenti le besoin d'obtenir enfin une réponse aux questions qui le taraudaient.

— Dis-moi, Gwen. De qui voulais-tu me protéger ?

Il la vit pâlir et elle se tourna lentement vers lui.

— Je... Je ne comprends pas ce que tu veux dire.

— Tu as dit à Tom que tu étais restée en arrière pour me protéger. Tu te souviens ?

Bien sûr qu'elle s'en souvenait. Cela se voyait dans son regard.

— Quelle importance, maintenant ?

— J'ai besoin de comprendre, c'est tout, murmura-t-il en lui caressant la joue du bout des doigts. Comme je te l'ai dit, je n'ai jamais saisi la raison qui t'empêchait de fuir avec moi. Et quand tu as expliqué à mon ami que c'était pour me sauver... Tu peux sans doute imaginer à quel point j'ai été mortifié d'entendre cela. J'aimerais savoir de qui ou de quoi tu voulais me protéger, à l'époque. Et pourquoi tu n'as pas pu me le dire quand nous nous sommes quittés.

— Pourquoi me poser toutes ces questions ce soir ?

— Je ne cherche pas à te mettre dans l'embarras, assura-t-il. Mais rappelle-toi que nous n'avons jamais parlé de cela : je suis aussi perdu maintenant qu'il y a six ans.

— Cela vaut sans doute mieux, crois-moi. Je ne veux pas gâcher une aussi belle soirée en parlant de choses si sombres.

Non, il ne pouvait pas renoncer. Pas après avoir enfin trouvé le courage d'aborder le sujet avec elle.

— Était-ce mon cousin ? Essayais-tu de dresser une barrière entre Stephen et moi ?

Un petit hoquet lui échappa quand elle entendit le nom du traître, et il vit sa mâchoire se crisper.

Cette fois, elle retira vivement sa main de la sienne sans lui laisser le temps de réagir et se leva pour aller rejoindre Fortis.

— Je n'arrive pas à croire que tu aies pu salir cette nuit si douce en prononçant son nom.

Il la suivit et la retint doucement par le bras.

— Comment, Gwen ? Comment aurais-tu pu me défendre contre lui ?

Une part de lui devinait que sa réticence à répondre avait quelque chose à voir avec Stephen. Son cœur se serra à cette pensée.

Après une longue hésitation, elle se tourna lentement vers lui et finit par parler.

— Il m'a promis de te laisser partir en paix si je restais avec lui à Kinnerton, dit-elle dans un souffle.

Il la dévisagea un moment, tentant de lire dans ses yeux le véritable sens de ces paroles. De comprendre enfin les événements qui s'étaient déroulés six ans plus tôt.

— Comment l'as-tu obligé à tenir parole ?

Elle baissa la tête sans répondre.

— Gwen ?

Quand son regard se posa de nouveau sur lui, il était plus hanté que jamais.

— Je… J'ai promis de l'épouser.

Il ne put cacher sa surprise.

— Pourtant, tu ne l'as pas fait.

— Non, je ne l'ai pas fait, lâcha-t-elle entre ses dents. J'ai réussi à m'enfuir avant qu'il me contraigne à remplir ma part du marché et j'ai obtenu la protection de la Couronne, qui cherchait à mettre la main sur mes terres.

— Je vois.

Malgré ces explications, une chose le perturbait encore. Il sentait qu'elle ne lui avait pas tout dit : il manquait encore une pièce pour lui permettre enfin de voir le tableau reconstitué.

Elle recula d'un pas et prit une inspiration un peu tremblante.

— Pouvons-nous rentrer, maintenant ? Je crois que cette escapade finit par me fatiguer. Je crains d'avoir eu raison quand je t'ai dit que j'avais perdu mon goût pour l'aventure.

Chapitre 14

Fasciné par sa belle teinte rouge, Ralph fit tourner le vin au fond de sa coupe avant de la vider d'une traite. Malheureusement, le breuvage n'eut pas le goût auquel il s'attendait mais coula, presque aigre, sur sa langue.

— Ne crois-tu pas que tu as assez bu pour cette nuit, mon ami ?

Tom se redressa en bâillant sur sa couchette et se passa la main dans les cheveux. Ralph se sentit un peu coupable de l'avoir réveillé en s'agitant sous leur tente.

— Rendors-toi, Tom.

— Quel est le problème ? Tu as été morose et de mauvaise humeur toute la journée.

— Ce n'est rien, marmonna-t-il en se resservant du vin. Est-ce un nouveau tonneau ?

Il se moquait de la réponse. Tout ce qu'il voulait, c'était changer de sujet.

— Je ne sais pas.

— Tiens, goûte-le.

— Non merci, répondit Tom en se massant les tempes, les yeux encore embués de sommeil. J'ai bien assez festoyé ce soir, au château. Quant à toi, tu devrais peut-être essayer de te reposer avant la mêlée à cheval de demain !

— Tu as bien raison.

Ralph soupira, but une longue gorgée et s'essuya la bouche d'un revers de main.

— Tu es un bon ami, Tom. Le sais-tu ? Je ne te mérite pas.

Thomas secoua la tête.

— Que tu le mérites ou non, Ralph, sache que je serai toujours à tes côtés. Surtout après... tout ce que tu as fait pour moi à Poitiers.

— Ce n'était rien, et la dette que tu penses avoir envers moi est payée depuis bien longtemps.

— Bon Dieu, Ralph, j'espère au moins que tu n'es pas inquiet à cause de l'entraînement d'aujourd'hui ! Crois-moi, une fois que tu entreras dans la lice, je sais que tu sauras éblouir tout le monde à grands coups d'épée.

— Éblouir, hein ?

Ralph se fendit d'un sourire mal assuré.

— Tu me comprends, répliqua Tom. Dis-moi, est-ce que ta mauvaise humeur serait par hasard liée à Lady Gwenllian ? J'ai bien remarqué son absence au banquet, ce soir.

En fait, Ralph ne l'avait pas revue depuis leur promenade de la veille. Tout avait tellement bien commencé, quand elle avait accepté de se lancer avec lui dans une escapade au clair de lune... Ils avaient chevauché un bon moment ensemble, s'étaient entraînés au combat avec des bâtons, s'étaient embrassés jusqu'à avoir le souffle court, puis avaient parlé à cœur ouvert en contemplant les étoiles. Mais leur sortie s'était terminée dans un malaise insoutenable. Ils étaient rentrés au château en silence, séparés par un infranchissable gouffre.

Depuis, Gwen semblait déterminée à l'éviter. De toute évidence, en dépit de son affection pour lui, elle lui signifiait clairement qu'il ne se passait plus rien entre eux. Rien d'autre, en tout cas, que ce à quoi il s'était engagé, à savoir l'escorter jusqu'au couvent pour lui permettre de prononcer ses vœux. Respectant sa volonté, il ne l'avait pas cherchée et n'était pas retourné sous la fenêtre de sa chambre. Elle lui avait bien fait comprendre que ses sentiments pour elle la perturbaient... Mais il y avait aussi autre chose. Une chose plus dérangeante encore, lui semblait-il, concernant le silence obstiné qu'elle gardait sur le passé et les événements de leur dernière nuit, six ans plus tôt.

— S'agissant de Gwen, je me sens comme un aveugle errant dans l'obscurité, admit-il en soupirant. Tout ce que je sais, c'est que le problème vient de mon cousin.

— C'est évident. Tu as bien vu son comportement, le soir où elle a accepté de me parler dans la grande salle.

— Il n'y a pas que cela. Je n'arrive simplement pas à comprendre ce qui se passe entre eux.

— Quoi que ce soit, ne crois-tu pas que ces questions peuvent attendre la fin de l'épreuve de demain ?

— Oui, cela peut attendre.

Ralph acheva sa coupe et grimaça. Ce vin était réellement amer ! D'un autre côté, tout semblait avoir ce goût-là, aujourd'hui.

À la fin de la nuit précédant la mêlée à cheval, le temps changea et les conditions devinrent vite désastreuses. La pluie s'abattait si fort sur la campagne que la visibilité risquait d'être un réel problème pour les chevaliers participant à l'épreuve. Non seulement le ciel ne semblait pas décidé à se dégager, mais un brouillard monta des champs détrempés dès le petit jour, jetant son écran opaque et pâle sur tout le paysage.

L'endroit paraissait si différent de celui que Ralph et Gwen avaient exploré de nuit, deux jours plus tôt, sous un firmament illuminé et piqueté d'étoiles ! En approchant du terrain, il ne la vit toujours pas. Mais qui pourrait lui en vouloir de chercher à se protéger d'une telle pluie ?

Très vite, l'agacement le gagna et il sentit son sang battre de plus en plus vite à ses tempes. Il fallait à tout prix qu'il se concentre sur les raisons de son retour : remporter la récompense de ce satané tournoi pour tenter de récupérer Kinnerton. Ce n'était pas le moment de penser à Gwen ou à leur dernière conversation. Mais c'était plus facile à dire qu'à faire, dans ce déluge qui menaçait de transformer le pré en bourbier et de les engloutir.

Seigneur, quel cauchemar...

Il poussa un soupir frustré sous son heaume. De là où il était, il ne voyait presque plus rien. La boue était si épaisse que Fortis peinait à avancer. En cet instant, cet animal était plus fiable et plus calme que son maître, Aussi étrange que cela puisse paraître, le temps déplorable semblait être le cadet de ses soucis.

Ralph cilla à plusieurs reprises, puis écarquilla les yeux pour tenter d'avoir une vue plus claire du terrain, mais son champ de vision se brouillait de plus en plus et il n'était pas certain que ce soit uniquement à cause de la pluie. Son environnement devenait plus flou et son estomac se contractait douloureusement. S'appuyant sur l'encolure de Fortis, il se pencha en avant dans l'espoir de trouver une position un peu plus confortable. En vain.

Il ne se sentait pas bien. Tout avait commencé pendant la nuit. Il avait passé des heures à s'agiter sur sa couchette, incapable de trouver le sommeil. Sûr qu'il ne s'agissait que d'une bouffée d'angoisse consécutive à son entraînement peu satisfaisant de la veille, il n'avait parlé de ses symptômes à personne. Il avait espéré que le mal s'en irait comme il était venu et l'avait ignoré. Or, les choses n'avaient fait qu'empirer depuis. Plus la journée s'étirait, pire cela devenait...

Il vacilla un instant sur sa selle. Soudain, il aperçut du coin de l'œil un chevalier qui le chargeait, l'épée au poing. Son cœur s'emballa. Il voulut lever son arme pour parer l'attaque, mais son épée, sur laquelle il avait déjà si souvent compté, lui parut peser comme une pierre au bout de son bras.

Que lui arrivait-il ? Quel imbécile ! Avait-il donc bu au point de perdre toutes ses facultés ? Non, certainement pas.

Son adversaire fondit sur lui et attaqua de toutes ses forces. Par miracle, Ralph parvint à le contrer. Le chevalier qui lui faisait face se dédoubla, devint même triple, et tenta de le désarçonner, mais Ralph tint bon. Pour l'instant, en tout cas.

Que le ciel le damne, il n'allait pas résister longtemps, à ce rythme-là ! Il para une nouvelle attaque, dans un fracas métallique et des gerbes de boue. Son adversaire sans pitié revint à la charge, encore et encore, mais Ralph sut se défendre. Bientôt, il perçut une faille et s'élança pour porter son premier coup.

Fortis parvint à bondir en dépit de la boue qui le ralentissait et lui permit d'échapper à une contre-attaque vicieuse. Le répit fut toutefois trop bref.

Ralph faillit glisser de sa selle et ne sut même pas comment il parvint à ne pas tomber. Son corps échappait à son contrôle et se balançait mollement d'avant en arrière.

Un coup inattendu le frappa subitement sur sa droite avec une telle violence que, cette fois, il fut éjecté de sa selle et se serait sans doute blessé si la boue n'avait pas amorti sa chute. Il se releva, paniqué, et fit quelques pas mal assurés. Il chercha un instant son cheval, mais le chaos était tel qu'il ne put le voir.

Oh ! Seigneur... Seigneur... Où es-tu, Fortis ?

Il ne pouvait se permettre de perdre son précieux compagnon. Fortis ! Où était-il ?

On avait pu se saisir de lui dans la confusion générale ou, pire, le blesser ! Désespéré, il regarda dans toutes les directions.

— Fortis ? murmura-t-il, la gorge trop nouée pour crier. Où te caches-tu, garçon ?

Le cheval resta hors de vue.

Ses bottes restaient prises dans une pesante gangue d'argile qui l'empêchait d'avancer. Il commençait à avoir du mal à respirer et se mit à trembler violemment en sentant ses forces le quitter. Il avait l'impression d'être retenu par une main invisible, ferme et mortelle.

Sentant instinctivement quelqu'un arriver derrière lui, il fit volte-face. Pas assez vite, cependant. Un coup brutal l'atteignit dans le dos, et un autre en plein ventre. Son haubert de mailles absorba le choc, mais pas assez. Pas vraiment assez.

On le poussa une nouvelle fois au sol et quelque chose de dur le frappa plusieurs fois sans relâche. Il raffermit sa prise sur son épée et se redressa une fois de plus, à genoux. Alors qu'il allait parvenir à se lever, une arme le heurta avec une violence inouïe qui l'envoya s'affaler au sol. Cette fois, il n'eut plus la force de bouger. Le souffle court, il haletait, cherchant à reprendre sa respiration. Il ne voyait plus que l'étoffe verte que Gwen lui avait offerte, voletant dans les bourrasques. Il tendit la main pour l'attraper, mais elle restait hors de portée. Un pied chaussé d'une lourde botte la piétina férocement, l'enfonçant dans la boue.

Puis une voix très proche lâcha :

— Ceci n'est qu'un avertissement, Lovent ! Pour l'instant…

Ralph ne pouvait voir qui parlait ; l'ombre envahissait tout.

— Restez à l'écart de Gwenllian ferch Hywel. La prochaine fois que je vous verrai parler à ma fiancée, je vous tuerai.

Une nouvelle série de coups s'abattit sur la tête et dans le ventre de Ralph. Il essaya d'échapper à ses agresseurs, mais un violent choc sur son heaume le rejeta en arrière. Allait-il mourir ?

L'air avait de plus en plus de mal à atteindre ses poumons et un goût âcre, fétide envahissait sa bouche. Il voulut se lever une nouvelle fois mais fut incapable de bouger un muscle.

Au loin, quelques voix étouffées résonnèrent encore un instant, puis l'obscurité envahit tout.

Dans une sorte d'état second, Ralph était couvert d'une sueur poisseuse. Sa peau était comme agressée en permanence par des milliers d'aiguilles. Agité, incapable de prendre le moindre repos, il avait l'impression d'être frappé par la peste. Si seulement il pouvait dormir… Il aurait aimé pouvoir s'abandonner et sombrer dans un sommeil éternel, mais une part de sa conscience tourmentée lui rappelait qu'il avait encore une chose à faire. Laquelle ?

Sa bouche était aussi sèche que de l'étoupe. Une douleur bien plus violente que tout ce qu'il avait connu lui vrillait le crâne.

Un cri déchirant le fit sursauter et il ouvrit les yeux, persuadé que quelqu'un souffrait là, tout près de lui. Ou avait-il crié sans s'en apercevoir ?

Gwen ? Était-elle ici aussi, perdue avec lui dans l'obscurité ?

« Je devais te protéger, Ralph. »

C'était bien sa voix.

« Non… Ne me protège pas. Viens avec moi. Je te promets de veiller sur toi. Tu seras en sécurité.

— Je devais le faire.

— Que devais-tu faire ?

— Je devais te protéger… C'était la seule solution. »

Ces paroles flottaient autour de lui, accompagnées par une atroce nausée. Il avait l'impression qu'on venait de le frapper dans le bas-ventre.

« Non !

— Il le fallait.

— Par pitié, arrête ! Arrête… »

La voix répéta, comme une ritournelle entêtante :

« Je devais le faire.

— Mais à quel prix ?

— Il fallait que je te protège. »

Ralph émergea avec l'impression qu'on l'avait frappé à la tête à l'aide d'une enclume. Plusieurs fois. La douleur s'atténua quelque peu lorsque quelque chose de froid, d'humide, fut délicatement posé sur son front, ses paupières et le sommet de son crâne. Une main – une main de femme, devina-t-il – caressait ses cheveux d'un geste presque maternel. La compresse humide fut déplacée et parcourut son torse avec douceur, détendant sur son passage ses muscles endoloris.

« *Gorffwys dy ben blinedig, o farchog dewr...* »

La voix qui chantait, tout près de lui, était agréable, mélodieuse. Les paroles mentionnaient un brave chevalier – ce qu'il n'était assurément pas – qui revenait épuisé de la guerre. Épuisé, il l'était, oui. Il sentait la fatigue jusque dans ses os.

« *Cysgu fy nghariad...* »

« Dors, mon amour ? » Rêvait-il d'une amante disparue dans les limbes d'un monde de fables, de brumes et de dragons mythiques ? Devait-il abattre ces monstres pour la sauver ? Non, cela n'avait aucun sens.

Où était-il donc ? Il se souvenait vaguement d'avoir été traîné loin du déchaînement de violence de la mêlée, après avoir été désarçonné et sauvagement battu. On l'avait ensuite forcé à purger son corps d'une bile putride, écœurante. La douleur des nausées et de son estomac se révulsant était, elle, plus nette dans son esprit. Il avait presque eu l'impression qu'on l'éventrait.

Il voulut tourner un peu la tête, mais son crâne était encore trop lourd pour bouger comme il le voulait. Il essaya d'ouvrir les yeux en gémissant.

— Repose-toi, Ralph, murmura une voix calme, réconfortante.

La voix d'une femme qu'il n'aurait jamais cru trouver à son chevet après la manière dont s'était achevée leur dernière rencontre.

— Gwen ? Où... Où suis-je ?

Oh ! qu'il avait la bouche sèche !

— Dans la tente que tu partages avec Sir Thomas, répondit-elle.

— La mêlée. J'ai... On m'a tendu un piège et j'ai...

Sa voix n'était qu'un faible murmure.

— Chut ! Tu es en sécurité, maintenant. Les seigneurs Tallany et Clancey sont venus à ton secours pour te tirer de ce pré boueux. On a même dû empêcher Sir Thomas de les accompagner.

— Tom ?

Il essaya une fois de plus d'ouvrir les yeux.

— Est-il ici ?

— Non, mais il reviendra vite.

Elle reposa le tissu humide sur son front.

— Dors, à présent.

Avec un soupir, il abandonna toute velléité de se redresser, et sombra enfin dans un profond sommeil.

Gwen avait veillé au chevet de Ralph depuis le moment où son seigneur l'avait tiré de cet atroce champ de bataille. Elle n'arrivait pas à croire que son ami avait failli mourir de la main de bandits sans scrupule qui faisaient honte à toute la chevalerie. C'était une chance que William ait été averti de ce qui se passait et qu'il ait réagi aussi rapidement. Sans son intervention, cette journée aurait pu se terminer d'une tout autre manière…

Ralph n'était pas simplement tombé dans une embuscade. On lui avait aussi fait absorber quelque chose qui l'avait affaibli – un poison. La suite des événements avait sombré dans la confusion. Lord et Lady Clancey, soutenus par Lord et Lady Tallany, avaient déposé une plainte auprès du roi pour dénoncer ce qui avait eu lieu pendant la mêlée et demander réparation. Hélas ! À cause du mauvais temps, personne n'avait pu témoigner de ce qui s'était réellement passé sur le terrain, et nul n'avait de preuve tangible d'une tricherie.

Or, Gwen ne connaissait qu'un homme capable de violer ainsi le code de la chevalerie – et susceptible de recommencer si nécessaire : Stephen Le Gros. Bien évidemment, elle ne pouvait pas le prouver, mais elle savait qu'il était le seul ici présent qui soit prêt à s'abaisser à ce point pour parvenir à ses fins. Ne l'avait-il pas mise en garde ? N'avait-il pas déjà à plusieurs reprises fait preuve d'une jalousie brutale vis-à-vis d'elle ?

Dieu seul savait de quoi il aurait été capable si, au cours de la mêlée, il avait découvert que Ralph se cachait sous les armoiries de Thomas Lovent.

À moins qu'il sache déjà que son cousin vivait encore... Non, elle ne le croyait pas. C'était impossible. S'il avait appris la vérité, il l'aurait déjà clamé haut et fort.

Son regard se posa sur Ralph endormi sur sa couchette. Elle regarda un long moment son torse se soulever au rythme à présent paisible de sa respiration.

Il venait de passer trois jours et deux nuits rongé par la fièvre, sans vraiment reprendre conscience. Il ignorait encore tout des entrevues discrètes que Lord Tallany et Lord Clancey avaient eues avec les comtes de Chester et de Hereford ainsi que des négociations qu'ils avaient entamées avec le jeune roi Henry – sans succès jusqu'à présent. Ils avaient demandé que la mêlée soit invalidée suite à une violation du code du tournoi et n'avaient essuyé que des refus.

Ce délai avait au moins permis à Ralph de reprendre quelques forces, surtout après avoir purgé le poison de son estomac grâce à une potion de Lady Isabel. Il était encore faible, certes, mais il avait survécu. Grâce au ciel.

— Gwen ? marmonna-t-il en remuant un peu sous les couvertures. Es-tu encore là ?

— Oui, Ralph.

Soulagée de le voir s'éveiller enfin, elle ne le quittait pas des yeux.

— Où veux-tu que je sois ? reprit-elle en souriant.

— Où est Tom ?

Sa voix n'était toujours qu'un murmure.

— Il se cache dans une autre tente de Lord Clancey, puisque tout le monde est convaincu que c'est lui qui est en convalescence. Ne t'en fais pas, il reviendra te voir dès qu'il le pourra.

— Je comprends. Depuis combien de temps suis-je là ? Et où est mon cheval ? Qu'est-il arrivé à Fortis ?

— Calme-toi, Ralph. Tu es resté inconscient pendant trois jours et deux nuits. Quant à Fortis… J'ai bien peur qu'il ait été gardé en paiement pour rembourser les pertes pendant la mêlée.

— Gardé par qui ?

Il s'appuya lourdement au cadre de la couchette pour s'asseoir.

— Oh non… Pas Fortis… Tout est perdu, alors.

— Non, Ralph.

Elle posa la main sur son bras pour l'apaiser.

— Pendant que nous parlons, les Lords Clancey et Tallany s'entretiennent en ton nom avec le conseil.

— Il faut que je me lève !

Il voulut joindre le geste à la parole, mais Gwen le retint.

— Il faut que…

— Tu n'as rien d'autre à faire que te soigner et reprendre des forces, dit-elle avec fermeté.

Ralph écarta néanmoins sa main de son bras.

— Je vais beaucoup mieux, comme tu peux le voir.

— J'en suis certaine, mais tu as tout de même besoin de repos, Ralph. Les problèmes attendront.

Elle lui caressa tendrement le front, repoussant quelques mèches sombres, puis passa les doigts sur les cicatrices qui recouvraient une moitié de son visage.

Il était incroyable de penser à tout ce qu'il avait subi ces jours-ci et depuis six ans, à cause d'hommes cruels bien décidés à le détruire. Le courage et la ténacité de Ralph ne cessaient de l'impressionner, même si ses dures épreuves lui rappelaient aussi à quel point l'existence peut être fragile. Alors qu'elle venait tout juste d'apprendre qu'il était encore en vie, elle avait failli le perdre une nouvelle fois… Elle préférait d'ailleurs ne pas trop y penser.

Un soupir lui échappa.

— As-tu besoin de quelque chose ?

— Un peu d'eau, s'il te plaît, répondit-il en se laissant retomber sur ses oreillers.

Chapitre 15

Le lendemain, juste après matines, Gwen prit de nouveau la route du campement de Clancey pour veiller sur Ralph. Tout en cheminant, elle pria pour qu'il guérisse vite. À sa grande surprise, elle découvrit qu'il n'était plus sous la tente. Elle n'y trouva que Thomas Lovent, qui l'informa que Ralph se sentait beaucoup mieux et qu'il était descendu jusqu'à la petite rivière pour se laver.

Avec un petit sourire entendu, Sir Thomas lui proposa d'attendre sous la tente, mais elle refusa, préférant retourner au château. Cependant, à la sortie du camp, ses pas la conduisirent presque malgré elle dans une direction différente, à l'opposé des remparts de Pulverbatch.

Elle se retrouva bientôt sous les denses feuillages de la forêt qui bordait le domaine. Après s'être assurée que personne ne l'observait, elle s'engagea sur le sentier qu'elle connaissait si bien, et qu'elle avait emprunté pour la dernière fois le soir où elle avait appris que Ralph était sauf, qu'il était revenu en Angleterre après l'enfer qu'il avait traversé à Poitiers. Savoir que sa vie était de nouveau menacée, bien qu'on le prît pour un autre, la rendait malade. D'un autre côté, une fois qu'il aurait révélé son identité à tous, Stephen Le Gros redoublerait sans aucun doute d'efforts pour le supprimer, et elle le savait très bien.

Un léger sourire étira ses lèvres quand elle arriva auprès de l'immense chêne. En passant, elle effleura son écorce du bout des doigts, puis emprunta un autre sentier plus étroit. Enfin, elle atteignit la petite clairière au milieu de laquelle le cours d'eau gargouillait et serpentait paresseusement avant de disparaître dans l'ombre, entre deux grands arbres. Elle eut l'impression d'être remontée dans le temps. Ce sanctuaire, où Ralph et elle venaient autrefois en secret, n'avait pas changé. Il était toujours aussi beau, inconnu de tous sauf d'eux…

Ralph était là. L'homme qu'elle avait patiemment veillé, tenant sa main et lui rafraîchissant le front alors qu'il gisait sur sa couchette, tremblant de fièvre…

Il lui tournait le dos, immergé jusqu'à la taille dans l'eau fraîche. En cet instant, il était l'image même de la santé et de la puissance masculine. Qui aurait pu croire qu'il avait été si malade quelques jours plus tôt ? Il semblait avoir retrouvé toute son énergie. Soudain, il s'immergea dans l'eau, puis en ressortit et rejeta ses cheveux mouillés en arrière.

Sans doute l'entendit-il arriver, car il se retourna vivement. Un éclair sombre et menaçant traversa un instant ses yeux, puis son expression s'adoucit lorsqu'il s'aperçut que sa paix avait été troublée par l'arrivée d'une amie, pas d'un adversaire.

Il lui sourit et s'approcha de la berge herbeuse. Elle ne put empêcher son cœur de battre un peu plus fort. Des gouttelettes coulaient le long de ses joues, de son torse et de ses bras impressionnants. Il sortit du lit de la rivière d'un mouvement souple. Ses braies lui collaient aux cuisses.

Qu'est-ce qui n'allait pas chez elle ? Ce pauvre Ralph venait de traverser une épreuve terrible, et elle était incapable de penser à autre chose qu'à ses muscles luisants d'eau fraîche…

Ce n'était pas comme si elle ne l'avait encore jamais vu torse nu ! La veille encore, il était allongé sous ses fines couvertures, dénudé et inconscient. Mais, bien sûr, elle n'était préoccupée à ce moment-là que par son état, pas par son absence de vêtements.

À présent, par contre… Eh bien, la situation était très différente.

Elle lui rendit son sourire en faisant de son mieux pour étouffer ses pensées inconvenantes – surtout au vu des événements qui s'étaient déroulés ces derniers jours. Pour l'amour du ciel, elle devait bientôt prendre le voile, et voilà qu'elle salivait devant le torse sculptural de Ralph et ses larges épaules !

Mais comment ignorer sa stupéfiante beauté ? Elle estima préférable de baisser les yeux avant de perdre totalement le contrôle de ses émotions.

— Bonjour, Gwenllian.

Elle s'obligea à le regarder de nouveau, en prenant soin de se concentrer sur son visage, et non sur le reste de son corps.

— Bonjour, Ralph ! lança-t-elle d'une voix qu'elle voulut enjouée. Je constate que tu te portes bien mieux que la dernière fois que je t'ai vu.

— En effet.

Son ton lui parut étrangement distant.

Elle jeta un coup d'œil autour d'elle avant de reporter son attention sur lui.

— Cela faisait bien longtemps que je ne m'étais plus aventurée aussi loin dans cette forêt et que je n'étais plus venue dans cette clairière.

— Moi aussi.

Il indiqua d'un geste l'endroit le plus profond de la rivière.

— Si mes souvenirs sont bons, c'est ici que je t'ai appris à nager, non ? Ou alors était-ce plus près de Kinnerton ?

— Non, c'était bien ici.

Elle rougit et fit de son mieux pour repousser les souvenirs qui l'envahirent. Elle n'avait aucune envie de s'attarder sur ces heures joyeuses, sur cette époque révolue.

— J'en étais pratiquement sûr…

— Même si tu connais bien l'endroit, es-tu certain qu'il est prudent d'y venir seul, surtout après ce qui s'est passé ?

Elle ne voulait pas gâcher sa bonne humeur, mais, après

l'attaque qu'il avait subie pendant la mêlée, il n'était peut-être pas autant en sécurité qu'il le croyait.

— Stephen et ses hommes pensent s'en être pris à Thomas qui, à l'heure qu'il est, doit être en train de jouer aux dés avec quelques-uns de nos compagnons. Et comme il n'a cessé de me le répéter, il est tout à fait capable de se défendre.

— Et toi, Ralph ?

Elle s'approcha prudemment de la berge. L'eau claire vint clapoter en douceur jusqu'à ses bottes.

— Je vais très bien, mais je te remercie de t'inquiéter pour moi, répondit-il.

Gwen cilla et observa de nouveau ce havre de paix encore intact, isolé du reste du monde. La clairière était toujours aussi secrète et cachée que dans ses souvenirs. Le fait qu'elle leur offrait, comme par le passé, cette délicieuse sensation d'être un lieu dans lequel on pouvait se réfugier sans craindre l'irruption d'individus malintentionnés ne signifiait pas qu'une telle chose soit impossible. N'importe qui aurait pu découvrir cet endroit, en cherchant suffisamment.

— Après ce qui s'est passé dans la lice, ne penses-tu pas que tu devrais tout de même te montrer plus prudent ?

— Je crois au contraire que nous avons depuis longtemps franchi les limites de la prudence…

— Que veux-tu dire ? demanda-t-elle, soudain méfiante. Qu'as-tu l'intention de faire ?

Il secoua la tête et ramassa sa tunique qu'il s'empressa d'enfiler.

— Ne te soucie pas de cela, Gwen. Ça ne te concerne pas.

— Je suis navrée, mais je ne peux pas me contenter de regarder ailleurs. Surtout si tu te mets en danger.

— Une fois de plus, je te remercie, mais mon corps a retrouvé sa santé. Je n'en dirais toutefois pas autant de mon état esprit, marmonna-t-il avec une moue amère.

— J'espère au moins que tu ne te blâmes pas pour ce qui t'est arrivé !

— Comment pourrais-je faire autrement ?

— Ton cousin est le seul coupable, Ralph. Tu n'y es pour rien !

— Je sais, mais j'aurais dû prévoir qu'il tenterait de m'attaquer en traître. J'ai été trop insouciant.

— Je suis certaine que tu as un don exceptionnel pour prédire l'avenir, lâcha-t-elle avec une pointe de cynisme, seulement personne n'aurait pu anticiper une telle trahison.

— Si. N'oublie pas que nous parlons de Stephen. Je sais qu'il a trouvé un moyen de droguer le vin que l'on a laissé sous ma tente, ou qu'il a ordonné à quelqu'un de le faire pour lui. Et je sais aussi qu'il est responsable de ce qui s'est passé lors de la mêlée. Il est le seul à oser enfreindre ainsi les règles de la chevalerie.

Un soupir de frustration lui échappa.

— Hélas ! Il est pratiquement impossible de prouver qu'il est coupable.

— Que comptes-tu faire, alors ?

— Rien, si ce n'est tenter de redresser la situation, d'une manière ou d'une autre.

— Je sais que tu penses que tout est fini, mais j'ai confiance en toi. Tu trouveras un moyen.

— J'ai tout perdu, Gwen. Même…

Il avala péniblement sa salive.

— … même Fortis, que j'ai dressé alors qu'il n'était encore qu'un poulain. Seigneur, comment suis-je censé le remplacer ?

— Je suis vraiment navrée.

Il haussa les épaules et se détourna. Gwen pouvait aisément imaginer sa détresse. Son cheval était son bien le plus précieux, son compagnon le plus cher. Si seulement elle avait pu faire quelque chose pour l'aider !

Elle prit une profonde inspiration et le regarda droit dans les yeux.

— Tu dois avoir confiance en l'avenir, Ralph. Tu n'es pas encore vaincu.

Il tendit une main timide pour lui caresser la joue et le cou, envoyant un frisson le long de sa colonne vertébrale.

— Ta foi en moi est plus importante à mes yeux que tu pourrais l'imaginer, Gwen. Pour l'instant, elle est tout ce qu'il me reste. Ta confiance, et mon espoir insensé.

— Ne parle pas ainsi. Tu possèdes beaucoup plus que cela, chuchota-t-elle, troublée.

Il laissa retomber sa main mollement.

— Vraiment ? Je ne suis plus sûr de rien. Je savais dès le départ que ma mission ici allait être difficile à mener à bien. C'était un défi monumental, et cela avait peu de chances de réussir.

Ses épaules s'affaissèrent.

— Mais ce n'est pas impossible ! répliqua-t-elle.

Une grimace sceptique accueillit sa remarque.

— Je suppose que rien n'est impossible. Seulement, comme je l'ai dit, mon espoir insensé se réveille toujours quand je me retrouve face à un obstacle.

Il lâcha un petit rire creux, amer.

Malgré tout ce qu'il pouvait affirmer, Gwen *savait* qu'il était capable de bien plus qu'il l'imaginait. Il était devenu puissant, s'était entraîné dur et son adresse, sa détermination, son courage dépassaient de loin ceux de ses adversaires. Chaque fois que la destinée avait tenté de le détruire, il s'était redressé plus fort, refusant de céder.

Elle lui prit le bras avec douceur.

— Tu parles d'espoir insensé, mais j'appellerais plutôt cela de la bravoure, Ralph, dit-elle.

— Ah bon ?

Il baissa les yeux sur sa main et elle fut tentée de le lâcher, gênée.

— Je suis stupide de croire que l'entraînement, la concentration, la persistance et l'acharnement suffiront à régler tous mes problèmes. La vérité est bien différente, et bien plus difficile à accepter.

— Tu n'es pas stupide, Ralph de Kinnerton ! Tu ne l'as jamais été !

— Je ne suis pas de cet avis, répliqua-t-il, l'air défait. Tu m'as demandé ce que je comptais faire, maintenant. Eh bien je vais te le dire : je pense que l'heure est venue pour moi d'affronter Stephen à visage découvert.

— Oh ! Seigneur ! s'écria-t-elle, incapable de cacher sa peur. Crois-tu que ce soit sage, à l'heure actuelle ? Après avoir été assailli en traître pendant la mêlée ?

— J'en suis certain. Quoi de mieux que prendre Stephen par surprise au moment où il s'y attend le moins ? Au moment où il se croit prêt à mettre la main en toute impunité sur Kinnerton – et sur toi, si tu me permets de le dire. Il s'est attiré les faveurs du comte de Hereford et ne doute plus de son succès. Il est convaincu que personne ne peut plus se dresser en travers de son chemin, mais il se trompe.

— Promets-moi au moins d'être prudent…

Elle le dévisagea un instant, admirant ce beau visage déformé par les cicatrices et ses yeux brun sombre, brillant d'une fièvre nouvelle.

— Je ne suis plus le garçon impulsif, emporté et… oui, un peu naïf d'autrefois, Gwen. L'enfant que tu as connu a disparu depuis longtemps.

— Pourtant, je l'aimais bien. Il était bon aussi, attentionné, et se souciait de beaucoup de choses que les hommes, en particulier les seigneurs, jugent indignes d'eux.

De toute évidence surpris par ses paroles, il la dévisagea à son tour.

— Le penses-tu vraiment ?

— Oui, répondit-elle dans un souffle. Dis-moi, Ralph, qu'est-il arrivé à ce garçon ?

— Il a grandi, tout simplement.

— Eh bien, c'est dommage, car il n'était pas nécessaire qu'il change autant que tu sembles le croire.

D'un seul coup, le regard de Ralph parut s'adoucir.

— J'ai peut-être perdu beaucoup, dit-il, mais au moins, j'ai pu te retrouver, Gwenllian ferch Hywel. Tu as peut-être raison, au fond…

Il la prit dans ses bras et l'attira à lui. Elle sentit sa tunique humide contre elle.

— Peut-être que ce dont j'ai réellement besoin est juste là, sous mes yeux.

Sa main gauche, rendue calleuse et rude par le maniement des armes, se posa sur sa joue. Il lui caressa la lèvre du pouce, lentement. Elle ne put s'empêcher de l'humecter, nerveusement, et il poussa un petit soupir. À l'instant où il se penchait vers elle, si proche de sa bouche, un grand bruit d'éclaboussure retentit et ils bondirent tous deux en arrière.

Elle se retourna et vit le jeune William Tallany avancer vers eux, dans l'eau peu profonde. Le chiot de Lady Isabel, Perdu, le suivait en jappant joyeusement.

— Comme tu peux le voir, je ne suis pas seul ici. Voilà mes protecteurs qui arrivent, murmura Ralph en adressant un petit salut de la main à l'enfant.

— Bonjour, William Tallany, lança Gwen en se penchant pour caresser Perdu.

— Gwen ! Je suis content de te voir ! répondit le garçon avec un grand sourire. Est-ce que tu allais embrasser Ralph ?

— Ah… Eh bien… Je…

Elle se tourna vers Ralph, qui avait du mal à dissimuler son envie de rire, puis reporta son attention sur William. Les yeux fixés sur elle, le garçon attendait sa réponse.

— Non. Je n'allais pas l'embrasser.

— Pourtant, on l'aurait cru.

William haussa les épaules, puis ramassa un bâton pour le lancer au chien.

— Si vous vous embrassez, il va falloir que je regarde ailleurs.

Ralph secoua la tête en souriant.

— Quel œil de rapace, ce William… On ne peut rien lui cacher.

Il gloussa, brusquement interrompu par le coup de coude que lui donna Gwen, les joues en feu.

— Tu n'aides pas, murmura-t-elle entre ses dents.

— Accorde-moi un instant pour discuter avec mon jeune gardien, répondit Ralph, toujours amusé, avant de s'accroupir pour se mettre à la hauteur de William. Jeune homme, je pense que tu devrais apprendre à cesser tes impertinences en présence d'une lady.

Il lui ébouriffa les cheveux.

— C'est quoi, la « pertinence » ?

— Tu dois rester poli, expliqua Ralph sérieusement. On ne peut pas se promener dans les bois et demander à toutes les dames que l'on croise si elles vont embrasser quelqu'un.

— Mais il faut que je sache, Ralph. Pour empêcher Perdu de regarder, répondit l'enfant avec une grimace. Maman et papa s'embrassent tout le temps et c'est dégoûtant !

— Un jour, tu changeras d'avis à ce sujet, mon jeune ami. Crois-moi.

Ralph esquissa un petit sourire puis ajouta :

— D'ailleurs, je ne peux pas embrasser une dame qui s'apprête à entrer au couvent.

— Mais Gwen est trop jolie pour être nonne ! protesta William en se grattant la tête. Et elle aime s'habiller en écuyer, même si elle porte une robe aujourd'hui !

Il observait Gwen d'un air grave.

— Qu'est-ce que je viens de te dire au sujet de la politesse due à une lady ? lui rappela Ralph avec plus de sévérité.

— Il a raison, William, intervint Gwen. Je vais bientôt entrer au couvent. Mais tu dois me promettre de ne parler de cela à personne.

— Oh non ! Plus de secrets ! Je ne peux pas tous les retenir.

— Je suis sûre que tu sauras garder celui-ci malgré tout, jeune homme.

William se pencha alors vers Ralph et lui chuchota à l'oreille, sans trop de discrétion :

— Peut-être qu'elle changera d'avis, si tu l'embrasses…

Ralph se releva et couva Gwen d'un regard brûlant.

— Peut-être que j'essaierai, alors.

Elle sentit son visage s'empourprer et se détourna en faisant de son mieux pour ne pas rire. Quelle erreur de venir ici, dans cette clairière secrète ! Ses sentiments pour Ralph ne la laisseraient jamais en paix, si elle restait là.

— Es-tu certain de vouloir faire cela ?

Ralph regarda tour à tour les trois hommes qui lui faisaient face, sous la tente. Depuis des années, Hugh de Villiers, William Geraint et son ami Tom avaient tenu bon à ses côtés.

Finalement, il hocha la tête avec détermination.

— Oui. Il est temps que je me présente sous mon vrai visage. D'autant plus que les comtes de Hereford et de Chester sont encore en train de débattre avec le roi de la validité de la mêlée.

— Je crains que le résultat de l'épreuve soit considéré comme définitif, en dépit des efforts que Will et moi avons faits pour le contester.

— Et je vous remercie pour tout cela, répondit Ralph. Ainsi que pour tout ce que vous avez fait pour moi.

Il tenta de ravaler le nœud qui s'était soudain formé au fond de sa gorge.

— Je ne sais pas comment je pourrai jamais rembourser ma dette envers vous, mais sachez que vous pourrez toujours compter sur ma loyauté. Je serai des vôtres jusqu'à mon dernier souffle.

— Espérons simplement que ce moment n'arrivera pas trop tôt, répliqua Tom avec un sourire.

D'un seul coup, l'ambiance de leur petite assemblée devint moins solennelle.

— Je l'espère aussi, confirma Ralph.

— Du moins, pas avant la fin de ce tournoi.

— Bien sûr.

— En ce qui me concerne, en tout cas, je serai ravi de reprendre ma vraie place en tant que Thomas Lovent.

— Tu as déjà assumé ce rôle durant les épreuves atroces qu'ont été ces banquets du soir au château, lui rappela Will malicieusement.

— Ou durant les célébrations des exploits de « Sir Thomas », lors de la mêlée à pied, ajouta Hugh en donnant une grande claque dans le dos de Tom.

— Ces moments mis à part, bien sûr, Milord. Et cela a été *très* éprouvant.

Les quatre hommes éclatèrent de rire. Enfin, Will posa la main sur le bras de Ralph.

— Je pense que tu sais que les raisons qui m'ont poussé à te soutenir depuis tout ce temps ne sont pas liées au besoin de m'assurer ta fidélité, mon ami, bien que je sois heureux d'accepter ton allégeance. De toute manière, si j'avais refusé de t'aider, ma charmante épouse m'aurait assassiné !

Il sourit.

— À vrai dire, l'injustice que tu as subie m'a toujours révolté. Je ne pouvais pas supporter l'idée que les épreuves que tu as dû traverser ne t'apportent rien, finalement.

— Merci, Milord. Je ne sais pas vraiment quoi dire.

— Il n'y a rien à dire, le rassura Hugh. Et tu sais que je partage les sentiments de Will. Ce royaume se porterait beaucoup mieux avec plus d'hommes honorables et courageux, comme toi. C'est pour cela que je t'apporterai mon aide jusqu'au bout, quoi qu'il arrive.

Ralph fut submergé par une vague de gratitude. Il avait

décidément beaucoup de chance d'avoir de tels hommes pour alliés. De tels amis.

Tom, en revanche, croisa les bras d'un air faussement renfrogné.

— Je ne suis pas là pour l'honneur, moi ! dit-il. Juste pour l'argent.

— Bien entendu, déclara Will avec un clin d'œil. Qu'y a-t-il de plus important que l'argent, dans la vie ?

— L'amour d'une femme belle et bonne, suggéra Hugh.

— Peut-être. Nous pourrions porter un toast à cette idée remarquable.

Les deux seigneurs remplirent leurs chopes de bière, tandis que Tom entraînait Ralph à l'écart et baissait la voix :

— J'ai une surprise pour toi, mon ami. Ne prends pas cet air inquiet. C'est une bonne surprise, je te le garantis. Très bonne, même.

Il indiqua l'entrée de la tente d'un mouvement de tête.

— Viens.

Ils s'éclipsèrent ensemble, le visage dissimulé par leurs capuchons, et suivirent le sentier sinueux qui conduisait aux écuries de Lord Clancey. Ralph songea qu'ils n'auraient bientôt plus besoin de recourir à aucun subterfuge pour protéger leur identité. Du moins si tout se passait comme il l'avait prévu… Bientôt, il prendrait sa vraie place au côté de son ami. La place de Ralph de Kinnerton, l'homme qu'il était destiné à devenir, et qui était capable d'affronter fièrement ses ennemis. Jamais il n'aurait pu en arriver là sans ses compagnons – ou sans Gwen. Tous ceux qui l'entouraient avaient cru en lui et en sa force de caractère. Pas un instant ils n'avaient douté de son succès.

— Quelle est cette surprise, Tom ? demanda-t-il en arrivant devant les écuries.

— Pourquoi n'entres-tu pas ? Tu la découvriras toi-même.

Le cœur battant, Ralph passa la porte et s'immobilisa, submergé par une vague de soulagement.

— Fortis !

Tout sourire, Tom s'adossa au montant de la porte.

— Oui, c'est bien lui.

— Comment…

Plus ému que jamais, Ralph caressa les naseaux de son fidèle cheval.

— Comment as-tu réussi à le récupérer ?

— C'est un mystère, je le crains…

Un petit rire échappa à Tom, et Ralph se tourna vers lui.

— Comment pourrai-je te remercier pour cela ?

— Tu ne me dois rien, Ralph ! C'est quelqu'un d'autre qui a ramené Fortis ici.

— Will ?

— Non, pas du tout.

— Hugh, alors.

Ralph soupira. Il lui faudrait rassembler une fortune pour compenser le rachat de Fortis. À ses yeux, ce cheval valait plus que tout l'or du monde. Après le désastre de la seconde mêlée et sa difficile convalescence, ce cadeau était plus précieux que tout ce dont il aurait pu rêver. La perte de Fortis avait été plus cruelle pour lui que les blessures infligées par Stephen et ses hommes. Il n'aurait pas pu l'accepter, pas après tout ce que sa monture et lui avaient traversé ensemble. Et voilà que, comme par magie, Fortis venait de lui être rendu. C'était à la fois très inattendu et la meilleure surprise que ses amis pouvaient lui faire.

— Non, Ralph, ce n'est pas Hugh non plus. Si j'étais toi, je chercherais un mécène plus charmant… et plus féminin, dit Tom avec un grand sourire.

— Gwenllian ?

Stupéfait, il vit Tom acquiescer. Non, c'était impossible !

— Bon sang… Gwen ? Mais comment a-t-elle fait ?

Ralph avait du mal à croire à tout cela. Comment avait-elle pu récupérer Fortis ? Elle ne lui en avait rien dit, pas même quand elle l'avait rejoint au bord de la rivière. Avait-elle seulement assez d'or pour racheter un cheval d'une telle valeur ? Une foule de questions se pressèrent dans son esprit.

— Je n'en ai aucune idée, mon ami, répondit Tom. Peut-être que la demoiselle pourrait t'éclairer sur ce point.

— Je ne sais pas quoi dire… J'en ai le souffle coupé !

— Peut-être pourrais-tu commencer par la remercier, suggéra Tom avec un petit rire.

— Oh ! j'en ai bien l'intention !

Ralph caressa une nouvelle fois les naseaux soyeux de Fortis, puis sortit de l'écurie et se dirigea vers le château.

Chapitre 16

Gwen remonta l'étroit couloir menant au boudoir qu'elle partageait avec les autres femmes. Elle ouvrit la porte et déposa sa torche allumée dans le support métallique fiché dans le mur. Puis, avant qu'elle ait eu le temps de se retourner, quelqu'un l'attrapa par-derrière et une grande main se plaqua sur sa bouche. Son assaillant l'entraîna dans le coin le plus sombre de la pièce.

Le cœur de Gwen s'était mis à battre violemment dans sa poitrine, et elle fit de son mieux pour ne pas perdre son calme.

Seigneur, faites que ce ne soit pas lui ! Pas Stephen !

— Je suis surpris que tu prennes encore le risque d'aller où que ce soit sans te faire accompagner, Gwenllian…

Ralph !

— Je vais retirer ma main très, très lentement, mais j'apprécierais que tu ne cries pas.

Elle sentit la vibration de sa voix dans son dos, son souffle qui lui chatouillait la nuque.

Il joignit le geste à la parole, et elle prit une profonde inspiration.

— Qu'essaies-tu de faire, Ralph de Kinnerton ? siffla-t-elle entre ses dents en se retournant. Tu as failli me faire mourir de peur !

Il la regardait, l'air grave, un doigt sur les lèvres pour l'inciter à parler moins fort. Elle jeta un coup d'œil autour d'elle pour s'assurer qu'ils étaient seuls, puis le prit par la manche et l'entraîna jusqu'à la chambre qu'elle partageait avec Brida, de l'autre côté du boudoir.

Ils y entrèrent et refermèrent vivement la porte sur eux.

— Pourquoi te promènes-tu dans le château sans escorte ? demanda-t-il.

Un peu surprise par sa présence à cette heure tardive, elle haussa les sourcils,

— Dois-je te rappeler que nous sommes dans les quartiers des femmes et qu'un garde est posté au bas de l'escalier ? Les hommes ne sont pas censés pouvoir monter jusqu'ici, et ceux qui se cachent dans les recoins sombres pour bondir dans le dos des demoiselles encore moins que les autres…

— Tes soupçons me blessent ! dit-il, l'air faussement offensé. Je ne me « cachais » pas, Lady Gwenllian. Je voulais juste passer inaperçu, ce qui n'a pas été bien difficile, vu la façon dont ce fameux garde veille au grain… Laisse-moi te dire que la sécurité est loin de suffire, dans cette partie du château.

Elle s'approcha d'un pas, réduisant sensiblement l'espace entre eux.

— Vraiment ?

— Oui, chuchota-t-il.

Il la prit par la taille et l'attira à lui en douceur. Penché sur elle, il inspira le parfum de ses cheveux.

— Il aurait dû être beaucoup plus compliqué pour moi d'arriver jusqu'ici. Mais, pour être honnête, je n'ai rencontré aucune résistance.

— Et te voilà dans ma chambre, au beau milieu de la nuit !

Elle posa les mains sur son torse musclé pour l'écarter un peu et mieux le voir.

— Puis-je te demander ce que tu fais là ?

— Tu poses bien trop de questions, Gwen, répondit-il avec un sourire en la serrant contre lui.

— Au contraire, c'est la première question que je te pose, ce soir. Pourquoi es-tu venu, Ralph ?

— Je voulais te voir, bien sûr.

Même dans la relative pénombre de la chambre, elle vit son sourire s'élargir.

— Dois-je m'en aller ? Suis-je en train de te priver d'une agréable solitude ?

— Non, bien au contraire. Mais je ne vois pas ce qu'il peut y avoir de si urgent. Ne pouvais-tu attendre demain pour me parler ?

Il lui caressa le dos, sa main montant et descendant lentement le long de sa colonne vertébrale. Un délicieux frisson la parcourut. Quand il se pencha, si près que leurs souffles chauds se mêlèrent, elle ne put s'empêcher de trembler. Elle n'avait qu'à relever la tête, juste un tout petit peu, pour que leurs lèvres se rencontrent… Elle ne se retint de le faire qu'à grand-peine.

— Non. Jamais je n'aurais été capable de patienter jusque-là, dit-il.

Sa main gauche trouva sa joue et l'effleura avec tendresse.

— Sais-tu que tu as la peau la plus douce du monde, Gwen ?

Il remonta jusqu'à ses cheveux pour enrouler une fine boucle blonde autour de ses doigts.

— Je ne suis pas sûre de te comprendre… As-tu pris le risque d'être surpris ici, en pleine nuit, juste pour me complimenter sur la douceur de ma peau ?

Les doigts placés sous son menton, il la força à redresser insensiblement la tête.

— Les hommes apprécient ce genre de choses, tu sais.

Elle ne put réprimer un petit sourire.

— Sir Ralph, vos paroles n'ont aucun sens ! Que ferais-tu, si Brida entrait maintenant et te découvrait ici ?

Il ne la quittait pas des yeux et elle sentit un nœud se former au creux de son estomac. Chaque sensation, chaque frémissement lui parut soudain plus palpable.

— Je lui souhaiterais une bonne soirée, dit-il en souriant

de plus belle. D'ailleurs, où se trouve la fidèle Brida, en ce moment ?

— Elle a proposé à l'une des demoiselles, Lady Mathilde, de veiller à son chevet toute la nuit. Je revenais de sa chambre, quand tu m'as surprise.

Ralph s'écarta. Son regard malicieux avait fait place à une expression soucieuse.

— Cette dame a-t-elle des problèmes de santé ?

Gwen recula aussi d'un pas et secoua la tête.

— Des problèmes de cœur, si l'on peut dire.

— Je vois.

Il soupira.

— Elle a bien de la chance d'avoir des amies prêtes à la réconforter en cette heure… difficile.

— Il n'y a malheureusement pas de remède au malheur, mais elle est jeune et finira par s'en remettre un jour ou l'autre.

Il lui fallut quelques instants pour prendre conscience de ce qu'elle venait de dire.

Ralph la relâcha et s'écarta un peu d'elle.

— Est-ce… Est-ce ce qui t'est arrivé ? demanda-t-il, les sourcils froncés.

— Je…

Comme il ne la quittait pas du regard, elle baissa les yeux, embarrassée.

Elle avait passé des années à tenter de se consoler après avoir perdu cet homme qu'elle aimait tant, sans jamais vraiment y parvenir. Ses sentiments pour lui n'avaient pas changé, en dépit de tout ce qui s'était passé entre eux et de ses efforts pour tourner la page sur leur histoire. Il avait toujours le don de réchauffer son cœur, même si elle avait tout fait pour l'oublier, pour renoncer à ce qu'ils avaient autrefois partagé.

Refoulant son trouble, elle s'éclaircit finalement la voix.

— Nous ne parlions pas de moi, il me semble.

Ralph se passa la main dans les cheveux et lui adressa un regard lourd de sous-entendus.

— Non, dit-il, un bref sourire illuminant un instant son visage. Mais c'est bien pour toi et pour comprendre ce que tu as fait que je suis venu, ce soir.

— Pas pour la douceur de ma peau, donc ?

Il sourit de nouveau, plus longuement.

— Ta peau est on ne peut plus douce et ravissante, mais je tenais surtout à te voir pour te remercier de m'avoir rendu Fortis.

— Ah.

Elle était un peu surprise.

— Tu as donc déjà découvert la vérité ?

— Je… Je ne sais pas quoi dire, Gwen. J'ai encore du mal à croire que tu aies fait cela pour moi.

— Vraiment ?

Cette fois, ce fut à elle de lui caresser la joue.

— Les amis servent pourtant à cela, non ?

Il prit sa main, la retourna, et, sans la quitter des yeux, déposa un baiser sur sa paume.

— Tous les amis n'en font pas autant, tu sais.

Elle haussa les épaules.

— Peut-être suis-je une amie plus généreuse que je le pensais.

Pourrait-elle un jour se contenter d'une simple amitié avec Ralph ? Bien qu'aucun avenir ne soit possible pour eux, elle ne pouvait s'empêcher de penser à lui. Elle ne pouvait s'empêcher de s'inquiéter pour lui et… d'avoir envie de lui. Elle savait pourtant mieux que personne que leur relation était sans espoir.

— Ce n'est pas ta générosité que je remets en question, murmura-t-il en l'attirant une fois de plus dans le cocon tendre de ses bras. Ce que j'aimerais savoir, c'est pourquoi tu as fait cela.

— Ce n'est pas compliqué : tu avais besoin de ton cheval et j'ai eu l'opportunité de te le rendre.

— Est-ce si facile ?

Il secoua la tête.

— Les chevaux coûtent cher, Gwen.

— Je le sais. Mais je tenais à le racheter car je sais à quel point il t'est précieux.

Elle s'interrompit pour ne pas ajouter qu'elle était prête à tout pour lui.

Il déposa de nouveau un baiser, sur la peau tendre de son poignet, cette fois.

— Dans ce cas, j'ai une dette envers toi.

— Tu réfléchis trop, Ralph. Si j'ai été aussi généreuse avec toi, c'est parce que tu auras également besoin d'une bonne monture pour m'escorter jusqu'au couvent après le tournoi.

Même à ses propres oreilles, sa voix lui parut trop essoufflée…

— Bien entendu, répondit-il avant de lui embrasser le bout des doigts. Et puis-je te demander avec quel argent tu as réussi à racheter Fortis ?

Il lui caressa les cheveux, retenant parfois une mèche un instant avant de la relâcher.

— Je l'ai obtenu en échange de mes parchemins enluminés.

Ralph tressaillit et lui adressa un regard incrédule.

— Tu as fait *quoi* ?

De toute évidence choqué, il serra plus fort sa main entre ses doigts.

— Le chevalier auquel Fortis a été attribué après la mêlée était très admiratif de mon travail et a accepté l'échange.

— Mon Dieu, Gwen…

Il la dévisageait, cherchant manifestement à deviner le fond de ses pensées.

— Dis-moi que c'est faux, que tu n'as pas eu recours à cette solution-là !

Elle le dévisagea à son tour, surprise.

— Je ne comprends pas ta réaction, Ralph. Je pensais que tu serais heureux de retrouver ton cheval.

— Mais je le suis, crois-moi ! C'est si gentil de ta part de me l'avoir rendu. Je reconnais avoir beaucoup de chance de pouvoir compter sur une amie telle que toi. Mais à quel prix, Gwen…

Il souleva sa main et embrassa chacun de ses doigts avec effusion.

— Toutes ces heures de travail passées sur ces parchemins… As-tu réellement pu les offrir comme cela au premier venu ?

— Vraiment, tu n'as pas besoin de tant te soucier de cela, Ralph. Ce n'était rien.

Elle avait parlé d'une voix altérée, rauque, qu'elle ne reconnut pas tout à fait.

— Je ne suis pas d'accord, Gwenllian.

Il lui caressa la joue, puis effleura du pouce sa lèvre inférieure.

— Au contraire, c'est tout.

Elle entrouvrit la bouche et darda un bout de langue pour toucher son pouce. Il prit une brusque inspiration entre ses dents puis, sans prévenir, il se pencha et l'embrassa.

Cela commença par la même douceur, la même langueur que l'autre nuit, pendant leur escapade au clair de lune mais, très vite, elle sentit les lèvres de Ralph devenir plus fiévreuses, plus pressantes. Elles éveillèrent en elle des sensations qu'elle aurait préféré oublier.

Leur baiser fut à la fois fougueux, chaud et passionné. Une union affamée de leurs lèvres qui embrasa Gwen de la tête aux pieds. Hélas, ce n'était pas encore assez. Elle en voulait plus. Une part de sa conscience fut choquée par le fait que les choses puissent basculer aussi soudainement entre eux.

En fait, tout cela couvait depuis le soir où elle avait distingué sa silhouette sombre au pied du grand chêne. Le soir où elle avait enfin compris qu'il était revenu en Angleterre. Qu'il avait survécu à son exil…

Sur le moment, le changement physique qui s'était opéré en lui en six ans ne l'avait pas simplement surprise ; il l'avait un peu effrayée. Elle avait ressenti avec confusion la réaction de son propre corps en découvrant ce nouveau Ralph plus grand, plus musclé, plus vif et plus fort. Il ne restait rien du garçon d'autrefois. Il était devenu un homme, de la tête aux pieds.

Elle avait d'abord pensé que ses craintes étaient liées à cette masculinité inattendue, mais non… Ce n'était qu'une manière pour elle de se voiler la face. Elle le savait, à présent. C'était ses sentiments pour lui qui l'avaient inquiétée, et qui l'inquiétaient encore. Ce frisson qui s'emparait d'eux, les poussait l'un vers l'autre, même si ce ne devait être que pour une seule nuit.

Cette nuit.

Car elle ne pouvait espérer davantage.

Seigneur ! Dire qu'elle avait failli le perdre de nouveau, après la seconde mêlée. Il aurait pu mourir !

Sans réfléchir, elle s'agrippa à lui et lui rendit son baiser. Elle avait besoin de découvrir la saveur de sa bouche, de sa langue.

Soudain, elle le sentit sourire contre ses lèvres.

— Doucement, ma chérie…

Gwen ne l'écouta pas ; elle avait trop besoin de lui pour se montrer raisonnable. Elle glissa ses mains tremblantes sous la tunique qui le couvrait pour les poser sur sa peau nue et explorer les contours solides de son torse, de son ventre. Elle caressa avec fièvre le duvet fin qui descendait depuis son buste pour se perdre sous ses braies. Un petit rire nerveux lui échappa quand elle l'aida à se débarrasser de sa tunique.

Ils se contemplèrent ensuite un long moment. Une boucle brune retombait sur le front de Ralph, mais il ne la chassa pas. Une tension palpable s'installa entre eux.

Gwen avait le souffle court, trop rapide, et son cœur battait plus fort que jamais. Fascinée, elle contempla ce torse d'homme qui se soulevait et retombait au rythme de sa respiration.

Quand elle releva la tête, elle crut qu'elle allait perdre connaissance. Ralph la dévorait des yeux, son visage assombri par un tel désir qu'elle ne put empêcher sa chair de s'embraser. Elle avait besoin de lui. Elle posa les mains sur ses bras, remonta jusqu'à ses larges épaules et, en un éclair, *cela* arriva. Elle se sentit attirée contre lui, la poitrine pressée sur de solides pectoraux et la bouche écrasée par la sienne. Il l'embrassa avec plus de violence encore, les doigts crispés sur ses cheveux emmêlés – et elle laissa à son tour libre cours à son ardeur.

Seigneur, que lui arrivait-il ? Le corps en feu et les jambes presque trop faibles pour la porter, elle était incapable de résister. Elle se sentit trembler contre lui et ne put se contrôler. Tout se mit à tanguer autour d'elle, comme si les murs allaient s'effondrer.

Ralph la saisit par la taille et la pressa contre lui de plus belle. Elle lâcha un petit gémissement tandis qu'il l'embrassait en la soulevant de terre pour la porter jusqu'au lit. Après l'y avoir déposée, il s'étendit tout près d'elle. Sa bouche, sa langue, ses paumes explorèrent son visage offert, son cou et la ligne de sa clavicule. Il suivit du bout du doigt la veine qui palpitait au creux de sa gorge, puis y apposa ses lèvres voraces. Pendant ce temps, son autre main glissait sur son corps, explorant ses courbes. Elle sentait sa chair brûler, et n'était plus que désir. Il pinça sa lèvre inférieure entre les siennes et l'aspira avant de mettre fin à ses baisers. Il tremblait, lui aussi.

— Dis-moi de m'arrêter et je te promets de t'obéir…

— J'en serais bien incapable, dit-elle dans un souffle.

— Il le faut, pourtant. Avant qu'il ne soit trop tard.

Elle tourna la tête, juste assez pour lui mordiller le cou.

— Et si nous n'avons pas envie de nous arrêter ? murmura-t-elle.

— Sais-tu seulement de quoi tu parles, ma chérie ?

Elle fronça les sourcils, surprise.

— Bien sûr que oui.

— Tu sais donc ce que cela signifierait pour nous.

Elle caressa sa mâchoire volontaire, sentant ses muscles se crisper sous sa barbe naissante.

— Dois-je donc assumer le fait que tout ceci aura des conséquences ?

— Oui, chuchota-t-il en embrassant sa paume de nouveau. Si nous allons plus loin, nous nous retrouverons liés pour toujours. Crois-tu que j'aie envie de te priver de ce choix ?

— Non, Ralph.

Elle caressait à présent ses beaux cheveux bruns avec tendresse.

— Tu ne me priveras de rien du tout.

— Réfléchis à ce que tu dis, Gwen.

— J'y ai réfléchi. Et je te demande de rester avec moi, cette nuit.

S'ils se trouvaient désormais au bord d'un tel précipice, ce n'était la faute de personne. Jamais elle n'avait prévu cela en rachetant Fortis. En fait, ils s'étaient lentement dirigés vers cet instant doux-amer depuis le premier jour, sans même s'en apercevoir.

— Est-ce vraiment ce que tu désires ?

Elle l'embrassa, et lui mordilla la lèvre comme il l'avait fait quelques instants plus tôt.

— Oui… Oui !

La vérité, c'était qu'elle l'aimait encore. Elle l'aimait de toute son âme, mais ne pouvait partager sa vie. C'était une certitude. La destinée leur accordait cependant cette nuit de passion, et elle avait l'intention de s'en saisir.

Ensuite, elle le laisserait partir et chérirait jusqu'à sa mort cet unique moment de bonheur.

— Embrasse-moi, Ralph.

Il obtempéra avec plus d'ardeur et de passion qu'elle aurait pu l'imaginer. Elle avait presque l'impression de n'avoir plus le moindre muscle dans les bras et les jambes. Elle resta allongée près de lui, caressant son dos, ses épaules, sa nuque pour le retenir plus longtemps contre elle. Puis, sans vraiment qu'elle en ait conscience, ses mains descendirent jusqu'à ses hanches pour explorer la fermeté de ses fesses à travers ses braies.

Oh oui, elle avait envie de lui, même s'il n'était jamais vraiment sien. C'était un sacrifice auquel elle s'était résignée depuis longtemps. Peut-être au moins pourrait-elle lui montrer à quel point elle l'aimait encore sans avoir besoin de mots pour le dire. De toute manière, un aveu serait trop dangereux, autant pour elle que pour lui. Elle se laisserait donc guider par ses émotions, cette nuit, même si cela devait la conduire au péché.

Bientôt, cette partie de sa vie serait terminée à tout jamais et elle n'aurait plus qu'un cœur vide. En revanche, ce qui allait se passer ce soir resterait gravé dans sa mémoire jusqu'à la fin de ses jours.

Pendant quelques heures, elle allait être libre de lui prouver la profondeur de ses sentiments. Elle lui ouvrirait son âme. Jusqu'au matin.

Tout en s'embrassant, en se caressant, ils découvrirent peu à peu les secrets de leurs corps, et finirent par se débarrasser de leurs vêtements. Ils se retrouvèrent bientôt enlacés, peau contre peau, savourant cette nouveauté sans un mot. Était-ce le cœur de Gwen qui battait si fort contre ses côtes, ou celui de Ralph ?

Il se redressa sur les coudes pour se placer au-dessus d'elle et, d'un mouvement doux, lui écarta les cuisses. Il souleva l'une de ses jambes et déposa une série de baisers assortis de coups de langue sur sa chair frémissante, remontant lentement le long de sa cuisse. Puis il l'aida à passer sa cheville autour de ses hanches et embrassa son autre cuisse avec la même attention. Ses doigts glissèrent sur sa peau, longeant son ventre, son buste, effleurant sa poitrine. Quand elle sentit sa bouche se poser sur son téton et sa langue le lécher avec voracité, elle eut l'impression qu'elle allait devenir folle de désir. Il réserva le même traitement à son autre sein, la couvant pendant tout ce temps de son regard de braise. Son parfum, un mélange de savon, d'herbes aromatiques et de musc, était enivrant.

Une sensation de chaleur naquit entre ses jambes et une humidité chaude s'installa là.

— Cela va peut-être te faire un peu mal, chuchota Ralph contre sa gorge.

Elle rouvrit les yeux, qu'elle avait un instant clos.

— Ne t'arrête pas. Je t'en supplie, ne t'arrête pas…

La lumière provenant de la torche murale et du feu qui crépitait dans l'âtre faisait danser des reflets ambrés sur leurs corps enlacés. Gwen se cambra instinctivement quand il la pénétra, l'emplissant de sa présence. Elle ressentit une tension suivie d'une douleur aiguë puis, très vite, une tout autre sensation la remplaça.

Ralph se figea et la regarda d'un air presque inquiet.

— Gwen ? Es-tu… Est-ce que tout va bien ?

Elle ouvrit la bouche pour répondre, mais aucun mot ne franchit ses lèvres. Elle se contenta donc de sourire et de hocher la tête en fermant ses yeux baignés de larmes. Enfin, ils ne faisaient qu'un… Comment aurait-elle pu aller mal ? Au contraire, jamais encore elle ne s'était sentie aussi bien.

— Regarde-moi, reprit Ralph en lui caressant tendrement la joue. Je veux te voir.

Docile, elle obtempéra. Ralph lui souriait avec tant de douceur qu'elle en eut le cœur serré.

— Je t'aime, Gwenllian ferch Hywel.

— Moi aussi, je t'aime.

— Tu pleures ?

Elle acquiesça.

— Oui… Je pleure de joie.

— Je ressens la même chose.

Il posa un baiser léger sur ses lèvres.

— Souffres-tu ?

— Non. Non, je te promets que tout va bien.

Plus son corps s'habituait à cette présence en lui, plus la douleur refluait.

— Je suis soulagé de l'entendre.

Il déposa un baiser au creux de son cou et lui mordilla le lobe de l'oreille.

— Allons-nous continuer ?

— Ce n'est pas fini ?

— Oh non, ma douce, répondit-il avec un sourire mutin. Loin de là.

Chapitre 17

Ralph se remit en mouvement, lentement, tout en l'embrassant avec passion. Comme il accélérait, elle passa les jambes autour de ses hanches pour l'emprisonner contre elle. Peu à peu, ils trouvèrent leur rythme, dans un va-et-vient sensuel et merveilleux. Leurs corps fusionnaient, dans un abandon total. L'abandon du plaisir partagé. Leurs mains finirent par se trouver au milieu des draps et leurs doigts se mêlèrent. Puis, soudain, leur étreinte les emporta très loin, dans un pur moment de jouissance. Un moment unique et précieux.

Gwen avait longtemps cru qu'elle laissait quelques fragments de son âme dans ses œuvres enluminées ou ses broderies, mais ce n'était rien comparé à ce qu'elle était en train de vivre. Jamais encore elle n'avait connu une émotion pareille. Ce soir, c'était elle tout entière qui s'offrait.

Aurait-elle pu imaginer que la soirée et leur passion allaient prendre un tel tour ? Non. Comment aurait-ce été possible ? Elle avait toujours été convaincue que la relation physique était quelque chose dc sordide, employé à des fins de contrôle et de manipulation. Elle avait pensé que cela ne servait qu'à dominer et faire souffrir l'autre.

Or, avec Ralph, c'était tout le contraire. Après tout ce qu'ils avaient vécu ensemble, leurs sentiments étaient devenus si forts, si intenses et profonds, qu'ils ne pouvaient correspondre qu'à une seule chose : l'amour... Oh oui, elle aimait depuis toujours l'homme qui la serrait à présent dans ses bras avec tant de tendresse et qui embrassait son front luisant de sueur.

— Mon Dieu… Je n'ai aucun mot pour décrire ce qui vient de se passer, murmura-t-elle.

— Moi non plus.

Elle le sentit sourire contre son cou. Il roula sur le côté et la contempla en lui caressant lentement les cheveux.

— Tu es une femme magnifique, Gwen.

Il l'enlaça de nouveau, sans la quitter des yeux.

— Et j'espère que tu sais à quel point cette nuit inattendue compte pour moi.

— Pour moi aussi, Ralph.

Les joues un peu rougies, elle se redressa sur un coude et suivit pensivement du doigt le contour de sa bouche.

— Ces heures passées ensemble… Jamais je ne les oublierai.

— J'en suis heureux.

Il lui saisit la main et lui mordilla le doigt avec malice avant de se lever d'un mouvement souple.

— Reste allongée pendant que je m'occupe de toi. Tu dois être fatiguée et endolorie, après tout cela.

Il lui adressa un petit sourire timide et traversa la chambre pour aller récupérer un linge qu'il plongea dans une bassine d'eau et essora consciencieusement. Quand il revint, elle le lui prit des mains.

— Merci beaucoup, Ralph. Je vais le faire moi-même.

Soudain gênée, elle se mordilla la lèvre et s'assit, ses longs cheveux retombant sur sa poitrine. Elle remonta la couverture pour couvrir sa nudité et pressa l'étoffe fraîche le long de ses cuisses puis entre ses jambes. C'était vrai qu'elle avait un peu mal…

— Je pense que tu sais, comme moi, que cette nuit va tout changer pour nous, murmura Ralph.

— Non, je ne crois pas. Je t'aime de tout mon cœur, et je t'aimerai toujours. Je tiens à ce que tu le saches…

Elle tendit la main pour caresser sa joue couturée de cicatrices. Même cette chair abîmée avait son charme à ses yeux.

— Mais cela ne veut pas dire que je dois abandonner mon projet de voyage.

Il s'assit à côté d'elle sur le lit, l'air troublé.

— Même après ce que nous venons de faire ?

— Oui, chuchota-t-elle. Même après cela.

D'un coup, les dures conséquences de sa décision de succomber à son attirance pour Ralph lui parurent affreusement réelles. Avant même que la chaleur de leur passion ait quitté son corps. C'était trop tôt, beaucoup trop tôt. Elle n'avait pas envie d'assumer déjà son choix et tout ce qui allait en découler.

Elle leva les yeux sur Ralph et surprit son regard intense fixé sur elle. Il serra les dents et soupira, l'air désemparé.

— Je vois, dit-il. Tu tiens à suivre ce chemin-là. À vivre seule.

— Je n'ai pas d'autre solution et je ne peux rien faire pour éviter ça…

— Tu pourrais tout simplement m'épouser. N'est-ce pas ce que nous voulions tous les deux, autrefois ? Nous pouvons nous unir comme nos pères le désiraient. Bon sang, Gwen ! Je pensais que tu le voulais encore, tout comme je le souhaite toujours, quand tu m'as invité dans ta chambre, ce soir.

À une époque, elle avait eu envie de ce mariage, en effet. Mais ce temps-là était révolu. Elle avait depuis longtemps accepté le fait que Ralph et elle n'étaient pas destinés à vivre ensemble. Jamais elle n'oublierait cette nuit d'amour ; mais elle ne pouvait pas non plus ignorer sa honte, après ce qu'elle avait laissé Stephen Le Gros lui faire. Ce que cet homme lui avait volé, aux heures les plus sombres de son existence, ne serait jamais remplacé… C'était une tache qui s'étendait en elle et la souillait, comme une humeur maligne la dévorant lentement de l'intérieur. Un jour, malgré toutes les précautions qu'elle pourrait prendre, cette vérité émergerait au grand jour dans toute sa laideur et la séparerait de Ralph. Elle refusait de lui faire subir cela. Elle ne pouvait pas se lier à lui et le piéger au sein d'un mariage qui finirait forcément par se transformer en cauchemar.

— Non, je… je ne veux plus de cela, que ce soit avec toi ou un autre, lâcha-t-elle d'une voix faible.

Il fronça les sourcils un instant, puis secoua la tête. Se détournant d'elle, il se leva et commença à se rhabiller.

— Tu m'as veillé pendant des jours après la mêlée, tu as rafraîchi mon front pour faire tomber ma fièvre, tu m'as rendu mon cheval et tu m'as même invité dans ton lit en prétendant m'aimer… Et pourtant, tu dis que tu ne peux pas m'épouser ?

— Non, je ne peux pas.

Elle relâcha une respiration tremblante, oppressée.

— Et laisse-moi te dire que je referais toutes ces choses pour toi, s'il le fallait. Je t'aime, Ralph. Je t'aimerai toujours. C'est la vérité.

— Pardonne-moi, mais je ne te comprends plus.

Il enfila sa tunique et ramassa sa ceinture qu'il attacha à sa taille, le fourreau de son arme pendant contre sa cuisse.

— Je ne comprends pas ce que tu attendais de cette soirée.

— Je voulais que nous nous autorisions à céder à nos désirs, à nos sentiments, ne serait-ce qu'une fois.

— Rien de plus ?

Il se campa de nouveau face à elle, les bras croisés et le regard plus dur.

— N'oublie pas que c'est à moi que tu parles, Gwenllian.

— Je ne sais pas ce que tu veux que je te dise.

Après un long moment de silence, il répondit enfin :

— La vérité, Gwen. Tu me dois bien cela.

Piquée au vif, elle redressa la tête.

— J'ai toujours été honnête avec toi !

— En es-tu certaine ?

— Oui.

Comment cette si belle soirée pouvait-elle se terminer ainsi ? Elle n'avait certainement pas eu l'intention de se disputer avec lui.

— Je ne comprends pas, moi non plus, protesta-t-elle.

— Vraiment ? Par le ciel, Gwen, regarde-toi !

Il avança d'un pas, l'air sévère.

— Tu es la femme la plus belle, la plus intelligente, la plus généreuse et la plus loyale que je connaisse. Ta bonté ne connaît aucune limite. Néanmoins, je tiens à te dire franchement ce que je pense : tu n'es pas faite et n'as jamais été faite pour vivre derrière les murs d'un couvent. Ce n'est pas ton destin.

— Tu n'en sais rien, Ralph.

Elle baissa la tête et sentit une larme rouler sur sa joue. Agacée, elle l'essuya d'un revers de la main.

— Tu ne sais pas ce qu'a été ma vie, ces six dernières années.

Ralph parut soudain se radoucir. Il s'agenouilla près d'elle et prit sa main entre les siennes pour la serrer avec tendresse.

— Je m'en rends bien compte, et j'aimerais justement en apprendre plus sur toi. Cela me permettrait peut-être de comprendre ce qui t'a poussée à prendre une décision aussi définitive, murmura-t-il. Car c'est la seule chose que je ne saisis pas et, après ce qui s'est passé ce soir, je suis plus que jamais convaincu que tu ne m'as pas tout dit. Pour une raison qui m'échappe, tu es persuadée de ne pas avoir d'autre choix que prononcer tes vœux ; et je te demande de m'expliquer cela.

— Je… Je…

Elle cilla, les yeux humides. Pendant un petit moment, elle fut incapable de prononcer un mot.

— C'est ma vocation, Ralph…

— Je ne te crois pas.

Il lui caressa la joue du bout des doigts.

— Je suis navrée de ne pas réussir à te convaincre, mais c'est la vérité.

De nouveau, les sourcils de Ralph se froncèrent et il secoua la tête.

— Pourquoi refuses-tu de me parler, Gwen ? Confie-moi au moins les causes de ton malheur. Dis-moi de quoi tu as tellement peur.

Elle aurait voulu tout lui avouer, lui expliquer ce qu'elle avait dû traverser pendant ces six dernières années et les raisons qui l'avaient empêchée de fuir avec lui à l'époque. Mais les mots restèrent coincés au fond de sa gorge. Elle n'avait pas la force de les pousser à sortir.

— Qu'as-tu donc fait pour me protéger, Gwen ?

Il l'observait avec attention.

— Quel moyen as-tu trouvé pour empêcher Stephen de lancer ses sbires à mes trousses quand j'ai quitté Kinnerton ? À part cette promesse de l'épouser… Je regrette amèrement que tu l'aies faite, si tu veux tout savoir. J'aurais préféré que tu aies davantage confiance en moi, que tu partes avec moi, et que tu t'en remettes à moi pour te protéger.

Si seulement les choses avaient été aussi simples ! Elle ferma les yeux avec force, puis les rouvrit et soupira.

— Oh ! Ralph ! Ne vois-tu pas que je ne pouvais pas t'accompagner ? Je ne pouvais pas risquer d'attirer le malheur sur ta tête.

— Je sais, ma douce, mais quel prix as-tu payé pour ma liberté ?

Il se massa les tempes d'un air las.

— Pardonne-moi, mais je sens qu'il s'est passé d'autres choses. Tu n'as pas pu me protéger en acceptant juste d'épouser mon cousin, d'autant plus que tu n'as jamais tenu parole…

Elle sentit son estomac se nouer. Une bouffée d'angoisse monta en elle. Il lui avait déjà posé cette question, le soir où ils étaient sortis se promener. Et, pas plus que cette fois-là, elle ne put se résoudre à lui répondre. Elle avait trop honte, se sentait trop coupable. Mais elle savait que Ralph soupçonnait son cousin de lui avoir fait du mal et que sa réticence ne faisait qu'alimenter sa hargne. Elle n'avait plus le choix : elle allait devoir parler.

Seulement… supporterait-elle d'évoquer ainsi la pire période de sa vie, quand le destin l'avait abandonnée ? Dire qu'elle avait cru retrouver le bonheur d'autrefois en revoyant Ralph… Elle s'était bien trompée et avait à présent l'impression de devoir revivre ces quelques journées terribles qui avaient transformé leur existence.

— J'ai fait tout mon possible pour te protéger, à l'époque, Ralph, murmura-t-elle sans vraiment savoir par où commencer. Après la mort de ton père et la prise de Kinnerton par les hommes de Stephen, j'ai compris qu'il se servirait de la garnison nouvellement à ses ordres pour te tuer, ainsi que tous ceux qui oseraient soutenir ta cause. Je ne pouvais pas le laisser faire !

— Et pour cela, je te serai éternellement reconnaissant. Mais il manque encore un élément au tableau, n'est-ce pas ? Quelque chose qui expliquerait pourquoi tu as tourné le dos à un mariage que nous désirions tous les deux.

— La vie et les circonstances peuvent changer notre manière de voir le monde…

— Quelles ont été les circonstances qui ont changé tout cela, pour toi ?

Il lui caressa la main, comme pour l'encourager.

— Peux-tu me dire si tu as été contrainte de promettre autre chose à mon cousin pour t'assurer que l'on ne me pourchasserait pas ? Mis à part d'accepter de l'épouser ?

Elle soutint un instant son regard, qui paraissait à la fois songeur, inquiet, mais aussi confiant et plein d'espoir.

Oh ! Seigneur…

Sans doute ne la regarderait-il plus jamais ainsi, quand il saurait la vérité. Ses yeux s'empliraient-ils de dégoût et de mépris ? Peut-être était-ce aussi pour cela qu'elle s'était offerte à lui. Elle avait eu envie de passer une soirée précieuse et pure dans ses bras avant que le monde s'écroule autour d'eux. Avant que la vérité vienne les séparer à tout jamais, creusant un fossé de dédain et d'horreur entre eux.

— Gwen ?

Il lui souleva le menton du bout des doigts.

— Que me caches-tu ?

Quelques coups rapides frappés à la porte les firent sursauter, puis Brida entra d'un pas vif tout en parlant :

— La pauvre Mathilde a fini par s'endormir et je…

Elle se figea en se rendant compte que Gwen n'était pas seule. Ses yeux passèrent très vite d'elle à Ralph.

— Oh ! Toutes mes excuses ! Je ne voulais pas vous déranger pendant votre… Je vais m'en aller et je reviendrai plus tard !

— Inutile, demoiselle Brida, dit Ralph en soupirant. J'étais sur le point de partir.

Il se pencha pour glisser à l'oreille de Gwen :

— J'espère que nous reprendrons cette conversation.

— Bien sûr, acquiesça-t-elle en espérant que cela n'arriverait pas.

— Dans ce cas, je vous souhaite une bonne nuit à toutes les deux.

Il les salua très bas.

— Bonsoir, Sir Ralph, répondit Brida.

Quand il fut parti, incapable de croiser le regard de son amie, Gwen se laissa retomber sur ses oreillers.

Elle aurait voulu disparaître pour ne pas avoir à subir l'embarras d'être surprise en telle posture. Le drap la couvrait, bien sûr, mais sa nudité devait paraître évidente. Quelle humiliation ! Que devait penser Brida de tout cela ? Ce n'était cependant pas pire que la perspective de reprendre sa discussion avec Ralph. Elle réprima un grognement frustré. Pourquoi avait-il fallu que cette belle soirée se finisse si mal ?

Chapitre 18

Ralph n'arrivait pas à croire qu'il ait pu si mal s'y prendre lors de sa soirée avec Gwen. Il se sentait stupide d'avoir réagi comme il l'avait fait, encore échauffé par la passion de leurs baisers. Leurs caresses avaient été un surprenant voyage des sens, une découverte intime et délectable. Pourtant, il avait fini par bousculer Gwen, la presser de questions pour comprendre ce qui l'avait fait changer d'avis au sujet d'un mariage qu'ils avaient autrefois tant désiré. Il l'avait poussée à lui avouer la vérité au sujet des sacrifices qu'elle avait faits pour le protéger face à son perfide cousin et qui l'avaient empêchée de fuir avec lui. Car elle ne s'était pas contentée de promettre sa main à Stephen. De cela, il était certain.

Certes, sa curiosité était compréhensible et ses questionnements légitimes. Mais devait-il l'interroger ainsi juste après avoir fait l'amour ?

Non. Cela avait été une erreur de sa part.

Il aurait pu se frapper, tant il était choqué par sa propre sottise, son manque de tact. Il s'était montré parfaitement odieux, alors qu'elle aurait eu besoin de douceur et de compréhension. Comme la pire des brutes, il avait exigé qu'elle lui explique d'où venait cette soudaine réticence à l'idée de l'épouser. Il aurait plutôt dû attendre un moment plus propice et aborder le sujet avec délicatesse, plus tard. Mais le temps leur était compté, parce que le tournoi serait bientôt fini, et que l'heure des adieux approchait… Quoi qu'il en soit, après un tel don d'elle-même, elle aurait mérité beaucoup plus de gentillesse de sa part.

Jamais il n'oublierait sa beauté, la passion dont elle avait fait preuve, son abandon si confiant. Les événements de cette nuit resteraient toujours gravés en lui, quoi qu'il advienne. Il revoyait la cascade de cheveux blonds entourant son visage. Le parfum sucré de sa peau si tendre lui semblait encore flotter dans l'air, aussi subtil que l'odeur d'un jardin d'été au crépuscule. Leurs baisers, leurs caresses, leurs étreintes avaient été animés du même feu.

Oh oui, il chérirait ce souvenir jusqu'à son dernier jour…

— Tu es bien silencieux, ce matin, mon ami, remarqua Tom en lui adressant un coup d'œil interrogateur.

— Toutes mes excuses. J'ai beaucoup de choses en tête.

— J'imagine.

Ils se dirigeaient à grands pas vers le château, où ils devaient rencontrer le roi, les comtes des Marches, les chevaliers et les nobles présents au tournoi. Le moment était venu pour eux d'expliquer les raisons de leur stratagème.

— Es-tu nerveux ? Parce que moi, je le suis, ajouta Tom.

Ralph acquiesça.

— Oui, mais je suis aussi soulagé de pouvoir enfin me montrer au grand jour. Cela fait bien trop longtemps que je me cache derrière ton nom.

— C'est vrai. Mais, depuis le début du tournoi, tu as aussi fait beaucoup pour attirer sur ce nom le respect de nos pairs.

— J'en doute, répondit Ralph avec un sourire en rabattant un peu plus son capuchon sur ses yeux. Mais il est vrai que j'ai accompli quelques belles actions dans la lice, en tant que « Sir Thomas ».

— Tout cela grâce à mon enseignement !

Ils traversèrent la cour et montèrent les marches de pierre menant à la grande salle.

— Vraiment ? demanda Ralph, amusé.

Ils s'arrêtèrent un instant non loin de la porte devant laquelle deux soldats montaient la garde.

— Sans aucun doute.

Ralph pouffa et donna à son ami une grande tape sur l'épaule.

— Quoi qu'il en soit, je tiens encore à te remercier mille fois pour tout ce que tu as fait pour moi.

— Veux-tu arrêter ? Tu vas me faire rougir !

Tom lui rendit son coup amical.

— Et puis, tu sais bien que je ne t'ai aidé que pour l'argent.

— Bien sûr…

— Je l'ai toujours dit.

Il montra la porte d'un mouvement de tête et prit une profonde inspiration.

— Cela a été un honneur, mon ami. Alors, es-tu prêt à entrer et à affronter l'indignation de tout ce beau monde ?

— Je le crois… Allons-y.

Ralph s'agenouilla aux côtés de son ami sur les dalles froides recouvertes de joncs, devant les hommes assemblés dans la grande salle. Son épée posée devant lui, il inclina respectueusement la tête devant le jeune roi Henry qu'entouraient les hommes les plus puissants du royaume.

Tandis qu'il regardait le sol, il sentit quelques gouttes de sueur rouler le long de ses tempes. Il avait les mains moites et résista à l'envie de les essuyer sur sa tunique. Les battements assourdissants de son cœur résonnaient d'autant plus à ses oreilles que la salle était plongée dans un profond silence. La seule lumière provenait de quelques torches fixées aux murs de la vaste salle.

— Qu'avez-vous fait ? hurla soudain le comte de Hereford depuis l'estrade royale. Et vous, Sir Thomas, Clancey, Tallany ! Avez-vous réellement accepté de prendre part à cette… supercherie, cette fourberie ? Comment avez-vous pu… ?

Ralph sentit Will et Hugh s'approcher pour venir se camper de part et d'autre de Tom et lui, face à leurs juges.

— Nous avons soutenu cet homme dans sa quête pour lui permettre de retrouver ses droits ancestraux. Jamais nous n'avons voulu déshonorer ce tournoi ou qui que ce soit dans l'assemblée présente, répondit Will.

— Quel autre résultat espériez-vous donc ?

Ralph releva la tête et s'adressa directement à son accusateur qui, comme le comte de Chester, siégeait au côté du roi.

— Je voulais avoir l'honneur de pouvoir payer les taxes placées sur mes terres et mon château, tout en étant protégé par l'anonymat que m'a offert mon ami, Sir Thomas Lovent, en me prêtant son nom.

— Nous l'avons compris. Mais pourquoi avez-vous décidé d'opérer dans un tel secret ? De participer à ce tournoi digne de notre plus belle chevalerie par le biais d'une manœuvre malhonnête ? C'était une très mauvaise décision, pour vous tous !

— Lord Hereford, je vous implore d'entendre mes raisons.

— Et pourquoi vous accorderions-nous cet honneur ? Vous avez ridiculisé toutes les personnes ici présentes !

— Pour cela, je vous demande pardon, Majesté... messires... mais sachez que ce n'était pas mon intention. Nous n'avons pas pris cette décision pour nuire à qui que ce soit.

Ralph observa tour à tour le roi, ainsi que les nobles qui l'entouraient. Il tenait à tous les regarder dans les yeux.

— Si nous avions été malintentionnés, comme vous semblez le croire, pourquoi serions-nous venus ici aujourd'hui pour informer le roi de notre conduite ?

— Oui, pourquoi ? lâcha le comte de Hereford d'un air hautain.

Le roi frappa soudain le sol du pied, faisant taire tous les murmures qui fusaient.

— Je souhaite entendre ce que cet homme a à dire.

Levez-vous, chevaliers, et expliquez-nous les raisons de vos actions discutables.

Les deux hommes obéirent et s'inclinèrent une nouvelle fois avant que Ralph prenne la parole.

— Sir Thomas et moi avons échangé nos identités pour une très bonne raison, Sire. Par prudence, je ne voulais pas que mon existence et le fait que j'ai survécu à une attaque mortelle soient connus tant que la situation ne l'exigerait pas. Aujourd'hui, c'est en revanche le cas.

— Tout cela est absurde ! s'exclama le comte de Hereford en bondissant de son siège.

— Je vous en prie, Hereford, laissez cet homme s'exprimer, coupa Ranulph de Blondville, comte de Chester, avec un soupir agacé avant de se tourner vers Ralph. Dites-nous pourquoi vous avez jugé bon de vous protéger ainsi. Pensiez-vous que votre vie était en danger ?

— Oui, car cela a déjà été le cas par le passé. Après être entré au service de Lord Clancey, j'ai compris que ce stratagème pourrait tourner à mon avantage en m'épargnant d'attirer l'attention de mes ennemis sur moi.

— C'est pourquoi vous avez préféré vous cacher ?

— Exactement, Milord.

— Je vois, fit le comte de Chester en hochant la tête. Et pouvons-nous savoir qui vous êtes, réellement ?

Ralph prit une profonde inspiration avant de répondre.

— Je suis Ralph de Kinnerton, l'héritier légitime du château de Kinnerton.

Un murmure parcourut l'assemblée. C'était inévitable, après une telle annonce. Ralph examina la foule et ses yeux s'arrêtèrent un instant sur Stephen Le Gros, qui était devenu pâle comme la mort – à l'exception de ses pommettes, qui s'étaient teintées de rouge. En voyant le choc que sa réapparition causait à son cousin, Ralph ne put réprimer un petit sourire. Stephen se reprit néanmoins bien vite.

— Mensonge ! cria-t-il. Mon cousin Ralph de Kinnerton,

qui, je le rappelle, a été accusé de trahison par cette même cour, est mort.

— Silence ! intervint une nouvelle fois le comte. Nous ne sommes pas en séance de justice et rien ne vous autorise à hurler de la sorte, monsieur. D'autant plus, si ma mémoire est bonne, que c'est vous qui avez été l'instigateur de ces accusations !

Cela aurait dû faire taire Stephen, mais il avait toujours eu le don de se tirer des situations délicates avec panache.

— Et vous pensez que cet homme dit la vérité ? rétorqua-t-il avec un mépris mal déguisé. Trouvez-vous qu'il ressemble à Ralph de Kinnerton ou se comporte comme lui ? Il est tellement défiguré que nul ne pourrait le reconnaître ! Messires, nous avons devant nous un imposteur.

Un tonnerre de cris et d'exclamations résonna dans la grande salle. Tout le monde semblait vouloir se faire entendre en même temps. Ralph regarda autour de lui. La plupart des hommes s'agitaient, certains protestant, d'autres semblant accepter l'affirmation de Stephen. Le brouhaha était assourdissant.

Malgré cela, il tint bon et, avec détermination, se campa de nouveau face à l'estrade royale sans s'autoriser le moindre tremblement. Il ne pouvait montrer de signe de faiblesse devant ces hommes et devait supporter la pression sans céder.

Au bout de quelques instants, le comte de Chester se leva avec autorité.

— Silence ! Qu'est-ce que ce vacarme ? Sommes-nous sur un champ de foire ?

Le calme revint bientôt, et on n'entendit plus qu'une vague rumeur courir parmi la foule.

Le comte se tourna alors de nouveau vers les deux chevaliers.

— Vous prétendez donc être Ralph de Kinnerton, unique fils de Walter et Maud de Kinnerton ?

— Oui, Milord.

— Et pouvez-vous prouver vos dires de quelque manière que ce soit ?

Le comte de Chester lui adressa un imperceptible sourire d'encouragement.

— Oui, éclairez-nous, car j'avoue que vous ne ressemblez en rien au garçon que j'ai autrefois pu voir aux côtés de Lord Walter de Kinnerton, lâcha Hereford avec un sourire mauvais. Il n'avait rien de remarquable, ce garçon, comme son père me l'a souvent répété en privé… Sir Walter et moi, nous nous connaissions bien.

Quelques hommes, dont Stephen, rirent, de toute évidence amusés par l'insulte voilée. Ralph serra les dents. Il ne devait pas reculer d'un pouce. Les poings crispés et le cœur battant, il ravala ce douloureux rappel du mépris de son père à son égard et fit de son mieux pour garder son calme.

Bon sang, doit-on toujours me rappeler que je n'ai pas été digne de lui ?

Il croisa le regard de Tom, qui lui adressa un léger hochement de tête, comme pour lui donner du courage. Les deux hommes qui se tenaient à leurs côtés le soutenaient aussi, il le savait. Will et Hugh étaient prêts à le défendre.

Il se répéta qu'il avait de la chance de compter de tels compagnons parmi ses alliés, se redressa davantage et expira profondément avant de répondre :

— Votre description du garçon que j'ai été est correcte, Milord, mais vos souvenirs datent d'il y a six ans. Comme vous le savez, mon existence s'est transformée le jour où j'ai dû fuir mon foyer pour sauver ma vie.

Il darda sur Hereford, qui avait toujours soutenu Stephen, un regard froid.

— Le temps s'est écoulé, depuis lors, et c'est en tant qu'homme que je reviens, un homme digne de devenir Lord Kinnerton à la suite de mon père.

— Vous n'avez pourtant encore apporté aucune preuve de votre identité.

— Parce que c'est un imposteur ! s'écria son cousin depuis sa place.

— Sir Stephen, vous pourrez vous exprimer plus tard sur ce sujet et réfuter tant que vous le voudrez les allégations de cet homme, mais si je vous entends crier une fois de plus, je vous demanderai de quitter cette salle. Suis-je bien clair ? lança le comte de Chester.

— Parfaitement clair, Milord. Comprenez néanmoins mon indignation, quand je vois ce parfait inconnu se présenter à vous sous le nom de mon défunt cousin.

— Oh ! je suis bien vivant, vous pouvez me croire ! répliqua Ralph.

— Mais c'est justement le problème, jeune homme, intervint Hereford. Il va nous falloir autre chose que vos affirmations pour nous amener à vous croire ! En particulier quand l'homme que vous appelez votre cousin rejette vos arguments avec tant de véhémence.

Seigneur, cela devenait ridicule ! Comment était-il censé prouver qu'il disait bien la vérité ?

— Et que voulez-vous que je réponde, Lord Hereford ? demanda-t-il, agacé. Que je possède encore le sceau de mon père et la chevalière des seigneurs de Kinnerton frappée de nos armoiries ? Ou dois-je vous confier des détails concernant le château, ses défenses et ses environs, connus du seul chef de la garnison ? Désirez-vous entendre un récit de mon enfance, de la vie de ma mère ou de mes fiançailles ? Peut-être préféreriez-vous que je présente à cette cour les affaires personnelles que j'ai emportées en quittant l'Angleterre et que je transporte encore avec moi ? Ces choses-là vous convaincraient-elles enfin ? Préférez-vous vous fier aux affirmations d'un homme qui avait tout à gagner à la disparition de mon père et à la mienne ?

— Outrage ! coupa Stephen sèchement. Cela fait six ans que je suis l'intendant désigné de Kinnerton et que Lord Hereford m'épaule en tant que shérif pour m'aider à collecter de lourdes taxes auprès des paysans et payer enfin son dû à la Couronne, puisque c'est le seul moyen pour moi de devenir légalement maître du château. Je vous rappelle qu'il s'agissait du souhait de mon oncle et qu'il me considérait comme son véritable héritier.

Un silence choqué accueillit ces déclarations. Stephen Le Gros venait de dévoiler son ambition et d'apprendre à tous qu'il tentait de se hisser au rang de seigneur en exploitant de braves hommes et femmes sur les terres du domaine. Il avait également avoué à demi-mot qu'il avait toujours eu le soutien de Hereford dans sa quête de pouvoir.

Ce qui frappa toutefois vraiment Ralph fut la mention de l'affection que son père portait à Stephen. D'un coup, une idée nouvelle le traversa. Une idée qui ne lui était encore jamais venue… Si son cousin avait raison de se croire le favori de son oncle, pourquoi avait-il fait tant d'efforts pour l'écarter de son chemin ? Si Walter de Kinnerton comptait réellement lui transmettre ses terres, comme Stephen l'affirmait, ce complot perdait tout son sens !

— Vous avez pourtant fait partie des premiers hommes à accuser mon père de trahison envers la Couronne. Une accusation qui n'a jamais tenu, même après sa mort prématurée, rétorqua donc Ralph d'une voix forte, sans quitter son cousin des yeux.

— Messeigneurs, vous ne pouvez pas laisser se poursuivre cette scène ridicule ! Cet imposteur a déjà jeté le discrédit sur notre tournoi, et voilà qu'il met ma parole en question…

— C'est vrai, confirma Hereford avant de se tourner vers le jeune roi, qui écoutait attentivement ce qui se disait. Sire, comment pouvons-nous nous fier aux mensonges de cet homme ?

Hugh intervint alors, pour apporter son soutien à Ralph.

— Majesté, je suis certain que ce chevalier pourra vous prouver son identité.

— Et, pour ma part, je vous confirme que ses explications

concernant sa participation anonyme à votre tournoi sont vraies, renchérit Will. Mon épouse, Lady Isabel de Clancey, pourra également vous conter comment elle l'a soigné après l'embuscade qu'on lui a tendue en Aquitaine et dans laquelle il a failli laisser la vie. Ses cicatrices attestent de la brutalité de l'attaque qu'il a subie.

— Tout cela est très intéressant, mais ne prouve pas que vous connaissiez Ralph de Kinnerton avant, à l'époque où il vivait sur les terres de sa famille. Comment pouvez-vous affirmer que l'homme qui vous accompagne et *ce garçon* sont une seule et même personne ?

Ralph soupira entre ses dents. Il devait bien admettre que le comte de Hereford avait soulevé un problème de taille. Finalement, tout se résumait à sa parole contre celle de son cousin…

— Moi, je le peux !

La voix douce mais déterminée de Gwen s'était élevée depuis le fond de la salle.

Ralph se retourna, bouche bée, et la vit s'avancer gracieusement, la tête haute, suivie par sa compagne Brida.

Son cœur s'emballa et il fut une fois de plus émerveillé par la femme qu'était Gwenllian ferch Hywel.

Aurait-elle pu être plus magnifique ailleurs que dans cette salle, prête une fois de plus à voler à son secours ?

Le comte de Hereford descendit de l'estrade pour aller à sa rencontre.

— Lady Gwenllian, nous apprécions votre apparition fortuite. Cependant, comme vous le savez, ceci est un conseil privé et les femmes n'y sont pas admises.

Gwen l'ignora et fit une élégante révérence au roi et aux hommes restés assis autour de lui.

— Je le sais bien, Milord, et je m'excuse de venir troubler cette audience. Seulement, j'ai pensé qu'en tant qu'amie de Ralph de Kinnerton depuis plus de dix ans, mon témoignage pourrait s'avérer utile, étant donné les circonstances. Me permettrez-vous de m'adresser au conseil ?

— Je crains que non, Milady. Nous n'avons pas besoin de vous entendre ici !

— Non, attendez ! coupa le jeune roi.

Il se leva, descendit de l'estrade et se dirigea vers Gwen, qui lui fit une profonde révérence. Un signe de tête courtois lui répondit puis Henry, lui offrant son bras, lui fit traverser la salle jusqu'au pied de l'estrade.

— J'aimerais écouter votre témoignage. Parlez, je vous prie, Lady Gwenllian, dit-il avant de retourner s'asseoir.

— Mille mercis, Sire… Messeigneurs.

Elle baissa la tête avec une déférence étudiée.

— Comme vous le savez peut-être, j'étais la pupille de Lord Walter de Kinnerton et suis venue vivre sous son toit après la mort de mon cher père, Hywel ap Rhys de Clwyd, alors que je n'étais encore qu'une enfant. C'est là que j'ai rencontré mon promis, Ralph de Kinnerton. Nous avons grandi ensemble et nous serions mariés, si les événements désastreux d'il y a six ans ne nous avaient pas séparés.

Elle s'interrompit un instant et se redressa avant de poursuivre d'un ton ferme :

— Aujourd'hui, je peux vous jurer devant Dieu que l'homme qui s'est présenté à vous durant cette assemblée et le garçon que j'ai connu sont la même personne. Il est Ralph de Kinnerton.

— Ce chevalier vous aurait donc dévoilé sa véritable identité avant de venir nous voir ? demanda le roi.

— Oui, Sire. Il ne l'a fait que parce que j'avais déjà des soupçons le concernant. Je dois bien admettre que son physique a été très altéré pendant son exil, mais il est bien l'homme qu'il prétend être.

Ralph croisa un instant son regard et lui adressa un petit sourire empreint de reconnaissance.

Le comte de Chester reprit la parole de sa voix puissante :

— Nous vous remercions pour votre témoignage en faveur de ce jeune homme, Lady Gwenllian. À bien y réfléchir, plus je le regarde, plus je lui trouve de ressemblances avec son défunt père. Sire, je pense que nous pouvons à présent nous accorder sur le fait que ce chevalier, ou devrais-je dire Sir Ralph, n'est pas un imposteur…

Ralph attendit, tendu de la tête aux pieds et le souffle court, le jugement du roi. Il y eut un silence qui lui parut durer une éternité. Puis, finalement, Henry hocha la tête.

— Oui, dit-il. Je suis convaincu que vous êtes bien Sir Ralph de Kinnerton. Mais vous allez devoir nous apporter quelques preuves tangibles, comme vous nous l'avez proposé tout à l'heure.

— Je le ferai avec plaisir, Sire.

— Parfait. Dans ce cas, vous viendrez présenter à cette cour la chevalière de votre père, les biens que vous avez emportés en quittant Kinnerton, et vous raconterez quelques souvenirs de votre enfance au scribe pour qu'ils soient consignés.

— Mais, Sire… Votre Majesté ! C'est inacceptable ! Vous ne pouvez pas prendre votre décision sur le simple témoignage d'une… d'une *femme* ! s'écria Stephen.

Le jeune roi l'interrompit d'un geste impatient.

— C'est pourtant ce que notre souverain vient de décider, Sir Stephen, répondit froidement le comte de Chester. Vos objections sont notées, mais sachez une chose…

Imposant et sévère, il se campa face à Stephen.

— Si jamais nous apprenons que vos griefs sont nés d'un désir de discréditer votre cousin pour des raisons contraires à l'honneur, nous n'hésiterons pas à retenir des charges contre *vous*.

— Sir Stephen Le Gros comprend très bien, n'est-ce pas ? intervint le comte de Hereford, les dents serrées. Quoi qu'il en soit, Sire, Sir Ralph ne nous a pas encore expliqué pourquoi il a fait de ce tournoi une farce grotesque.

— Une farce ? Certainement pas, répliqua Chester. Et il a clairement énoncé ses raisons, au contraire.

— Oui, c'est aussi mon avis, trancha le roi.

— Je vous remercie, Sire.

Ralph s'avança et mit un genou en terre devant Henry, la tête baissée.

— Puis-je profiter de cette assemblée pour demander à Votre Majesté de régler le problème de mon héritage et de la propriété de Kinnerton ainsi que de ses terres ?

— Quelle impudence ! s'exclama Hereford.

— Je pense que vous comprendrez mon empressement, Milord. Kinnerton est la demeure de mes ancêtres, et comme j'ai enfin rassemblé assez d'argent pour payer la taxe féodale qui y est attachée, je souhaiterais, si notre Sire le permet, en reprendre le contrôle.

Ce n'était pas tout à fait vrai : Ralph avait encore besoin de fonds pour s'acquitter de la taxe, mais il trouverait un moyen de les rassembler. Contre toute attente, il avait retenu l'attention du roi et des plus puissants seigneurs du royaume. L'opportunité était trop bonne pour qu'il ne la saisisse pas.

— Devons-nous régler cette affaire sur-le-champ ? Le château peut bien rester propriété de la Couronne pour l'instant…

— Sire, intervint Chester, je pense que Sir Ralph a raison. Llewelyn, du pays de Galles, devient plus puissant de jour en jour. Nous avons besoin de stabilité et de sécurité le long de nos frontières. Pour y parvenir, il nous faut la poigne de seigneurs capables de diriger ces provinces de manière cohérente.

— Pour cela, le meilleur candidat reste Stephen Le Gros, qui jouit de la fidélité de ses hommes et de la garnison de Kinnerton, protesta Hereford.

— En dépit des nombreuses rumeurs au sujet de la vie trop dure qui est imposée aux habitants de ces terres depuis six ans ?

Le comte de Chester l'affronta sans ciller et Hereford finit par détourner le regard.

— J'ai entendu beaucoup de choses, et je suis aussi bien informé que vous, acheva Chester sèchement.

Ralph, lui, décida de ne s'adresser qu'au roi.

— De plus, ne serait-ce pas une décision illégale, Sire, étant donné que je suis le légitime héritier de Kinnerton ?

— Comme son père l'a toujours désiré, ajouta Gwen.

Tout comme lui, elle semblait décidée à n'en appeler qu'au roi. Sans doute était-ce sage car le jeune Henry, accédant au trône à un âge où l'on doutait encore de ses capacités ou de sa maturité, pourrait voir quelques similitudes entre sa situation et celle de Ralph.

Ils attendirent patiemment, tandis que le souverain réfléchissait en se frottant pensivement le menton. Enfin, il se leva et descendit une fois de plus de l'estrade pour aller jusqu'à Gwen, qui lui fit une nouvelle révérence.

— Vous avez raison, Lady Gwenllian. Mon père, le roi Jean, a fait tout son possible en son temps pour assurer une succession paisible, dit-il en lui prenant la main pour la faire se relever avant d'effleurer ses doigts du bout des lèvres. Du moins, d'après ce que j'ai compris, il a agi au mieux en dépit des conflits qui opposaient les barons pendant son règne.

Il remonta sur l'estrade et s'adressa à Ralph.

— Sir Ralph, je ne vois qu'une solution pour mettre définitivement un terme à cette dispute entre votre cousin et vous, mis à part bien sûr l'acquittement de la taxe en temps voulu…

Il prit une profonde inspiration et annonça :

— Vous devrez vous affronter en combat singulier, combat qui mettra fin à ce tournoi.

L'assemblée émit des exclamations de surprise.

— Quelle idée inspirée, Majesté ! remarqua Chester, l'air ravi.

Bon sang ! Était-ce une sorte de jeu, pour le roi ? Après

tout, il était beaucoup plus jeune que Ralph et avait probablement hâte de conclure cette affaire pour retrouver les joies de la lice… D'un autre côté, sa suggestion avait un certain mérite. Elle permettrait à Ralph de prouver une bonne fois pour toutes sa valeur sur un champ de bataille et d'étouffer les doutes que l'on pouvait encore nourrir à son égard.

— Sire, messeigneurs, j'accepte le duel, dit-il donc.

— Moi aussi, ajouta Stephen en s'avançant de quelques pas, tout en maintenant une distance prudente entre son cousin et lui.

— Très bien. Dans ce cas, le combat aura lieu demain à midi.

Cette annonce fut accueillie à grand renfort d'acclamations. Du moins, jusqu'à ce que le comte de Hereford intervienne de nouveau.

— Avec votre permission, Sire, je ne pense pas que nous devrions autoriser Sir Ralph à quitter cette assemblée sans s'être acquitté d'une pénalité pour avoir violé les règles du tournoi. Laisser une telle transgression impunie risque de nous condamner au ridicule.

Seigneur, pouvait-on être plus obséquieux que cela ?

— Je suis certain qu'une amende de 10 marcs d'argent devrait suffire, suggéra Chester.

— Cet homme est déjà endetté auprès de la Couronne ! Non, je pense que nous devrions trouver une sentence plus appropriée.

Ralph s'avança.

— Dans ce cas, je vous propose de faire un don au monastère de votre choix, Sire, et de passer une nuit dans les cachots de ce château. Trouvez-vous *cette* sentence appropriée, Lord Hereford ?

Le comte grimaça, pris à son propre piège.

— Oui, probablement, marmonna-t-il.

Chapitre 19

Ralph soupira en examinant l'étroite cellule sombre, humide et puante aménagée sous le donjon de Pulverbatch. Il chassait du pied les joncs sales amoncelés sur le sol, lorsqu'il entendit un bruit de pas provenant du couloir. Se retournant, il vit l'un des gardes, une torche à la main, venir vers la petite porte en arche renforcée par des barreaux de fer. Derrière lui, il découvrit… Gwen !

Elle était là, dans ce cloaque répugnant, pour le voir ! Son cœur se mit à battre plus fort tandis qu'elle s'arrêtait à quelques pas de lui.

— Gwen ? Que viens-tu faire ici ? Ce n'est pas un endroit pour une lady !

Elle s'approcha de la porte et fit signe au garde, qui lui confia sa torche.

— Je ne peux pas vous laisser seuls très longtemps, Milady, lui dit-il avant de disparaître à l'autre bout du couloir.

Lorsqu'ils furent seuls, Gwen se tourna vers Ralph et le rcgarda gravement à travers les barreaux.

— Je devais te rendre visite, dit-elle. Ne serait-ce que pour être certaine que tu vas bien.

— Je vais mieux, maintenant que tu es là.

Il passa la main entre les barreaux et sourit.

— Merci d'être venue à mon secours, pendant le conseil. Sans ton témoignage, j'ai bien l'impression que personne ne se serait laissé convaincre.

— C'est le moins que je pouvais faire pour te soutenir. Je sais que je n'ai pas beaucoup d'influence, mais je pouvais au moins prendre la parole devant le roi, répondit-elle en lui prenant la main avec douceur.

— Tu sais aussi bien que moi que tu as fait bien plus en te présentant devant lui, Gwen. Ma dette envers toi ne fait qu'augmenter.

— Non, pas du tout ! protesta-t-elle avec un faible sourire. Je suis aussi venue te dire que je suis très fière de toi, Ralph de Kinnerton. Tu as fait preuve d'un grand courage, face à Henry et aux comtes des Marches.

Il haussa les épaules.

— Je n'en suis pas si sûr. Ce sera surtout demain, dans la lice, qu'il me faudra du courage.

L'air inquiet, elle fronça les sourcils.

— Dois-tu vraiment combattre Stephen ?

— C'est ma seule chance de prouver ma valeur aux autres.

— Mais il s'agit de Stephen Le Gros ! s'exclama-t-elle. Ce traître n'a aucun honneur. Il ne reculera devant rien pour triompher.

— Crois-moi, je serai prêt.

Il sourit un instant, touché par ses craintes.

— Tu n'as vraiment pas besoin de t'en faire, Gwen.

— Cela va être difficile, compte tenu des circonstances, murmura-t-elle en se mordant la lèvre. Je… Je t'ai apporté quelque chose qui, je l'espère, te portera chance demain.

Elle tira d'une petite aumônière qu'elle portait à la taille une longueur d'étoffe qu'elle étala sur son bras pour lui permettre de mieux voir. Les riches broderies en fil de soie brillaient sous la lumière tremblante de la torche. Ralph reconnut sans peine l'écharpe verte qu'elle lui avait offerte avant la mêlée à pied.

— Où as-tu retrouvé cela ? demanda-t-il, stupéfait, en laissant ses doigts courir sur le tissu. Je croyais l'avoir perdue quand on m'a attaqué et jeté à bas de mon cheval.

— Je dois dire qu'elle n'a pas été facile à dénicher, enfouie dans la boue comme elle l'était. Brida et moi n'avons réussi à remettre la main dessus qu'après de longues recherches dans le pré…

— Et tu l'as lavée pour lui rendre toute sa beauté, à ce que je vois.

— J'ai également ajouté un petit quelque chose au milieu. Regarde mieux.

Ralph cilla et fit courir ses doigts vers le centre de l'écharpe. Il sentit qu'un autre morceau de tissu y avait été cousu avec soin et sut immédiatement de quoi il s'agissait.

C'était le premier cadeau de Gwen, et la seule chose en sa possession qui avait eu de la valeur à ses yeux, lorsqu'il s'était réveillé amnésique à Saint-Jean-de-Côle. Ce ruban bleu et pourpre, qu'il avait porté attaché à son poignet jusqu'à ce que les fils s'abîment et se décolorent, et qu'il lui avait rendu avec tant d'amertume quand il l'avait vue dans la tribune royale, à la veille du tournoi…

— Je n'arrive pas à croire que tu l'aies conservé.

Il caressa avec tendresse le tissage délicat.

— C'est étrange…, reprit-il. Quand j'ai repris conscience après l'attaque, c'est ce ruban qui m'a poussé à sonder mon esprit confus pour me souvenir. Instinctivement, je savais que c'était mon dernier lien avec le passé. Avec *toi*.

Troublée, elle hocha la tête.

— Dans ce cas, j'espère que cette union de l'ancien et du nouveau t'aidera demain. Et plus tard, quand l'heure sera venue de forger ton avenir.

— Je te le promets.

Il exerça une pression affectueuse sur sa main avant de prendre l'écharpe.

— Je te remercie pour ta bonté, Gwenllian. Tu n'imagines pas à quel point cela compte pour moi.

— Ce n'est rien, je te l'assure.

— Pour moi, c'est beaucoup. Cette faveur représente même tout, à mes yeux.

Il sourit, sans quitter la bande d'étoffe du regard.

— Je suis heureux que tu ne te sois pas débarrassée de ce ruban, le premier cadeau que j'ai reçu de toi.

— J'ai failli le jeter au feu, quand je te croyais encore mort, convaincue que c'était Sir Thomas qui me le donnait. Puis j'ai compris que j'en étais incapable.

— Vu la façon dont je te l'ai rendu, je ne t'en aurais pas voulu, tu sais.

— Comment aurais-je pu le brûler ?

Elle soupira.

— Pour moi aussi, ce ruban était mon dernier lien avec toi.

Il tira sa main de son côté des barreaux pour y déposer un petit baiser.

— Pardonne ma réaction, au début du tournoi, Gwen. J'étais frustré, en colère, et je portais encore en moi beaucoup de souffrance à cause de notre séparation.

— Parce que j'ai refusé de quitter Kinnerton avec toi ?

Il acquiesça.

— Oui. Tu as tout fait pour ternir l'image que j'avais toujours eue de toi.

Elle parut gênée et baissa un instant les yeux.

— Je suppose que je peux me montrer assez persuasive, quand il le faut.

— C'est vrai, et cela a fonctionné. Pendant six ans, j'ai cru que tu me méprisais, que tu me haïssais ; alors que tu avais simplement essayé de m'aider à m'échapper.

— Oui.

— Tu voulais me protéger en m'accordant le plus de temps possible pour quitter la région…

— C'est cela.

Elle libéra sa main et recula d'un pas.

— Il est tard, Ralph. Je dois m'en aller.

— Attends encore un peu.

Il se passa nerveusement la main dans les cheveux.

— Je t'en prie, ne pars pas tout de suite. Quelles que soient les souffrances que tu as dû endurer, j'espère que tu sais que tu peux tout me dire. Ne laissons pas les événements d'il y a six ans nous séparer.

— Ce n'est pas vraiment le moment de parler de cela. Ne pourrions-nous pas avoir cette conversation demain, après ton duel ?

— Je ne serai peut-être plus là pour t'entendre, demain. Et puis, ne crois-tu pas que j'ai déjà assez patienté ? Il est temps que je sache ce qui s'est vraiment passé entre Stephen et toi… Depuis nos retrouvailles, je ne pense qu'à cela. Je m'interroge sans cesse au sujet des promesses que tu as dû lui faire pour me permettre de partir sain et sauf.

— Je n'ai aucune envie d'en parler, Ralph. Je préférerais oublier cette période une bonne fois pour toutes.

— J'imagine, ma chérie.

À travers les barreaux, il l'observa en silence pendant un moment. Elle paraissait crispée, tendue.

— Je comprends que les décisions que tu as dû prendre à l'époque n'étaient pas seulement déchirantes, dit-il enfin. Elles étaient justes, selon toi.

— Oui, souffla-t-elle. C'était le seul moyen pour moi d'assurer ta sécurité. Si je n'avais pas agi comme je l'ai fait, Stephen t'aurait pourchassé sans relâche, comme je te l'ai déjà expliqué.

Ralph comprit tout à coup à quel point les convictions auxquelles Gwen s'était accrochée étaient dures et cruelles. Son cœur se serra à l'idée de ce qu'avaient pu lui coûter les décisions qu'elle avait dû prendre.

— Et, comme je l'ai également dit, je te remercie pour tout ce que tu as fait. Tu es une femme remarquable, Gwenllian ferch Hywel.

Il soupira.

— Il y a cependant encore une chose que j'aimerais savoir : qu'as-tu réellement dû faire pour assurer ma survie ?

Allait-elle enfin tout lui avouer ? Le silence qui suivit fut tellement long qu'il commença à en douter. Finalement, elle parla…

— La première chose a été de te convaincre de mon indifférence, ce qui a été une épreuve bien plus douloureuse que je l'aurais cru. Quoi qu'il en soit, il fallait que tu partes le plus vite possible, et j'ai tenu bon. Je t'ai obligé à quitter Kinnerton sans moi.

Elle prit une profonde inspiration un peu tremblante avant de poursuivre.

— J'avoue que j'ai été soulagée par ton départ. Stephen avait menacé de te tuer sous mes yeux s'il te rattrapait, et je sais qu'il en aurait été capable. Mais, bien sûr, il cachait bien son jeu et ne désirait pas que ta mort.

— Je t'écoute…

— Dois-je vraiment continuer, Ralph ?

— J'aimerais savoir ce qui s'est passé pour mieux comprendre. Pour te comprendre.

Et savoir enfin à quelles extrémités elle avait dû se résoudre.

Il voyait bien que cette conversation lui coûtait et s'en voulait d'insister, mais il fallait qu'il sache. C'était le seul moyen pour qu'il puisse l'aider à son tour.

— Il… Il m'a déshonorée, Ralph. Il tenait tant à ce que je l'épouse au plus vite qu'il… Oh ! Seigneur ! C'est si difficile à dire… Il m'a touchée. Il m'a souillée et il aurait sans doute fait pire si on ne l'avait pas interrompu. S'il n'avait pas été appelé en urgence parce que quelques hommes de Kinnerton qui restaient fidèles à ton père… ou plutôt à toi, s'étaient rebellés.

Les dents serrées, révolté par ces aveux qu'elle consentait enfin à faire, Ralph retint son souffle. Malheureusement, elle n'en avait pas encore terminé.

— Avant de partir, il m'a marquée. Ici, à la base du cou.

Sa voix s'était mise à trembler. Elle souleva son voile et repoussa ses cheveux sur le côté pour lui montrer sa nuque. Ses doigts effleurèrent la peau, puis s'immobilisèrent.

— C'est là... La cicatrice a presque disparu, maintenant, mais il... il s'est servi d'une dague pour graver son initiale dans ma chair, afin que je ne puisse pas oublier à qui j'appartenais. Et il ne s'est jamais privé de me le rappeler lui-même, depuis, acheva-t-elle avec tristesse.

Le crâne de Ralph fut envahi par une rumeur sourde et son estomac se noua. La fureur se mêlait à un profond et amer sentiment d'impuissance. Elle avait dû subir tout cela, et il n'avait pas été là pour lui venir en aide ! Il s'était pourtant douté qu'une vérité de ce genre se dissimulait sous ses regards désemparés ! N'avait-il pas su, dès le premier jour du tournoi, qu'elle lui cachait une chose horrible ? Hélas, c'était encore pire que tout ce qu'il avait pu imaginer.

À présent qu'il l'avait entendue prononcer ces mots à voix haute, il sentait son sang bouillonner dans ses veines. Stephen avait osé toucher la plus charmante, la plus douce, la meilleure femme du monde contre son gré ! Ses mains pleines de sang s'étaient posées sur elle pour répandre leur répugnante souillure !

Le pire, c'était que tout cela s'était produit à un moment où lui-même haïssait Gwen, où il pensait qu'elle était heureuse d'être libérée de lui. Pendant six longues années, il avait cru qu'elle avait placé son ambition au-dessus de leur amour, qu'elle tenait à devenir Lady Kinnerton quel que soit le prix à payer pour cela. Elle avait subi les pires outrages de la part de son cousin pendant que lui fuyait comme un lâche...

Bon sang !

La honte le consumait. Il n'avait pas été là quand elle avait eu besoin de lui. Comment avait-il pu l'abandonner ainsi et faillir à tous ses devoirs envers elle ?

— Ralph ?

Sa douce voix perça le brouillard meurtrier qui obscurcissait sa vue.

— N'as-tu rien à dire ?

— Si.

Il tremblait, et cela s'entendait jusque dans sa respiration.

— Mais aucun mot ne pourrait exprimer ma colère et mes regrets. Je n'arrive pas à croire que tu aies pu affronter de telles horreurs, Gwen…

— Ce n'était pas ta faute, protesta-t-elle.

— Vraiment ?

— Non.

Elle secoua fermement la tête, sans le quitter des yeux.

— Mais j'espère que tu comprends mieux, maintenant, les décisions difficiles que j'ai dû prendre. Et pourquoi je continuerai mon chemin seule, dès la fin de ce tournoi.

Oui, il comprenait. Il avait pressenti que son désir de prendre le voile était motivé par autre chose que sa foi, et il avait malheureusement eu raison. À présent, toutes ses actions prenaient sens. Il aurait voulu pouvoir se jeter à ses pieds et les baigner de larmes pour laver les salissures du passé. D'ailleurs, s'il avait écouté tout ce qu'elle lui avait dit depuis leurs retrouvailles avec plus d'attention, il aurait sans doute compris plus tôt l'ampleur des sacrifices qu'elle avait faits pour lui – sans la pousser à raviver d'aussi terribles souvenirs. De plus, la manière dont elle venait de lui révéler tout cela cachait autre chose. Elle ne lui avait pas parlé pour lui faire comprendre ses raisons d'entrer au couvent, pour lui expliquer que ce serait le seul moyen d'oublier la honte, la culpabilité et la douleur qui la hantaient. C'était également une manière de lui expliquer que rien ne serait jamais possible entre eux. N'avait-elle pas dit cela depuis le début ? Leur amour ne suffisait pas pour effacer les ombres du passé.

Que Stephen aille brûler en enfer !

Tous leurs malheurs étaient arrivés par sa faute, et ils s'achèveraient avec lui.

Le garde réapparut dans le couloir pour emmener Gwen loin de ce cachot humide et sombre. C'était aussi bien. Tête baissée, Ralph était bien trop écrasé sous le poids de sa culpabilité, du rôle méprisable qu'il avait joué dans toute cette affaire, pour être capable d'affronter son regard plus longtemps.

En l'entendant s'éloigner, il trouva toutefois la force de relever la tête.

— Je dois m'en aller, maintenant, Ralph. Je te reverrai demain. En attendant, essaie de te reposer.

Sa voix n'était plus qu'un murmure éteint, sans la moindre émotion. Il aurait voulu aller vers elle et la prendre dans ses bras mais, bien sûr, les barreaux de sa cellule l'en empêchaient.

— Je suis désolé, Gwen, dit-il. J'aurais dû mieux te protéger face à Stephen.

— Je te l'ai déjà dit, ce n'est pas ta faute.

Elle secoua la tête et lui adressa un petit sourire navré.

— Comment aurais-tu pu éviter cela ?

Très facilement, songea-t-il.

Il attendit qu'elle ait disparu et se mit à marteler le mur de son poing, soulagé de sentir la douleur remonter dans son bras et de voir les entailles qu'ouvraient les arêtes vives des pierres sur ses articulations. Puis, à bout de forces, il se laissa tomber au sol et, submergé par l'énormité des aveux réticents de Gwen, se prit la tête entre les mains. Elle ne le considérait pas comme responsable de ce qui lui était arrivé, mais il était convaincu du contraire. Il l'était d'autant plus qu'il n'avait aucun doute sur le fait qu'elle s'était sacrifiée sans la moindre hésitation pour… oui, pour le protéger.

Tout cela avait une signification beaucoup plus sombre et terrible, à présent.

Néanmoins, il connaissait le nom du véritable coupable. S'il avait une part de responsabilité, un seul homme était réellement à blâmer pour les malheurs de Gwenllian. Son cousin. Stephen Le Gros.

Assis là, sur les dalles crasseuses de sa prison, il fit le serment de ne plus jamais laisser quoi que ce soit arriver à Gwen. Devant Dieu, il jura de mourir plutôt que de laisser un autre homme lui faire du mal. À la lumière des révélations de Gwen, son duel du lendemain avait pris une importance plus grande encore, et il eut hâte de voir le jour se lever.

Tout avait commencé par la faute de Stephen et seule sa mort les libérerait. La destinée venait d'accorder à Ralph une chance de mettre fin à tout cela. À lui de la saisir.

Gwen sortit de l'horrible donjon les yeux gonflés de larmes, mais elle refusait de les laisser couler. Non, elle garderait la tête haute le temps de retrouver Brida dans la cour et de retourner à l'intimité de leur chambre. Là, et seulement là, elle laisserait enfin ses émotions se déverser librement.

Au fond d'elle, elle avait toujours su ce que serait la réaction de Ralph en apprenant la vérité sur ce qu'elle avait vécu six ans plus tôt. Et elle ne s'était pas trompée : il avait à peine été capable de cacher son amertume, sa colère et sa déception. Après avoir entendu son récit, il n'avait même plus pu se résoudre à la regarder dans les yeux. Elle avait vu, sans aucun doute possible, son comportement changer brutalement.

Avec le temps, l'aveu qu'elle lui avait fait altérerait probablement son estime d'elle et elle refusait de devoir vivre cela. Elle ne voulait pas voir apparaître de rancœur ou de dégoût sur son visage. Son ignoble cousin se dresserait toujours entre eux, c'était inévitable. Dans un tel contexte, ils ne pouvaient se permettre d'envisager un avenir ensemble.

Dans la cour, elle fut assaillie par l'air froid et pur de la nuit. Elle prit quelques profondes inspirations, se libérant peu à peu de la puanteur du cachot.

Brida, qui l'attendait à quelques pas de la porte, la rejoignit aussitôt.

— Est-ce que tout va bien ?

Non. Et rien n'irait plus jamais bien…

— Oui, répondit-elle néanmoins. J'imagine que l'on peut dire cela.

— Sir Thomas est venu pour nous escorter jusqu'au fort.

Brida rougit un peu en indiquant d'un geste le charmant compagnon de Ralph qui se tenait un peu en retrait.

Sir Thomas Lovent s'avança et la salua.

— Milady, sachez que Ralph a tenu à ce que j'assure votre protection pendant son court emprisonnement. Il craint, et ce à juste titre je le crois, que Sir Stephen ne veuille se venger de votre courageuse intervention, pendant le conseil.

— Oui, Gwen. C'était très brave de ta part, remarqua Brida.

Gwen soupira. Ce serait aussi la dernière chose qu'elle aurait faite pour Ralph avant de partir pour le couvent. Ce voyage, comprit-elle soudain, se ferait sans lui, en fin de compte. Une part d'elle avait peut-être même su dès le départ que passer tant de jours en sa compagnie sur les routes aurait été une épreuve trop difficile pour eux. Leurs sentiments mutuels auraient forcément fini par faire obstacle à la décision qu'elle avait prise. Celle de lui dire adieu. Eh bien, puisque l'on ne pouvait rien y faire, elle expliquerait à Brida le changement de programme. Elles partiraient le lendemain, dès la fin du duel, et ce, quoi qu'il advienne.

— Je ne sais pas si j'ai fait preuve de courage, dit-elle au bout de quelques instants, mais je suis néanmoins heureuse de compter sur votre protection, Sir Thomas.

— C'est un plaisir, Milady, répondit-il avec un sourire. Et, pour vous tranquilliser complètement, je tiens à vous informer que mon maître, Lord Clancey, a ordonné à plusieurs de ses hommes de monter la garde aux abords du fort, ainsi que dans le couloir de votre chambre. Lady Clancey a elle-même rendu cette organisation possible.

— Transmettez mes remerciements à Lady Isabel. Je les lui adresserai en personne dès que je le pourrai.

— Bien entendu.

Il y eut un léger silence, puis il demanda :

— Comment se porte notre ami commun ?

Gwen soupira de nouveau.

— Aussi bien que possible, compte tenu de sa situation. Quand je pense qu'il doit passer sa dernière nuit avant ce combat si important pour lui dans une cellule de prison ! N'aurions-nous rien pu faire pour empêcher cela ?

— Hélas, je crains que non. J'ai voulu porter ma part de ce fardeau avec lui, mais il a refusé. Il a insisté sur le fait que c'était sa punition et que je n'avais pas à dormir moi aussi dans ce cloaque.

— Tout cela est tellement injuste !

— Je suis bien d'accord avec vous. C'était malheureusement le seul moyen de contenter un homme aussi puissant que le comte de Hereford.

— Ralph est donc obligé de passer la nuit sur une paillasse infestée de vermine, tandis que son cousin peut profiter du confort de son lit…

— Ne vous inquiétez pas trop pour lui, Lady Gwenllian. Ralph a dormi dans des endroits encore plus répugnants, et cela n'a jamais altéré ses performances au combat. N'oubliez pas qu'il a connu la guerre.

— J'essaierai de m'en souvenir, mais cela ne m'empêchera pas de me faire du souci pour lui.

— Je comprends.

Il lui adressa un sourire rassurant alors qu'ils arrivaient à l'entrée de la tour.

— Je vous laisse ici et vous souhaite une bonne nuit, Milady, ainsi qu'à vous, demoiselle Brida. À demain.

Gwen hocha la tête. Oui, tout serait réglé demain, d'une manière ou d'une autre…

Une chose était sûre : tout comme Ralph, elle risquait d'avoir du mal à trouver le sommeil, ce soir.

Chapitre 20

Gwen était installée à sa place, sous le dais de la tribune royale, serrant et desserrant nerveusement les mains dans les plis de sa jupe. Comme elle s'en était doutée, elle avait été incapable de fermer l'œil et avait passé la nuit à tourner et virer dans son lit. Une part d'elle avait hâte que ce duel soit terminé. Bien que la matinée n'ait pas été fraîche, elle tremblait comme une feuille, le souffle court.

Elle observa le reste du public et croisa le regard de Lady Isabel de Clancey, assise plus loin en compagnie de Lady Eleanor Tallany et de son jeune fils. Apparemment, les deux femmes étaient aussi inquiètes qu'elle et, pour une raison qui lui échappa, elle fut soulagée de constater qu'elle n'était pas la seule à avoir peur pour Ralph.

Soudain, elle se rendit compte qu'on lui faisait signe d'approcher et sourit avec un hochement de tête.

— Gwen ! Brida ! Venez voir le combat avec moi ! cria William Tallany sans la moindre discrétion.

Isabel et Eleanor se poussèrent pour leur faire de la place sur le banc lorsque Brida et Gwen les rejoignirent.

— Lady Isabel, je tenais à vous remercier d'avoir assuré notre sécurité, hier soir. La présence de vos hommes m'a permis de passer une nuit beaucoup plus paisible.

— Oh ! ce n'était rien ! répondit la jeune femme en haussant les épaules. Et c'était bien le moins que je puisse faire, après votre intervention au conseil. On m'a rapporté que, sans votre témoignage, Ralph n'aurait sans doute pas réussi à convaincre le roi de sa sincérité.

— Je ne pouvais tout de même pas rester sans rien faire...

Isabel lui adressa un sourire entendu.

— Non, je l'imagine bien.

Gwen sentit soudain son humeur s'assombrir.

— Lady Isabel, je crains que vous ayez une idée fausse de la relation qui m'unit à Ralph.

— Ne vous souciez pas de telles peccadilles. Je suis sûre que vous savez ce que vous faites.

Elle sourit de plus belle, puis son expression redevint grave.

— Regardez ! Ils sont sur le point de commencer.

Gwen se tourna vers la lice et vit Ralph s'avancer en direction de la tribune royale. Il portait son haubert de mailles sous un gambison renforcé, tenait son casque et son bouclier d'une main tandis que dans l'autre luisait son épée. Vêtu ainsi, il avait tout d'un guerrier expérimenté, puissant et menaçant. Sa force et sa détermination l'enveloppaient d'une aura presque palpable. Jamais il n'avait été aussi beau. Il marchait d'un pas assuré, au côté de son cousin. Arrivés devant l'estrade où siégeaient le roi et sa cour, ainsi que les comtes de Chester et de Hereford, toujours dans leur rôle d'hôtes du tournoi, les deux hommes s'arrêtèrent d'un même mouvement.

Ils s'agenouillèrent, leurs épées posées devant eux, pour jurer solennellement devant Dieu et le roi de respecter les règles de la chevalerie jusqu'à la fin de leur combat.

Gwen ne quittait pas Ralph de Kinnerton des yeux – cet homme qu'elle aimait tant et auquel elle allait néanmoins devoir renoncer... Il avait noué l'écharpe qu'elle lui avait offerte autour de son bras. Pourvu que cette faveur lui apporte toute la chance dont il avait besoin aujourd'hui !

Il se releva et croisa un instant son regard avant de se concentrer sur l'examen de ses armes. Cet homme, si déterminé, si confiant, était-il réellement le même que celui à qui elle s'était confiée cette nuit, au fond du donjon puant ? C'était presque inconcevable.

Quoi qu'il en soit, cela n'avait aucune importance car sa simple apparition suffisait à faire battre son cœur. Une nuée de papillons voletait au creux de son estomac dès qu'elle se trouvait en sa présence.

Seigneur, pourquoi continuait-elle ainsi à s'accrocher à ses sentiments pour lui ? Si leur conversation de la nuit précédente avait prouvé une chose, c'était bien qu'ils ne pouvaient pas être ensemble, en dépit de leur désir partagé. Les drames de leur passé rendaient hélas tout avenir commun impossible pour eux.

— Ne vous inquiétez pas, Gwen, lui glissa Isabel dans un murmure. Je suis certaine que Ralph triomphera.

— Je l'espère. Son cousin est aussi un bon combattant, et je suis certaine qu'il n'hésitera pas à employer des méthodes indignes d'un chevalier…

— C'est peut-être vrai, mais notre ami saura déjouer ses pièges. J'en suis sûre.

Gwen acquiesça sans être parfaitement convaincue pour autant.

— Je vous crois, dit-elle malgré tout, et je suis soulagée de voir que sa nuit en prison ne semble pas l'avoir affaibli.

William Tallany se tourna vers elle et lança avec sa franchise habituelle :

— C'est parce que j'ai donné à Ralph plein de gâteaux au miel quand il est sorti de ce *maudit trou à rats*.

— William ! s'exclama sa mère. Où as-tu entendu une si vilaine expression ?

— C'est papa qui l'a dit.

— Et on ne doit pas dire ce genre de choses devant des dames !

Le garçon baissa la tête et s'excusa du bout des lèvres, ce qui fit sourire tout le monde. En un instant, la tension qui régnait dans la tribune s'était un peu allégée.

— Bref, nous verrons bien ce que l'avenir lui réserve, reprit Isabel en tapotant la main de Gwen. Mais n'oubliez pas que Ralph se bat pour défendre son honneur et retrouver ses droits sur Kinnerton, et cela devant les hommes les plus importants de ce royaume. Sous son propre nom. Sans porter de masque.

— Oui, c'est vrai.

Plus important encore que tout cela, sa victoire lui permettrait de surmonter définitivement l'adversité et d'oublier toutes les épreuves qu'il avait dû traverser pour en arriver là. Il le méritait bien.

Ralph fut parcouru par un frisson d'appréhension et de nervosité qui descendit le long de sa colonne vertébrale. Le moment de vérité, qu'il attendait d'une certaine manière depuis six longues années, était enfin arrivé. Aujourd'hui, il allait se venger de Stephen Le Gros.

Cet homme était le plus méprisable et le plus vil qu'il connaisse. Il avait trahi son père et joué un rôle essentiel dans sa chute. Il s'était emparé de Kinnerton. Il avait tenté de supprimer Ralph lui-même plus d'une fois. Et, crime suprême, il avait fait du mal à Gwenllian ferch Hywel, usant sur elle de procédés indignes et haïssables. Tout cela, par soif de pouvoir et de contrôle. Quoi qu'il en soit, Ralph ne pouvait se permettre de penser à Gwen pour le moment. Il devait maîtriser sa colère pour ne pas se laisser distraire à l'instant fatidique.

Il se répéta ces mises en garde encore et encore, tout en se remémorant la longue liste des ignominies de son cousin, toute cette douleur destructrice et inutile qu'il avait provoquée par simple ambition.

Ils se tenaient côte à côte, toujours agenouillés devant le roi et les comtes des Marches, pour promettre de préserver la paix. Puis, leurs serments prononcés, ils se levèrent, se firent face et se saluèrent brièvement comme l'exigeait le code de chevalerie. L'instant d'après, le duel commençait dans un fracas d'armes assourdissant.

Stephen se jeta sur lui, enchaînant les attaques et les grands moulinets d'épée. Ralph fut bien vite obligé de se défendre. Ils ne parlèrent pas, se laissant porter par leur instinct, cherchant à se jauger mutuellement.

Ralph para sans relâche les assauts incessants de son adversaire, qui avançait pas à pas, sans faiblir. Ce n'était pas un problème : il s'était préparé à un tel enchaînement de coups brutaux. Très vite, il se rendit compte avec satisfaction que non seulement il contrecarrait la force de son cousin sans trop se fatiguer, mais aussi que Stephen semblait surpris par ses parades et qu'il s'épuisait plus vite que prévu. Ses mouvements devinrent bientôt plus lents et plus laborieux.

Ce n'était toutefois pas une raison pour sous-estimer son opposant, connu pour sa ruse. Leurs armes continuèrent donc à s'entrechoquer. Stephen se fendait, tranchait l'air entre eux avec une vigueur qui restait dangereuse, jusqu'au moment où Ralph jugea bon de pivoter pour lancer une rapide contre-attaque. Oh oui ! Il avait lui aussi quelques atouts dans sa manche…

— Pas mal, mon jeune cousin, marmonna Stephen sous son heaume. Pas mal, pour quelqu'un comme toi !

— Quelqu'un comme moi ? Que veux-tu dire ?

— Simplement que je ne voudrais pas te voir fuir en pleurs, Ralph. Pas devant tous ces gens et notre naïf jeune souverain. Ils n'ont pas besoin d'assister à nos petits conflits familiaux… Voyons, Ralph ! Tu sais très bien ce que je veux dire, et il semblerait que tu aies employé ces quelques années à camoufler tes faiblesses. La dernière fois que nous nous sommes vus, tu savais à peine tenir ton épée et tu n'avais certainement pas la force de la manier au combat !

— Oui, cet exil a été ardu, c'est certain, répliqua Ralph

en faisant sans effort tournoyer sa lourde lame au-dessus de sa tête.

— Je n'en doute pas...

Stephen ne paraissait pas impressionné par ses progrès.

— Mais je demeure tout de même un peu déçu.

— C'est normal, puisque toutes tes tentatives pour me supprimer ont lamentablement échoué !

— Vraiment ? gloussa son adversaire. Nous verrons. Quand je pense que tu vas tout de même perdre, malgré tous tes efforts et tout ton entraînement. Je te le dis, cousin, tu es toujours bien prévisible et décevant. C'est triste...

— Je ne crois pas !

Il était hors de question que Ralph se laisse atteindre par le venin de Stephen. Il n'était plus le garçon impressionnable d'autrefois.

— Tu n'arriveras plus à me faire peur ou à me manipuler, tu sais, dit-il.

Et, pour lui prouver qu'il ne le craignait plus, Ralph recula le temps d'enlever son heaume. Des cris échappèrent à la foule de spectateurs et un murmure sourd traversa les tribunes. S'il voulait respecter le code du tournoi, Stephen n'avait pas le choix : il devait imiter son cousin. Il se décoiffa donc à son tour et jeta son lourd casque de fer aux pieds de Ralph.

— Voilà qui est mieux, lâcha Stephen. Je pourrai au moins voir ton effroi pathétique quand je te ferai mordre la poussière. Enfant ou homme, cela ne change rien pour moi !

Sans attendre, il fondit sur Ralph qui, bien que pris par surprise, para l'attaque.

— C'est vrai, pourquoi se cacher sous le masque de l'honneur ou de la dignité ? répliqua-t-il. Tu n'as jamais possédé l'un ou l'autre.

— Bon Dieu, Ralph, tu es ennuyeux comme la pluie. D'ailleurs, si ma mémoire est bonne, tu as toujours été un insupportable idiot...

Ralph contra une nouvelle attaque et sa riposte bien placée lui rendit l'avantage en déstabilisant Stephen.

— Tu sais, il y a une chose que je n'ai jamais comprise, chez toi, dit-il. C'est ta haine envers moi. Pourquoi me détestes-tu tant ? Que t'ai-je fait ?

— Attends-tu vraiment une réponse à une question aussi absurde ?

— Je suppose que tu prends simplement plaisir à piétiner les autres, à les détruire et à les trahir. Tu as toujours été guidé par un étrange besoin de dominer tout ce qui t'entoure.

— Cela s'appelle être un chef fort et implacable, Ralph, et je ne suis pas étonné que tu ne l'aies jamais compris. Tu es incapable de te hisser à cette hauteur.

— Si je dois pour cela écraser tous ceux qui se mettent en travers de ma route, quitte à enfreindre toutes les lois morales de ce pays, alors je suis d'accord avec toi : je ne te suivrai pas sur ce chemin.

— Et c'est pour cette raison que tu échoueras toujours, cousin. Tu refuses de voir comment marche le monde.

— C'est vrai, je ne comprends pas cela. Depuis que tu as pris traîtreusement la tête de notre maison, tu n'as fait que déshonorer notre nom et notre devise : « *Honore et fide imus.* » Regarde à quoi tes complots absurdes ont mené !

— « Mes » complots ?

Les yeux de Stephen s'étaient écarquillés.

— Si tu n'avais pas été aussi faible, je n'aurais pas eu besoin d'agir comme je l'ai fait !

— Une excuse bien pratique…

Le rire de Ralph résonna dans la lice, froid et dénué d'humour.

— Quand je pense que je t'admirais, autrefois, que je t'idolâtrais… Je voyais en toi un grand frère !

— Et c'est bien ce que je dis, répliqua Stephen en lançant une nouvelle attaque frontale. Je n'étais *pas* ton frère, Ralph.

Juste un vague cousin pourvu de beaucoup de talents et jamais récompensé pour ses actes de bravoure.

Ralph riposta avec violence.

— C'est donc cela que tu cherches ? Une récompense que tu penses mériter depuis tout ce temps ?

— Et que voudrais-je d'autre ? Ton idiot de père m'a fait croire qu'il allait me nommer son héritier. Il m'a toujours préféré à toi et passait son temps à me faire parader à ses côtés devant ses hommes, ses capitaines, et même les seigneurs voisins ! J'ai forcément fini par y croire.

— Dans ce cas, l'erreur est tienne, car il n'a jamais envisagé de me renier pour t'adopter à ma place.

Ils poursuivirent leur danse meurtrière, la tension montant entre eux, de plus en plus étouffante. Stephen tenta une fois de plus de faire reculer Ralph, mais ses efforts furent contrés par des ripostes plus agressives que ses coups.

— C'est la faute de ton père, siffla Stephen. Il m'a laissé croire qu'il m'aimait. Pendant des années, c'est vers moi et pas toi qu'il s'est tourné pour obtenir des avis éclairés. Comme il ne cessait de se plaindre de tes défauts et de ta faiblesse, j'ai fini par l'imiter. Si quelqu'un était déçu de *toi*, c'était *lui* !

Ralph serra les dents. Il savait que ces dernières paroles contenaient un fond de vérité. Tout ce qu'il avait fait, pendant son enfance, avait été considéré comme autant d'échecs par son père. Aux yeux de celui-ci, il n'avait jamais été assez doué, assez fort, ou assez autoritaire.

— C'est peut-être vrai, mais cela ne change rien, Stephen.

— Tu te trompes ! Cela a tout changé, au contraire. Comment aurais-je pu connaître la vérité, puisque ton père n'a fait que me mentir ? Un jour, je lui ai demandé d'annoncer officiellement que j'étais son héritier. Sais-tu ce qu'il a répondu ? Qu'il en avait déjà un ! Peux-tu le croire, après tout ce qu'il avait dit et fait pour me convaincre du contraire ?

Ralph fit un pas de côté pour esquiver un assaut.

— Tu as donc décidé de te joindre à nos ennemis en l'accusant de trahison ?

— Je n'ai pas eu besoin de convaincre grand monde. Ses failles et, puisque nous en parlons, les tiennes aussi, étaient connues de tous.

— Comment peux-tu être aussi arrogant et présomptueux ?

— Moi ? Que c'est amusant ! lâcha Stephen avec un éclat de rire amer. Crois ce que tu veux, je reste convaincu que j'ai agi pour le bien de tous.

— Vraiment ? Penses-tu donc que ta gestion de Kinnerton a été exemplaire, ces six dernières années ?

Ralph se pencha et se fendit avec souplesse.

— Parce que, d'après ce que l'on m'a rapporté, tu n'as fait que t'enrichir au détriment du château et des fermiers dont tu avais la charge.

Une étincelle de rage brilla dans les yeux de son cousin. C'était bon signe…

— Paroles en l'air ! répliqua-t-il. De toute manière, ce n'est pas à toi que je dois rendre des comptes.

— Nous verrons…

— Et comment !

Stephen pivota et abattit sa lame si vite que la pointe effleura la joue couturée de cicatrices de Ralph.

Bon sang ! Il s'était équipé d'une épée affûtée et non d'une arme émoussée comme l'exigeaient les règles du tournoi !

— Je vois qu'une fois de plus, tu n'as pas hésité à tricher pour mettre toutes les chances de ton côté, cousin…

— Quand on risque de perdre tout ce que l'on a, on n'a pas le choix, répondit Stephen en haussant les épaules. Je suppose que tu vas demander une suspension du combat pour aller pleurnicher aux pieds du roi et montrer ta lâcheté à toute la cour. Quoi que tu décides, je gagnerai quand même…

Ralph aurait dû informer les spectateurs de cette violation flagrante du code. Dans une situation aussi tendue, la nature fourbe et violente de son cousin n'était pas à prendre à la légère. D'autant plus qu'il avait eu raison sur un point : trop de choses se jouaient pendant ce duel pour prendre le moindre risque.

Il ne put cependant s'y résoudre. Il avait déjà tant souffert à cause de Stephen ; il avait dû essuyer tant d'attaques et y survivre pour en arriver là… Que son épée soit émoussée ou non, ne changeait rien. Même le danger qu'il courait ne pouvait entamer sa détermination. Après tout, il avait passé son enfance à subir les insultes et les coups de son traître de cousin. Il était sorti vivant de l'embuscade qu'on lui avait tendue en Aquitaine, d'un empoisonnement et d'une attaque déloyale pendant la mêlée à cheval. Il survivrait aussi à ce combat !

— Garde donc ton arme, si cela peut te rassurer. Je m'en moque.

— Je vois que tu es toujours aussi naïf, répliqua Stephen avec un petit rire.

— Je préfère cela à la tricherie. Au moins, je pourrai garder la tête haute, ce soir.

— Si tu insistes, cousin… J'aimerais savoir une chose, par curiosité : est-ce que ça a été douloureux ? En Aquitaine ?

Une nouvelle botte l'atteignit et Ralph sentit un filet de sang couler sur son visage.

— J'imagine que la douleur a dû être atroce, surtout quand tu t'es rendu compte que tu allais rester défiguré jusqu'à la fin de tes jours.

— Tu dois déjà tout savoir de cette attaque, Stephen, puisque c'est toi qui l'as commanditée.

— Et je n'en suis pas vraiment satisfait. J'en espérais mieux, plaisanta son cousin, l'air mauvais. Quoi qu'il en soit, avec toutes ces hideuses cicatrices, je dois dire que je ne comprends pas comment la charmante Gwenllian peut encore supporter ta vue.

La mention du nom de Gwen réveilla toute la fureur de Ralph. Comment Stephen osait-il parler d'elle ainsi, après tout ce qu'il lui avait fait ? Certes, Ralph savait que Gwen était sa plus grande faiblesse, et il ne devait pas tomber dans le piège de son cousin, aussi difficile que ce soit pour lui. Mieux valait ignorer ses moqueries perfides. Mais Stephen n'en avait pas terminé…

— Pour être honnête, j'ai été très déçu de la voir voler à ton secours aussi facilement, l'autre jour, reprit-il. D'un autre côté, était-ce si surprenant ? Elle a toujours ressenti le besoin de protéger les créatures les plus faibles, comme toi.

Il se redressa et para l'attaque de Ralph avec un sourire satisfait.

— Oh ! Suis-je en train de sentir une pointe de colère ? Est-il possible qu'au fond de toi, tu te saches indigne de Kinnerton… ou de Gwen ?

Ils tournèrent au ralenti, sans se quitter des yeux, avant de s'engager dans une autre série de passes assassines.

— Quel silence, Ralph ! Que s'est-il passé ? As-tu perdu ta langue ?

La voix de Stephen paraissait de plus en plus méprisante et odieuse.

— J'espère que ce n'est pas à cause de ce que j'ai dit. Je ne pensais pas que mentionner le nom de Gwen te mettrait dans un tel état.

Ralph garda un silence obstiné. Il ne voulait pas parler d'elle – et certainement pas avec un homme comme Stephen. Laisser son cousin attiser sa colère et sa frustration serait très dangereux. Il devait garder la tête froide jusqu'à la fin de leur combat, ne pas laisser ses émotions altérer ses réflexes. Dans une telle situation, la moindre distraction pourrait s'avérer fatale.

— Je me demande ce qu'une femme aussi belle et séduisante que Gwen peut penser de ta laideur, avec cette peau couturée de cicatrices, reprit Stephen, plus provocateur que jamais. Elle qui a une peau si douce… Et je parle en connaissance de cause, car j'ai moi-même pu apprécier cette douceur…

Il lâcha un éclat de rire.

— T'a-t-elle parlé de cela, Ralph ? T'a-t-elle décrit les exquis plaisirs que je lui ai fait découvrir et ses propres caresses passionnées ? Oh ! j'entends encore ses soupirs et ses petits cris de jouissance, le soir où nous nous sommes donnés l'un à l'autre ! Je la revois s'abandonner à la plus douce intimité avec moi…

Un sifflement soudain et assourdissant emplit les oreilles de Ralph. Il ne fallait pas mordre à l'hameçon ! Il ne devait pas réagir aux propos répugnants de son cousin, mais cela devenait de plus en plus difficile. Il se refusait à imaginer ses mains repoussantes sur le corps de Gwen ; cette pensée lui donnait la nausée. Pourtant, Stephen l'avait bel et bien touchée. Il l'avait souillée.

Il avait trahi l'un des plus importants serments des chevaliers en s'attaquant à une personne incapable de se défendre ; une femme qui n'avait pourtant jamais sollicité la moindre attention de sa part. Son cousin avait agi comme le pire des dépravés en intimidant Gwen pour la pousser à agir contre son gré.

Pour cela, il devait être puni.

Ralph sentit sa colère enfler, l'embraser comme si un feu liquide s'était répandu dans tout son corps. Il avait envie de rugir, de se jeter à la gorge de Stephen, mais il s'efforça de canaliser cette rage pour garder la maîtrise du combat. C'était exactement ce que William Geraint et Hugh de Villiers lui avaient appris.

Il prit donc une profonde inspiration, recula d'un pas et se redressa pour se préparer aux prochaines attaques, qui n'allaient certainement pas tarder. Le duel s'éternisait et Stephen devenait plus lent. Si Ralph l'avait d'abord laissé décider du rythme de leur combat, le moment semblait venu de reprendre le contrôle de la situation en profitant de la fatigue de son adversaire.

Il fallait agir vite et bien. Il avait fait de son mieux pour laisser Stephen croire qu'il avait l'avantage ; il était temps de lui montrer son erreur.

Déterminé, il passa à l'attaque. Hélas, l'assaut fut paré avec la même vigueur.

— Voyons, mon très jeune cousin… Est-ce tout ce que tu peux faire ? Est-ce tout ce que tu as en réserve ?

Stephen riposta. Ralph recula vivement et, au dernier moment, se coula sur le côté pour achever sa feinte et porter à son adversaire un coup inattendu qui lui fit perdre l'équilibre. Stephen vacilla, puis s'affala dans l'herbe. Bouche bée, il contempla la pointe de l'épée de Ralph pointée sur lui.

— Non, lança Ralph. *Voilà* ce dont je suis capable !

Il ne put réprimer un petit sourire.

— Il semblerait que tu aies perdu, Stephen.

Après avoir donné un coup de pied à l'épée abandonnée de son cousin pour l'éloigner de sa main, il alla la ramasser tranquillement.

Jamais il n'aurait cru connaître un jour un tel soulagement. Pour une fois, Stephen paraissait sans voix, troublé, et incapable de comprendre ce qui venait de lui arriver.

Dieu merci, c'était enfin fini… Il avait triomphé ! Il venait d'écraser publiquement le plus terrible de ses ennemis. Un tonnerre d'acclamations éclata. Se détournant de son adversaire vaincu, il s'approcha de la tribune royale, dont presque tous les occupants étaient à présent debout.

Tout n'était cependant pas encore terminé. L'instinct aiguisé de Ralph le poussa soudain à faire volte-face à temps pour voir Stephen foncer vers lui, une dague au poing. D'un mouvement vif, il se campa face à lui et plongea au dernier moment pour balayer d'un coup de pied les jambes de son assaillant. Une nouvelle fois, Stephen se retrouva au sol.

— Tu as perdu, répéta Ralph en le délestant de sa dague. Et tu viens de te ridiculiser devant le roi, sans parler des comtes des Marches.

— Je ne peux pas te laisser gagner, siffla l'autre entre ses dents.

Ralph le gratifia d'un sourire.

— Tu n'as pourtant pas le choix. Accepte au moins ta défaite avec un semblant de grâce et de dignité.

— Oh oui, cela t'arrangerait bien, après tout ce qui s'est passé ! Tu m'auras tout volé… D'abord Kinnerton, et bientôt Gwenllian !

— Tu n'as donc toujours pas compris ? répliqua Ralph, incapable de cacher son dégoût. Kinnerton et Gwenllian n'ont jamais été à toi, Stephen.

Sur ce, il s'éloigna, répugnant à accorder un instant de plus à cet homme responsable de tant de souffrances et de malheurs.

Oui, c'était enfin terminé.

Chapitre 21

Gwen se leva d'un bond et applaudit de toutes ses forces, les yeux baignés de larmes, tandis que Ralph s'approchait d'un pas déterminé de la tribune royale. Après toutes ces longues, très longues années et après tout ce qu'il avait traversé, Ralph de Kinnerton était enfin vengé. Il avait triomphé de son méprisable cousin devant le roi et les comtes des Marches, devant toute la cour. Si quelqu'un avait encore douté de ses compétences en tant que guerrier et meneur, ces incertitudes venaient d'être balayées.

Elle sentait son cœur gonfler dans sa poitrine, prêt à exploser. Ralph avait su remporter une victoire éclatante, incontestable, et elle était si fière de lui ! Isabel se tourna vers elle et la serra fort dans ses bras. Près d'elles, William Tallany trépignait de joie.

Ralph s'agenouilla devant le roi qui, suivi par les comtes de Chester et de Hereford, descendit de son estrade pour le rejoindre. Après avoir annoncé officiellement son triomphe et sa nouvelle position de seigneur de Kinnerton, symbolisée par un rouleau de parchemin portant le sceau royal, le jeune roi restitua à Ralph la chevalière de ses ancêtres qu'il lui passa lui-même au doigt. Une cérémonie officielle serait organisée plus tard pour célébrer son rang retrouvé et le bénir ; mais ce simple geste, dans la lice, était émouvant.

De nouvelles acclamations montèrent de la foule. Les

Lords Clancey et Tallany, accompagnés par Sir Thomas, vinrent à leur tour pour féliciter Ralph.

Gwen suivit les femmes pour rejoindre également le champion. Elle regarda avec amusement Ralph soulever de terre le jeune William, ravi, et le faire tournoyer avant de le percher sur ses épaules. Les jambes de l'enfant pendirent, toujours aussi agitées, de part et d'autre de son cou. Elle s'avança, soudain un peu intimidée et gênée par la présence de tant de monde.

Ralph la vit et sourit. La chaleur qu'exprimaient ses beaux yeux la fit frissonner et son estomac se noua. Rien ne pourrait jamais ternir sa vitalité, son esprit combatif, pas même les cicatrices qui striaient sa joue. Ralph de Kinnerton était un homme extraordinaire, capable de surmonter plus d'épreuves que la plupart de ses pairs. Elle lui rendit son sourire, l'enlaça brièvement et le félicita avec empressement. Il la contempla un instant, ouvrit la bouche pour lui dire quelque chose, mais l'arrivée d'un nouvel admirateur les sépara. De nombreuses personnes allaient sans doute se battre pour attirer son attention, maintenant qu'il avait retrouvé sa juste place en tant que Lord Kinnerton…

Elle l'aimait tellement ! Hélas, c'était bien à cause de son amour pour lui qu'elle ne pouvait se permettre d'envisager quoi que ce soit avec lui. Stephen Le Gros avait peut-être perdu le duel et son pouvoir d'intimidation, mais il continuerait toujours à se dresser entre Ralph et elle. Elle était assez raisonnable et réaliste pour le savoir. Elle soupira donc et s'éloigna discrètement, laissant les autres nobles envahir la lice pour rendre hommage au vainqueur. Tant de monde désirait lui parler ! Elle ne ferait que le gêner.

Perdue dans ses réflexions, elle se retrouva bientôt sur un sentier calme, entre le fort et les terrains désertés du tournoi. Elle venait de prendre à pas lents la direction du château lorsqu'elle eut soudain la sensation d'une présence derrière elle. Instinctivement, elle accéléra le pas. On la suivait, elle en était sûre. Pourtant, elle avait beau se retourner souvent pour observer les alentours, elle ne voyait personne. Sans doute son imagination lui jouait-elle des tours… Quoi qu'il en soit, elle commençait à regretter d'avoir quitté la lice si vite, sans se faire escorter. Elle aurait au moins dû informer Brida et Lady Isabel de son départ. Cela aurait été plus prudent… Mais elle avait été tellement aveuglée par son besoin de solitude que l'idée ne l'avait même pas effleurée.

Gwen atteignit enfin la poterne et put relâcher sa respiration, qu'elle avait retenue sans s'en apercevoir. Soulagée, elle se massa les tempes. Ses craintes étaient ridicules ! La journée était si belle et tout s'était encore mieux passé qu'elle aurait pu l'espérer. Alors qu'elle commençait tout juste à se détendre, quelqu'un la saisit brutalement par le bras au moment où elle passait sous l'arche de pierre. Une main se plaqua sur sa bouche pour l'empêcher de crier, et elle fut entraînée dans une allée étroite et isolée.

— J'aimerais que vous soyez très, très calme, ma chère…

La voix de Stephen ! Il serrait son bras tellement fort qu'elle sentait ses ongles s'enfoncer dans sa chair.

— Écoutez-moi attentivement, sans un mot, reprit-il. Est-ce clair ?

Son visage apparut au bord de son champ de vision, à un souffle d'elle.

— Je vais vous lâcher, mais uniquement si vous promettez de m'obéir. Ensuite, nous quitterons ensemble ce satané château, discrètement et le plus vite possible. Nous monterons mon cheval à deux et partirons loin de cet endroit maudit. Si vous tentez de me résister, vous me contraindrez à me servir de ceci.

Elle sentit soudain la pointe acérée d'une lame dans son dos.

L'odeur écœurante de Stephen lui donnait envie de vomir. Le simple contact de sa main sur ses lèvres lui soulevait l'estomac. Elle devait réfléchir, et vite. Elle hocha donc la tête pour lui indiquer qu'elle acceptait ses conditions tandis qu'il la poussait vers la poterne pour ressortir de l'enceinte fortifiée.

Sous cette paume moite qui l'empêchait presque de respirer, elle ne put retenir un petit gémissement étouffé.

— Oh non, ma belle. Pas tout de suite.

Il effleura sa joue du bout des lèvres et elle eut un hoquet de dégoût.

— Vous voyez, je ne pouvais pas *le* laisser vous prendre, Gwenllian. Vous m'appartenez. Ne l'oubliez jamais.

Ils contournèrent un coin de mur et, avant qu'elle ait le temps de comprendre ce qui se passait, un bras puissant apparut dont le coude vint frapper le visage de Stephen avec une effrayante précision. Gwen fut éloignée de son agresseur et se retrouva derrière un autre homme, plus grand. Ralph ! Campé entre son cousin et elle, il pointait sur Stephen la dague que celui-ci avait lâchée sous le coup de la surprise.

— Tu m'as cassé le nez ! Tu m'as cassé le nez, geignit Stephen en pressant les mains sur son visage.

— Tu as de la chance que je ne t'aie pas cassé plus que cela ! tonna Ralph.

Gwen n'en croyait pas ses yeux. Jamais encore elle n'avait vu Ralph dans une telle rage. Il semblait sur le point de perdre tout contrôle et d'éclater.

— Gwen ? Est-ce que ça va ? demanda-t-il plus doucement, sans quitter son cousin des yeux.

Stephen s'était effondré au milieu du sentier et tentait maladroitement d'empêcher le sang de couler.

— Oui, je vais bien. Merci…

— Tant mieux.

Ralph se pencha, saisit son cousin par le col de sa tunique et le remit sur ses pieds, non sans poser la pointe de la dague dans le creux de son cou. Stephen gémit de plus belle et se courba, défait.

— À présent, dis-moi ce que je suis censé faire de toi, crapule. Penses-tu réellement que qui que ce soit serait triste si on te découvrait vidé de ton sang dans un des fossés de Pulverbatch ?

Gwen ne put retenir un petit cri. De toute évidence, Ralph avait de plus en plus de mal à contenir sa fureur, et cela devenait dangereux. S'il n'y prenait garde, il risquait de commettre un acte terrible.

— Non, murmura-t-elle en posant la main sur le bras de Ralph. Il ne mérite pas que tu t'occupes de lui.

— Tu sais aussi bien que moi ce que ce traître a fait par le passé et ce qu'il s'apprêtait à faire de nouveau.

— Oui, mais c'est terminé, Dieu merci… Ne le laisse pas s'installer dans ton esprit. Si tu le tues, ici et de cette manière, ta conscience ne s'en remettra jamais. Tu n'as pas besoin de mettre fin à ses jours, Ralph.

— Il a pourtant essayé de te faire du mal de nouveau, de profiter de toi !

— Mais, grâce à toi, il a échoué.

En effet, pour la première fois depuis six ans, elle se sentait enfin libérée de cet homme – de ses menaces, manipulations, intimidations. Il était là, faible, impuissant, et tout le monde pouvait le voir. D'un coup, elle comprit qu'elle n'aurait plus jamais peur de Stephen.

Ralph finit par traîner son cousin un peu plus loin sur le sentier et le jeta au sol.

— Écoute-moi bien, espèce de brute pathétique, dit-il entre ses dents. Je vais t'accompagner hors de ce château et je veux que tu partes pour ne plus jamais reparaître dans cette région – ou devant moi. Si jamais tu osais t'approcher de nouveau de Kinnerton ou de Gwen, je te tuerai. Sans hésiter. Est-ce que tu m'as bien compris ?

Stephen hocha la tête très vite, sans un mot, tandis que Ralph le saisissait de nouveau par le col pour le tirer sans ménagement jusqu'au pont-levis. Il le poussa à travers l'arche de la grande porte, puis le regarda rejoindre son écuyer qui l'avait attendu à l'extérieur avec sa monture et s'en aller, les épaules voûtées.

Gwen vint se placer à côté de Ralph pour voir Stephen disparaître au loin, avec son écuyer pour seule compagnie. Les uns après les autres, ses plus loyaux compagnons s'étaient détournés de lui dès la fin du duel. Cet homme était à présent seul au monde, rejeté par tous – et il le méritait.

Quand sa silhouette ne fut plus qu'un point sombre dans le lointain, Gwen se tourna vers Ralph.

— Crois-tu qu'il tiendra parole ?

— Rien n'est certain, venant d'un homme comme lui, répondit Ralph en la dévisageant, l'air grave. Mais je l'espère.

Il garda un instant le silence, puis reprit :

— Ce que j'aimerais savoir, c'est pourquoi tu es rentrée seule au château. Tu n'ignorais rien des dangers qui pouvaient t'attendre ici…

— Oui, bien sûr. Mais dans l'euphorie qui a suivi ton triomphe, je crois que je n'y ai plus pensé. D'ailleurs, je te remercie d'avoir une fois de plus volé à mon secours.

— Toujours, Gwen. Je t'en fais la promesse.

L'intensité de son regard la fit rougir.

— Mais tu n'as pas vraiment répondu. Pourquoi avoir quitté la lice aussi vite ?

Elle ne savait pas vraiment quoi lui dire. Sur le moment, elle avait éprouvé le besoin d'être seule et de réfléchir à son avenir. Surtout maintenant que celui de Ralph semblait s'éclaircir… Elle avait aussi eu envie de terminer ses préparatifs pour son long voyage jusqu'au couvent. Quoi qu'il en soit, jamais elle n'aurait cru qu'il remarquerait son absence aussi vite.

— Ce n'était pas très important, et j'ai déjà oublié, répondit-elle en haussant les épaules.

— Je vois.

Il soupira.

— Et tu es bien sûre que tout va bien ? Stephen ne t'a pas fait de mal ?

— Non, je me porte comme un charme. Merci.

— Bien, murmura-t-il avant de s'enfermer dans un silence gêné.

— Je ferais mieux d'y aller, dit-elle au bout d'un moment. Je suis sûre que Brida doit me chercher.

Il lui prit la main et déposa un baiser au bout de ses doigts.

— J'espère te voir ce soir, au banquet organisé pour fêter ma victoire.

Gwen savait qu'elle ne devait pas rester. Elle devait organiser son départ du lendemain matin. Mais l'espoir qu'elle lut dans le regard de Ralph l'empêcha de refuser.

— Bien sûr. Jamais je ne manquerais une telle fête. À ce soir…

Sur un petit salut de la tête, elle tourna les talons et retourna dans le fort.

Le banquet donné en l'honneur de Ralph et de son rang retrouvé fut le plus grandiose de tous ceux qui eurent lieu durant le tournoi. Une multitude de torches illuminait la grande salle et de longues guirlandes de fleurs, de plantes fraîches et de feuillages parfumés ornaient les tables recouvertes de nappes blanches. Des plateaux chargés de mouton, de bœuf et de porc ainsi que des bols de délicieuses sauces épicées garnissaient les tables. Il y avait aussi des plats de pains chauds, de fromages et de pâtisseries, ainsi que des fruits secs et frais. Bien sûr, le repas était complété par des cruches de bière et des carafes d'argent débordant de vin rouge.

— Gwenllian ? Es-tu malade ? demanda Brida, assise près de son amie. Tu n'as presque rien mangé.

— Je n'ai pas très faim, ce soir, c'est tout, marmonna Gwen en reposant son couteau.

Pour une raison qu'elle ne s'expliquait pas, son estomac

restait noué et refusait toute nourriture. Elle était nerveuse, inquiète.

Brida se pencha pour n'être entendue que d'elle et lui glissa à l'oreille :

— Essaie de manger quelque chose. On n'a placé que des morceaux de choix devant nous.

Consciente que son amie avait raison, Gwen s'obligea à avaler quelques bouchées. Hélas, malgré le soin qui avait été apporté à la préparation du repas, tout ce qu'elle s'efforça de manger lui parut sec, insipide. Qu'est-ce qui n'allait pas, chez elle ? Elle avait presque l'impression d'attendre quelque chose, un drame peut-être, sans savoir de quoi il s'agissait. Elle jeta un coup d'œil en direction de Ralph, qui était installé à la table du roi en compagnie des comtes des Marches, de William de Clancey et de Hugh de Villiers. Thomas Lovent aussi avait été admis sur l'estrade réservée à la noblesse. Il riait et parlait fort, visiblement ravi. L'assemblée tout entière semblait déterminée à attirer l'attention du héros du jour.

Gwen aussi était heureuse pour Ralph, bien sûr. Il méritait son triomphe. Mais, d'un autre côté, elle sentait un vide se creuser dans son cœur. Sous peu, leurs vies allaient prendre des chemins opposés et ils ne se reverraient plus.

Elle but une gorgée de vin épicé et se concentra de nouveau sur la nourriture, au moment où les ménestrels commençaient à s'assembler à l'autre bout de la salle pour accorder leurs instruments. Ils jouèrent bientôt quelques airs connus venus de Poitiers. Gwen fit de son mieux pour battre des mains en rythme avec le reste de l'assemblée, bien qu'elle ne partageât pas la liesse générale. Le morceau qui suivit, en revanche, était si inattendu qu'elle cilla vivement, certaine de rêver tout éveillée. C'était une magnifique ballade du pays de Galles, jouée avec une délicatesse enchanteresse. Elle la reconnut immédiatement et sentit de vieux souvenirs resurgir du fond de sa mémoire.

Elle commença à chantonner tout bas, tentant de se rappeler

les paroles. Le chant racontait l'histoire d'un guerrier de retour chez lui, attendu au sommet de la colline par celle qu'il aimait. Après de longues et cruelles années de séparation, les deux héros du poème étaient enfin réunis sur les terres qui les avaient vus naître.

Ar y llechwedd hwnnw y byddwn yn cwrdd â fy nghariad eto.

Sut y byddai'r tymhorau'n mynd heibio cyn y gallem fod gyda'n gilydd eto.

Gwen se souvenait encore de sa mère lui caressant les cheveux quand elle la berçait, le soir, et chantait pour l'endormir. Cette image fut si soudaine, si nette, qu'une boule se forma dans sa gorge.

Une seule autre personne ici connaissait ce moment de sa vie et savait à quel point il lui était cher. C'était l'un des derniers souvenirs qu'elle gardait de sa mère, de sa famille. Elle se tourna vers l'estrade royale et vit Ralph la contempler avec une telle fièvre qu'elle sentit ses joues s'échauffer.

Il n'avait pas oublié ses confidences de petite fille déracinée... Elle en fut si émue que les larmes lui montèrent aux yeux. Un peu gênée par sa réaction, elle baissa bien vite la tête et essuya ses paupières humides du revers de la main avant que l'on s'aperçoive de son trouble. Pleurer au milieu d'un banquet ? Rien n'aurait été plus humiliant. Elle avait rarement été aussi embarrassée.

Quand elle releva la tête, ce fut pour trouver Ralph debout devant sa table. Ses yeux noirs et trop brillants étaient fixés sur elle. Oh ! qu'il était beau avec son sourire tendre et ses cheveux sombres, bien coiffés en arrière ! Ce soir, il portait des braies noires qui soulignaient les courbes de ses longues jambes musclées. Une tunique assortie et un gambison matelassé bleu, ceinturé, mettaient en valeur ses larges épaules et son torse puissant.

— Milady, murmura-t-il en lui tendant la main. Puis-je solliciter l'honneur d'une danse ?

Gwen inspira lentement, expira, puis acquiesça. Elle n'était pas certaine de pouvoir parler sans laisser transparaître son émoi. Elle se leva donc sans un mot et prit la main de Ralph. Ils allèrent se placer au centre de la salle, parmi les couples déjà formés. Hugh et Eleanor les rejoignirent, ainsi que William et Isabel. Gwen vit du coin de l'œil Thomas aborder Brida, mais le malheureux fut repoussé sèchement.

Étrangement, rien de tout cela ne lui parut avoir la moindre importance. La seule personne qui comptait était Ralph, qui la regardait comme s'il n'y avait qu'elle au monde. Elle sentit ses jambes faiblir et craignit un instant de s'évanouir sous le poids de ce désir désespéré auquel elle ne pouvait se permettre de céder. Elle devait rester forte, ne pas oublier la tristesse qui l'emporterait sûrement si elle se laissait aller à écouter son cœur. Mieux valait garder le contrôle et agir en amie avec Ralph, puisque aucun autre lien ne pouvait être tissé entre eux.

La mélodie les enveloppa tandis qu'ils dessinaient ensemble de gracieux cercles, fluides et rythmiques, au milieu des autres danseurs.

— Tu sembles bien silencieux, ce soir, Ralph, remarqua-t-elle au bout de quelques instants.

— Vraiment ?

Placé derrière elle, il serra sa taille entre ses grandes mains et la souleva de terre avant de la reposer.

— Je ne m'en suis pas rendu compte.

— Cela ne m'étonne pas… Cette journée a vraiment été extraordinaire.

— En effet.

— Dis-moi, comment vas-tu ? reprit-elle en tournant autour de lui et d'un autre couple avant de venir reprendre sa main avec légèreté.

— Mieux, maintenant que je peux enfin passer un moment avec toi.

Il lui fit un clin d'œil et sourit d'un air mutin. Puis, tout aussi vite, il retrouva son expression lointaine et pensive.

— Et toi, Gwen ? J'espère que tu arrives enfin à oublier Stephen et sa défaite retentissante.

Elle réfléchit quelques instants à cette question avant de répondre :

— Cela va te paraître étonnant, mais maintenant que je sais que le cauchemar est terminé, que je n'aurai plus jamais à regarder par-dessus mon épaule et à le craindre, je me sens… Tu vas rire, sans doute… Je me sens un peu étourdie, comme si j'avais le vertige.

— Pourquoi devrais-je en rire ? demanda-t-il, les sourcils froncés. Après tout ce que tu as traversé, je n'ai absolument aucune envie de rire.

— Tout ce que *nous* avons traversé, corrigea-t-elle.

— Oui.

Suivant la danse, il s'éloigna de quelques pas, puis revint pour lui faire face.

— Et la réaction que tu me décris est tout à fait compréhensible. J'espère cependant pour toi que cet étourdissement passera vite.

— Oh ! j'en suis certaine ! dit-elle avec un sourire. Je refuse de passer ma vie liée à lui par une émotion aussi absurde.

— Cela ne te ferait pas de bien, en effet.

Il lui prit la main et l'attira vers lui.

— Avec le temps, Stephen Le Gros disparaîtra de toutes les mémoires.

— Et nous devrions y contribuer dès à présent en ne mentionnant plus son nom. Il a entaché notre passé pendant de trop longues années, Ralph.

— Je suis bien d'accord avec toi.

Serrant un peu plus sa main, il fit un mouvement de la tête en direction de la porte.

— Viens. Sortons d'ici un moment.

— Quoi ? s'étrangla-t-elle. On ne peut pas faire ça ! Ce

banquet a été organisé en ton honneur, en présence de Henry, des comtes et de toute la cour d'Angleterre !

— Personne ne remarquera notre absence, lui assura-t-il avec un sourire de petit garçon. Et puis, j'ai passé la journée à parler à tous ces gens. Je pense que j'ai bien mérité quelques instants de solitude avec toi, si tu veux bien de ma compagnie.

Elle hésita. Était-il bien sage d'accepter ? Puis elle se dit que cette soirée serait la dernière qu'ils passeraient ensemble, et finit par céder.

— Avec plaisir.

Ils poursuivirent leurs pas de danse, s'éloignant peu à peu du centre de la salle jusqu'à se retrouver dans un coin peu éclairé.

— Viens avec moi, dit Ralph en riant.

Gwen se laissa entraîner dehors sans protester.

Pourtant, ce n'était pas sage du tout…

Chapitre 22

La soirée était douce et belle. Le ciel constellé d'étoiles s'étendait au-dessus d'eux comme un dais de velours. Ralph ne prit pas le temps de le contempler et, sans lâcher la main de Gwen, traversa la cour à grands pas.

— Où allons-nous si vite ? demanda-t-elle, étonnée.

— Tu verras. Suis-moi.

Ils s'engagèrent sur la petite allée de terre battue qui conduisait à la grande porte de l'enceinte.

— Nous quittons le château ? À une heure pareille ?

— Rien ne vaut le présent, Gwen, dit-il d'un ton de conspirateur, un sourire au bord des lèvres. Et je te promets que nous n'irons pas loin.

Ils passèrent la grande arche et longèrent le rempart pour retrouver l'écuyer de Ralph, qui tenait Fortis par la bride.

— Je croyais que nous n'allions pas loin !

Elle s'immobilisa et le dévisagea, les bras croisés.

— Je commence à penser que tu as soigneusement préparé cette excursion « spontanée »

Ralph tapota l'encolure de Fortis.

— J'admets que j'ai anticipé les choses.

— On dirait bien.

Elle s'approcha de l'animal en riant pour lui caresser les naseaux.

— Mais je ne t'ai pas menti : nous n'allons pas nous

éloigner, reprit-il avant de lui tendre la main. Tu es prête à me suivre ?

Cette fois, elle acquiesça sans hésiter.

— Oui. Allons-y.

Ils se mirent en selle et, au petit trot, s'éloignèrent du château. Montée en amazone devant Ralph, Gwen appréciait le contact de ses bras protecteurs autour d'elle.

— Il y a une chose que je voulais te demander, dit-elle. Est-ce toi qui as choisi cette belle ballade galloise que les ménestrels ont jouée tout à l'heure ?

— C'est possible…

— Dans ce cas, je te remercie. C'est l'une des berceuses que ma mère aimait me chanter, quand j'étais petite.

— Oui, je me souviens que tu m'en avais parlé.

— J'avoue que je suis étonnée que tu te rappelles une chose aussi insignifiante, après toutes ces années.

Il tira les rênes pour arrêter son cheval et se pencha sur son épaule. Son souffle tiède vint lui caresser le cou.

— Pas si insignifiante que cela, Gwenllian. Et j'espère bien qu'il y aura encore des surprises, ce soir.

Sa voix grave et vibrante la fit frissonner. Elle se sentait de plus en plus confuse. Quelles surprises lui réservait-il donc ?

— Dans ce cas, sache que je suis très touchée par ta gentillesse et ta galanterie.

— C'était un plaisir.

Ils reprirent leur route au petit galop, et entrèrent bientôt dans la forêt qu'elle connaissait si bien. Ils traversèrent un petit ruisseau et se dirigèrent vers l'ouest sous la lumière de la lune et des étoiles qui guidaient leurs pas.

Enfin, Fortis gravit une colline et Gwen put poser les yeux sur un décor qu'elle avait pensé ne jamais revoir : le château de Kinnerton, dressé en hauteur de l'autre côté d'une étroite vallée. Sa silhouette imposante se découpait sur le ciel étoilé.

Le fort était aussi splendide que dans ses souvenirs, gardé

par une douve et de hauts remparts qui reliaient les quatre tours de garde ainsi que le donjon.

Qu'il était étrange de voir ce lieu, théâtre de tant de drames et de combats, si paisible et silencieux...

Ils le contemplèrent un long moment en silence, perdus dans leurs pensées et leurs souvenirs. Les images du passé revenaient à Gwen, comme sorties d'un vieux rêve.

— Je n'arrive pas à croire que je suis là, après avoir attendu six ans et tant rêvé de pouvoir rentrer chez moi ! murmura enfin Ralph. Le château paraît plus petit que dans mes souvenirs et j'ai pourtant l'impression de l'avoir quitté hier... Et en même temps, c'était dans une autre vie.

Elle acquiesça.

— Oui. Tant de choses se sont passées depuis, tant de changements bons et mauvais.

— Mais nous y voilà de nouveau.

Frémissant sous la brise, elle croisa les bras pour se réchauffer. Cette expédition nocturne la rendait de plus en plus perplexe.

— Pourquoi, Ralph ? Pourquoi m'as-tu amenée ici ?

— Parce que c'est ici que tout a commencé pour nous, et que c'est aussi le lieu où tout doit se terminer.

Il mit pied à terre avec souplesse et l'aida à descendre de selle.

— Oui, dit-elle, je comprends que tu veuilles savourer cet instant. Tu as enfin réussi. Tous tes efforts t'ont permis de rentrer à la maison. C'est le moment où tes espoirs et tes rêves deviennent enfin réalité.

— Mais pas les tiens, Gwen ?

Il repoussa avec douceur une mèche échappée de son voile derrière son oreille.

— Non, soupira-t-elle. Tu sais bien que mon destin m'entraîne sur un chemin différent, très loin d'ici.

— Et tu penses que tu connaîtras le bonheur, au bout de cette longue route ?

— Nos vies doivent-elles vraiment se mesurer à l'aune de notre bonheur ?

Il l'observa longuement avant de répondre.

— Je ne vois pas pourquoi il devrait en être autrement. Mais la question la plus importante, sans doute, est : penses-tu mériter d'être heureuse ?

Non. Elle ne le méritait pas. Le bonheur n'avait pas la moindre place dans sa vie. C'était un luxe qu'elle ne pouvait s'offrir.

— Tout ce que je recherche est un peu de confort. Cela me suffirait.

— Je ne suis pas d'accord, Gwen.

Il la fit pivoter lentement, jusqu'à ce qu'elle n'ait plus d'autre choix que soutenir son regard ardent.

— Je pense que tu es digne d'une vie meilleure que cela.

— Tais-toi, Ralph ! coupa-t-elle en fermant les yeux, la gorge nouée. Ne me pousse pas à vouloir des choses que je ne peux avoir !

— Pourquoi ?

Sa voix n'était plus qu'un souffle.

— Pourquoi ne pourrais-tu pas avoir ce que tu désires ?

Elle aurait préféré qu'il ne lui pose pas la question. Y répondre l'obligerait à revivre une fois de plus les douloureux moments qu'elle avait connus pendant six ans, et elle ne pouvait se le permettre.

— Gwen ? Ma chérie, regarde-moi…

Elle obéit, presque contre son gré, et vit qu'il la couvait d'un regard si brûlant, si fiévreux, que son cœur s'emballa. Ce qu'il lui offrait la tentait beaucoup, à tel point qu'elle aurait donné sa vie pour pouvoir tendre la main et s'en emparer… Hélas ! C'était impossible. Cela finirait par leur briser le cœur à tous deux, et elle savait qu'elle ne supporterait pas de vivre avec le dégoût de Ralph.

Elle ravala péniblement sa salive.

— Je t'aime, Ralph de Kinnerton, mais nous ne pouvons pas avoir la vie dont nous rêvions autrefois.

Il se passa la main dans les cheveux avec impatience.

— Tu n'as qu'un mot à dire, et je t'escorterai jusqu'au couvent de ton choix. Mais seulement si je suis convaincu que cela te rendra heureuse.

— Pourquoi t'accrocher à cette notion ?

— Parce que c'est important pour moi. *Tu* es importante pour moi, Gwen !

Un ouragan faisait rage au fond de ses yeux, exprimant toute sa révolte contre les injustices de ce monde.

— Tu prétends m'aimer, et pourtant tu es prête à renoncer à cet amour.

— Uniquement parce que je n'ai pas le choix ! se défendit-elle.

— Je pense que tu l'as, au contraire. Tu es juste trop obstinée pour le voir.

— C'est faux et injuste, Ralph !

Elle se détourna brusquement de lui pour regarder la vallée qui s'étendait à ses pieds.

— Ne vois-tu pas que c'est pour le mieux ? Je suis sûre que tu le comprendras un jour…

— Vraiment ? J'en doute fort.

Il poussa un soupir exaspéré.

— Qu'essaies-tu donc encore de faire, Gwen ? Veux-tu encore me protéger ?

— Pas seulement toi, mais nous deux.

— Oh ! ma chérie !

Il ouvrit les bras et elle s'y réfugia, incapable de résister.

— Quoi que tu puisses penser, je suis convaincu que tu mérites le bonheur. Et je veux que tu le saches. Tu mérites d'être aimée, chérie chaque jour de ta vie.

Le cœur de Gwen tambourinait dans sa poitrine, mais elle secoua tristement la tête.

— Je te remercie, Ralph, mais ce n'est pas la question.

— Pourtant, ça pourrait le devenir, rétorqua-t-il avec douceur, le menton posé sur ses cheveux.

— L'amour ne suffira pas.

L'estomac noué, elle s'écarta à contrecœur.

— Nous pouvons bannir Stephen de nos vies et ne plus jamais prononcer son nom, mais cela ne l'empêchera pas de se dresser entre nous pour toujours. Toujours…

— Uniquement si nous le permettons.

— Tu dis cela maintenant, mais tu changeras d'avis. Ce qu'il nous a fait, ce qu'il *m*'a fait, reviendra forcément nous hanter et empoisonnera nos existences. Il est comme un serpent qui se glisserait partout. Je ne pourrai pas supporter de voir du mépris dans ton regard – et cela arrivera tôt ou tard, puisque je suis salie…

— Quelle sombre image tu as de moi, Gwen ! Je pense que tu devrais me faire confiance, au contraire.

Comment lui expliquer que cela n'avait rien à voir avec un manque de confiance ? Elle savait quelles émotions finiraient par le hanter et ne voulait simplement pas prendre un tel risque. Pas avec lui.

— Je ne pensais pas te voir un jour manquer de courage, reprit-il en se redressant un peu.

— Au contraire, Ralph… Te quitter épuisera tout le courage qu'il me reste.

Il soupira, puis finit par la lâcher.

— Dans ce cas, je l'ai combattu pour rien, dit-il. Quoi que j'aie pu faire, tu le laisses gagner.

— Ne dis pas cela ! Tu as accompli tant de choses depuis ton retour ! Tu as rendu son honneur à ta lignée et tu es devenu le maître légitime de Kinnerton. C'est un exploit extraordinaire, et je suis extrêmement fière de toi.

Pensif, il alla caresser l'encolure de son cheval, puis regarda le ciel en soupirant.

— Tu sais, je ne me suis pas battu uniquement pour l'honneur de ma famille ou pour Kinnerton, aujourd'hui.

Quand il se retourna vers elle, son regard était si intense qu'il semblait consumé par un feu intérieur.

— Je me suis battu pour chaque coup d'œil indécent, pour chaque geste déplacé, pour chaque intimidation et chaque injustice dont il s'est rendu coupable. Plus important encore, je l'ai fait pour *toi*. Juste toi, Gwen.

Elle voulut répondre, mais ses lèvres se mirent à trembler et les mots restèrent coincés dans sa gorge. Il se rapprocha alors une nouvelle fois et lui prit les mains, les caressant de ses doigts calleux.

— Le ciel m'en soit témoin, je m'en voudrai toujours de n'avoir pas été capable de te protéger comme je l'aurais dû, autrefois – surtout maintenant que je connais l'ampleur de tes sacrifices, ajouta-t-il d'une voix brisée, la tête basse. Mais laisse-moi au moins te dire que tu es une femme remarquable. Ce que tu as fait et que tu appelles une « souillure » était un acte d'altruisme extraordinaire, un acte courageux. En fait, c'est la chose la plus touchante que qui que ce soit ait jamais faite pour moi. Tu m'as sauvé la vie, Gwen. Encore et encore. Et quelle récompense crois-tu que je te réserve pour réparer le mal causé par mon cousin ?

Il releva la tête.

— Te laisser partir ou te mépriser ? C'est que tu me connais mal, car jamais je ne serai capable d'une telle chose !

— Oh ! Ralph…

Les yeux de Gwen se remplirent de larmes.

— Je ne sais pas quoi dire.

— Dis seulement que tu me crois, quand je t'affirme que Kinnerton ou mon rang n'ont aucune valeur si tu n'es pas là pour les partager avec moi. Que la simple idée de devoir te quitter me brise le cœur. Que je suis prêt à tout pour te convaincre de ma sincérité.

Il tourna sa main fine et plaqua sa grande paume contre la sienne, entremêlant leurs doigts.

— Dis-moi que tu vas m'accepter, Gwenllian ferch Hywel, parce que je t'aime. Parce que tu es ma raison de vivre.

Elle contempla un long moment leurs mains jointes.

— Et tu es la mienne, Ralph de Kinnerton.

— Dans ce cas, épouse-moi, Gwen ! Accepte de devenir ma femme.

De sa main libre, il lui prit le menton et lui releva la tête pour l'amener à le regarder.

— Aie foi en cet avenir que nous pourrons tracer ensemble, en ce bonheur qui pourrait être le nôtre ! Je te promets de faire tout ce qui est en mon pouvoir pour te l'offrir. En fait, je serais même prêt à décrocher ces étoiles et la lune pour toi, si cela pouvait simplement te faire sourire. Mon amour pour toi est comme ce ciel, au-dessus de nos têtes : aussi vaste et éternel.

Gwen ne sut que répondre, tant elle était bouleversée. Depuis toujours, une ombre de doute et d'amertume avait pesé sur elle et provoqué leur douloureuse séparation, six longues années plus tôt. Était-il réellement possible de s'en libérer une bonne fois pour toutes ? De décider de prendre une autre voie que celle que la vie avait tracée pour elle ? La puissance de leur amour suffirait-elle à leur forger une nouvelle destinée, comme Ralph l'affirmait ?

Il n'y avait qu'un seul moyen de le savoir... De toute manière, elle était épuisée à force de lutter contre ses sentiments, son désir de vivre avec cet homme – une lutte qu'elle livrait depuis le soir où il s'était montré à elle, au pied de leur arbre dans les bois de Pulverbatch. Elle avait essayé de se convaincre que leur relation devait se limiter à une amitié fraternelle, que rien d'autre n'était possible.

Mais, jusqu'à ce soir, elle avait ignoré ce que Ralph pensait des épreuves qu'elle avait endurées pour lui. Il la trouvait brave, courageuse, remarquable… Jamais elle ne s'en serait doutée.

Le moment était-il venu de faire une fois de plus preuve de courage ? De lui faire confiance et de s'abandonner à ses sentiments ?

— Oui, souffla-t-elle en redressant la tête, un sourire aux lèvres. J'accepte de t'épouser, Ralph de Kinnerton. Et je n'ai pas besoin que tu me décroches la lune ou les étoiles. Tu es tout ce que je désire.

Sans comprendre ce qui se passait, elle se retrouva enveloppée une fois de plus par la chaleur des bras de Ralph. Il se pencha pour l'embrasser avec tant de tendresse qu'elle eut l'impression que ses jambes allaient se dérober sous elle.

— J'imagine que je vais désormais pouvoir explorer ces rêves et ces espoirs dont tu m'as parlé l'autre soir, plaisanta-t-elle.

— Oui, mon amour. Cela, et bien plus encore.

Chapitre 23

Le jour où Ralph de Kinnerton épousa Gwenllian ferch Hywel de Clwyd dans la petite chapelle de son château de famille fut chaud et ensoleillé. Le roi Henry lui-même fit à cheval la courte route depuis Pulverbatch pour assister à la cérémonie, accompagné par les comtes de Chester et de Hereford. Leurs amis William et Isabel de Clancey, Hugh et Eleanor Tallany, ainsi que Sir Thomas Lovent et Brida O'Conaill furent aussi de la fête. Le mariage fut célébré par Hugh Foliot, évêque de Hereford.

Ralph n'oublierait jamais l'instant où la musique s'était élevée pour annoncer l'arrivée de la procession. Il attendait sur le seuil de la chapelle avec un petit bouquet de fleurs sauvages nouées par un ruban que Gwen avait tissé et vit soudain sa promise venir vers lui.

Ses cheveux blonds étaient tressés et rassemblés sur sa tête, sous un délicat voile maintenu par un cercle d'or tout simple. Elle portait une cotte de laine bleu vif à manches longues, assortie à ses yeux et brodée d'or, sur une tunique couleur crème. Ralph la contempla, fasciné. Jamais encore elle n'avait été aussi belle que ce matin, alors qu'elle s'apprêtait à prononcer les vœux sacrés qui les uniraient l'un à l'autre jusqu'à la fin de leurs jours. Quand elle leva les yeux et lui sourit, son cœur fit une embardée et son sang s'échauffa. Seigneur, qu'il aimait cette femme !

Cet instant de grâce cessa lorsqu'une petite main tira sur

la courte cape qu'il portait et qui couvrait son gambison bleu nuit orné du blason des Kinnerton.

— Psst, Ralph ! Ralph ? murmura le jeune William Tallany, les joues empourprées. Dois-je donner la bague à Gwen maintenant, ou plus tard ?

— Je croyais que ta maman t'avait tout expliqué.

— Oui, mais j'ai oublié, admit-il en s'efforçant de parler à voix basse.

Efforts vains… Ralph se massa le front et soupira.

— Plus tard, répondit-il. Quand nous aurons tous les deux prononcé nos vœux.

Il se tourna de nouveau vers Gwen qui s'approchait. William commença tout à coup à s'agiter nerveusement à côté de lui.

— Qu'y a-t-il encore, William ? demanda-t-il entre ses dents.

— Je dois aller faire… Maintenant…

Le garçon dansait littéralement sur place.

Ralph n'en croyait pas ses oreilles. Il avait su dès le départ que confier un rôle aussi important à William était une mauvaise idée, mais l'enfant paraissait tellement excité qu'il n'avait pas eu le cœur de refuser.

— Tu n'as pas utilisé ton pot de chambre avant de venir ?

— Si, mais je dois y retourner.

En croisant le regard de Tom qui paraissait au bord de l'hilarité, Ralph dut se retenir pour ne pas éclater de rire.

— Je vais l'emmener pendant que tu attends ta fiancée, proposa son ami.

— Qu'il ne perde pas la bague, surtout, Tom. J'en ai besoin !

— Bien entendu.

Thomas lui adressa un discret clin d'œil.

— Ne t'en fais pas, nous serons de retour avant même qu'on se rende compte de notre absence.

— Je l'espère bien. Ce n'est pas le moment de laisser William nous causer des ennuis…

— Je ne cause pas d'ennuis ! protesta le garçon, l'air indigné.

— Non, jamais.

Tom et William revinrent vite. La cérémonie put se dérouler sans nouvelles interruptions, à l'exception de l'arrivée inopinée du chiot d'Isabel de Clancey dans la chapelle, ce qui fit glousser William d'une manière incontrôlable en dépit du regard sévère de sa mère.

Finalement, rien de tout cela n'avait d'importance. Au contraire, cela rendit cette journée magnifique encore plus mémorable – charmante, même… Le plus important était que Ralph ait pu enfin épouser la femme qu'il aimait depuis toujours et à laquelle il se savait destiné.

Plus tard, alors qu'ils se tenaient ensemble dans la grande salle, sur l'estrade décorée pour l'occasion, assistant avec leurs invités aux acrobaties du fou, Ralph se pencha à l'oreille de Gwen.

— Es-tu heureuse, mon amour ?

Elle lui adressa un sourire ravi.

— Oui, plus que je n'aurais jamais pu l'imaginer… Et c'est grâce à toi.

Il porta la petite main de Gwen à ses lèvres, puis secoua la tête.

— Non, c'est parce que nous sommes enfin où nous étions censés être : ici, à Kinnerton, dit-il en observant la salle avant de poser de nouveau les yeux sur elle et d'ajouter : Ensemble.

— Jamais je n'aurais cru cela possible.

— Oh ! mais la vie est pleine de possibilités, si on prend soin de les chercher !

Il lui fit un clin d'œil.

— Ce qui me fait penser à quelque chose que j'ai pour toi.

Il fit signe à l'une des servantes, qui apporta un rouleau de parchemins attaché par un ruban.

— Qu'est-ce que c'est ? demanda Gwen.

Son regard surpris passa des parchemins à Ralph.

— Ouvre-les, et tu verras.

Il la vit dérouler les parchemins avec soin et ne put s'empêcher de sourire devant son air émerveillé. Elle tenait entre ses mains les œuvres délicatement enluminées qu'elle avait vendues pour lui rendre Fortis, pendant le tournoi.

— Oh ! Ralph ! Je pensais ne jamais les revoir ! Comment as-tu réussi à les récupérer ?

— Ne t'ai-je jamais dit que je suis un négociateur redoutable ? J'ai fait à Geoffrey de Clun une offre qu'il ne pouvait pas refuser…

— Je préfère ne pas savoir ce que c'était, mais je te remercie mille fois.

Elle l'embrassa sur la joue.

— Cela représente bien plus pour moi que tu ne peux l'imaginer.

— Je ne pouvais tout de même pas laisser les fragments de ton âme qui sont dans ces œuvres tomber en de mauvaises mains, n'est-ce pas ? répondit-il avec un petit haussement d'épaules. Ils t'appartiennent, après tout.

— Tout comme je t'appartiens. Et que tu m'appartiens ?

— Pour toujours.

Il sourit, puis lui rendit son baiser.

— Jusqu'à mon dernier souffle, Gwen.

Vous avez aimé ? Découvrez prochainement
le nouveau roman de Jenni Fletcher,
Une passion clandestine,
dans votre collection Les Historiques.

Les Historiques

HARLEQUIN

Retrouvez prochainement, dans votre collection

Les Historiques

Dans les bras du Viking, de Lucy Morris - N°942

ROYAUME DE NORTHUMBRIE, ANGLETERRE, Xᴱ SIÈCLE

Le mariage. Une vie cousue de servitude et de misère, aux côtés d'un homme qu'elle n'aurait pas choisi. Cette perspective terrifiante tourmente sans relâche Amée. Et pour cause : après des années de souffrance et de soumission sous le joug de son père, elle croyait être enfin libre de vouer sa vie à Dieu, le seul à qui elle puisse offrir son âme et son cœur. Or la voici face à une nouvelle injonction : celle de s'unir à Jorund Jötunnson, dont le seul nom lui glace le sang... Assez, de la tyrannie des hommes ! Amée en fait le serment : ce barbare venu des lointaines provinces du Nord ne sera jamais son époux...

Sous la protection du guerrier, d'Ella Matthews - N°943

SÉRIE : LE CLAN LEOFRIC - TOME 1

ANGLETERRE, XIVᴱ SIÈCLE

Lady Katherine Leofric est aux abois. Depuis que son père a été accusé de trahison envers la Couronne, leur nom est traîné dans la boue. Pressée de fuir le déshonneur qu'elle subit, elle accepte d'aller s'installer chez son frère, dans la cité d'Abbotston, avec leur sœur, Linota. Mais cet espoir de vie nouvelle est bientôt terni par un cruel détail. Parmi les soldats chargés de leur protection, Jarin Ashdown, comte de Borwyn, lui manifeste d'emblée une franche hostilité. Hélas, lorsque Linota est enlevée, Katherine n'a d'autre choix que de s'en remettre à lui. Or, dans leur course effrénée pour retrouver la jeune fille, Katherine se surprend à éprouver un désir grandissant pour celui qu'elle pensait haïr de toutes ses forces...

Une passion clandestine, de Jenni Fletcher - N°944

MANOIR DE VINCENNES, FRANCE, ÉTÉ 1325

Envoyée à la cour pour servir la reine Isabelle, dite « la Louve de France », la douce et modeste Mathilde Gosselin se retrouve propulsée dans une toile d'intrigues politiques et de mystères. Bien que jeune et inexpérimentée, elle tisse au fil des ans avec sa puissante souveraine un lien intense, mêlé d'admiration... Mais sa loyauté envers la Couronne est mise à l'épreuve quand elle rencontre le beau Henry Wright, qui se révèle être un espion ! Alors qu'elle devrait fuir cet homme qui lui est interdit, Mathilde cède au désir qu'il lui inspire. Et bientôt, déchirée entre sa fidélité pour la reine et son amour naissant pour Henry, elle n'a pas d'autre choix que celui du secret...

Les Historiques

Sous le charme du capitaine, de Virginia Heath - N°945

SÉRIE : SCANDALEUSES LIAISONS - TOME 2

Manoir de Markham, Angleterre, 1814

Alors qu'il se promène près du verger familial, le capitaine James Warriner est alerté par les cris d'une femme affolée. Et quelle femme ! Miss Cassandra Reeves est une véritable beauté aux courbes voluptueuses, et la voilà coincée sur la plus haute branche d'un pommier ! James lui porte secours et tombe immédiatement sous son charme. Mais comment pourrait-il prétendre gagner son cœur, lui, le capitaine blessé, et membre de la très controversée famille Warriner ? Surtout, parce que la guerre fait resurgir son côté le plus sombre, il craint de ne représenter qu'un danger pour sa belle...

L'Esclave du harem, d'Anne Herries - N°946

Istanbul, 1530

Traqués par les espions de la reine Marie Stuart, Eleanor et les siens fuient l'Angleterre pour se réfugier à Chypre. Mais, lors de leur folle échappée, leur caravelle est abordée par des pirates ottomans qui les font prisonniers. Séparée des siens, désespérée, Eleanor est vendue sur le marché aux esclaves d'Istanbul et se retrouve enrôlée dans le harem de Soliman Bakhar, le fils préféré et omnipotent du calife...

L'Otage du Viking, de Michelle Styles - N°947

Liddy tremble de colère. Comment son père et son frère osent-ils la livrer aux Vikings en guise de tribut ? La voilà condamnée à devenir l'esclave du chef des envahisseurs. Pourtant, ce Sigurd la trouble plus qu'elle ne saurait le dire, car il n'a rien à voir avec le seigneur sanguinaire qui l'a précédé sur le trône du royaume d'Alba. Bien que Viking, il semble sincèrement guidé par l'honneur et lui témoigne plus d'égards que les hommes de sa propre famille. Mais prudence... Sigurd reste avant tout un ennemi et, si Liddy veut un jour se soustraire à son joug, elle ne doit pas se laisser amadouer !

HARLEQUIN